Michael Romahn

Das Buch
In einer regnerischen Nacht kommt bei einem Autounfall Miriam Erdmann ums Leben. Ihre Tochter Sabrina überlebt schwerverletzt und ist seitdem an den Rollstuhl gefesselt. Fast genau fünf Jahre später wird eine skelettierte Leiche in einem Waldstück bei Harsefeld gefunden. Bei der Toten handelt es sich um Barbara Schulte, die zwei Jahre zuvor spurlos verschwunden war.
Die Ermittlungen der Kripo Stade bleiben zunächst erfolglos, doch schon nach drei Tagen wird die schrecklich zugerichtete Leiche des Inhabers einer Kfz-Werkstatt gefunden.
Kommissar Cem Kayaoglu von der Stader Kripo muss sich zunächst allein mit dem Fall beschäftigen, weil seine Chefin Ilka Hansen nach Ligurien gereist ist. Als die Oberkommissarin zurückkehrt, ist der Fall noch lange nicht gelöst.

Der Autor
Michael Romahn wurde 1959 in Stade geboren und lebt seit einigen Jahren mit seiner Familie in Harsefeld im Landkreis Stade. Er arbeitet als technischer Redakteur im Flugzeugbau, seine Liebe jedoch gilt der Schriftstellerei. Mit dem vorliegenden Band erscheint sein dritter Kriminalroman, der in Stade und Harsefeld spielt. Der dritte große Fall der Oberkommissarin Ilka Hansen.

Michael Romahn

Mörderische Geest

Kriminalroman

Personen und Handlung dieses Buches sind frei erfunden. Jede Ähnlichkeit mit einer lebenden oder verstorbenen Person ist nur zufällig.

Impressum:

Sietwender Straße 73, D-21706 Drochtersen,
Tel. 04143/435, Fax 04143/6782
Internet: www.mce-verlag.de, Mail: info@mce-verlag.de
1. Auflage November 2016

Umschlaggestaltung und Satz: digiscreen, Herwig Baak, Stade
Druck: CPI – Clausen und Bosse, Leck
ISBN: 978-3-938097-38-0

Das Buch widme ich

meiner Frau Tanja und meiner Tochter Lena

Möge die Bootstour zu der Wasserinsel nur ein kleiner Abschnitt auf unserer langen, gemeinsamen Reise sein!

und Peggy, Tibor und Svetlana

Danke für die Zeit, die ihr mir geschenkt habt.
Eure wertvollen Anregungen und Ratschläge waren für mich von unschätzbarem Wert!

„Der Mensch ist wie der Mond.
Hinter dem strahlenden Gesicht, das er jedem zeigt,
schlummert eine dunkle Seite,
die er stets im Verborgenen hält.
Doch obwohl wir es wissen,
können wir die Blicke nicht von ihm lassen.
Wir können nichts dagegen tun."

Frei nach Mark Twain

Prolog

An einem Herbsttag vor 5 Jahren

Miriam Erdmann wurde unruhig. Seit einer Viertelstunde regnete es in Strömen. Normalerweise kannte sie die Landstraße in Richtung Harsefeld in- und auswendig. Doch an diesem Abend war alles anders. Die Bäume am Straßenrand verschwanden beinahe völlig hinter einem dichten Regenschleier. Das feuchte Laub bedeckte den nassen Asphalt, und der Regen klatschte so stark gegen die Frontscheibe, dass die Scheibenwischer nicht mehr dagegen ankamen. Sie kurbelte das Seitenfenster ein kleines Stück herunter, um ein wenig frische Luft zu schnappen, aber sie schloss es sofort wieder, weil der böige Wind den Regen ins Innere des Wagens trieb.

„Wir sollten das öfter machen", sagte ihre Tochter Sabrina in das Schweigen hinein. „Ein Abend nur für uns."

„Ja, das finde ich auch", antwortete ihre Mutter, ohne den Blick von der Straße zu wenden. „Wir haben viel zu lange damit gewartet."

„Hat sich Papa schon gemeldet?"

„Ja, er wird morgen früh in Hamburg landen."

„Stört es dich nicht, dass er so selten zu Hause ist?" Vor einer Woche war ihr Vater nach Kanada geflogen, um in Saskatchewan einige Betriebe zu besichtigen, die Futtererbsen anbauten. Es gehörte zu seinem Job, eine Art Kontaktpflege, wie er es nannte. Er hasste es, am Telefon oder per E-Mail mit Leuten zu kommunizieren, die er noch nie zuvor gesehen hatte.

„Ich habe mich daran gewöhnt", antwortete Miriam. „In der Zeit, als wir uns kennen lernten, bin ich ihm manchmal hinterher geflogen, damit wir ein paar Stunden zusammen sein konnten. Später sind wir oft umgezogen, aber an keinem dieser Orte war ich jemals glücklich. Immer dann, wenn ich begann, mich heimisch zu fühlen, zogen wir auch schon wieder fort."

„Und was passierte dann?" wollte Sabrina wissen.

„Ich habe das ein halbes Jahr lang mitgemacht", antwortete ihre Mutter, während die schwachen Scheinwerfer eines Autos vor ihr am Horizont auftauchten. „Aber dann habe ich deinen Vater vor die Wahl gestellt. Ich hatte einfach keine Lust mehr, ihm nachzureisen und unsere Treffen von seinem Terminkalender abhängig zu machen."

„Wie hat Papa darauf reagiert?"

Ein Lächeln huschte über das Gesicht ihrer Mutter. „Anfangs hat er sich noch geziert, aber dann fing er an, seine Termine so zu legen, dass wir länger an einem Ort bleiben konnten. Es war zwar immer noch nicht das perfekte Leben, wonach ich mich sehnte, aber es war immerhin ein Anfang."

„Hättest du Papa wirklich verlassen, wenn er sich nicht darauf eingelassen hätte?"

Miriam zuckte mit den Schultern. „Keine Ahnung, aber ich bin heute noch froh, dass ich diese Entscheidung damals nicht treffen musste."

Sabrina lächelte. „Auf jeden Fall musst du sehr überzeugend gewesen sein, sonst hätte er nicht alles für dich aufgegeben."

„Es hat schon eine Weile gedauert", gab ihre Mutter zu. „Aber schließlich hat er es doch eingesehen."

Miriam Erdmann warf einen kurzen Blick in den Rückspiegel und schüttelte verärgert den Kopf. „Wie nah will der Typ noch auffahren?" Sie drosselte das Tempo, in der Hoffnung, dass das Fahrzeug hinter ihr ebenfalls langsamer werden würde. Doch es kam immer näher, und anscheinend dachte der Fahrer nicht daran, abzublenden.

„Verdammter Idiot!“, stieß sie hervor und stemmte sich gegen das Lenkrad. Sie presste die Lippen zusammen, als sie sah, dass der Fahrer den Blinker setzte und mit einer heftigen Lenkbewegung auf die linke Fahrbahn ausscherte.

Miriam wandte ihren Blick wieder nach vorn, zu der Kuppe, die geradewegs in den Himmel zu führen schien. Das Scheinwerferlicht des entgegen kommenden Autos verschwand kurz in einer Senke, und dann, wie aus dem Nichts, tauchte es so hell und gleißend wieder vor ihr auf, dass es in ihren Augen schmerzte. Sie drückte ihren Körper in den Fahrersitz und versuchte sich an der weißen, durchgezogenen Mittellinie der Straße zu orientieren, die bis zur Kuppe führte und irgendwo dahinter in der Dunkelheit zu enden schien.

„Mama, brems!“, schrie Sabrina, als sie erkannte, dass die beiden Fahrzeuge direkt aufeinander zufuhren. „Das schaffen die nie!“ In diesem Moment trat Sabrinas Mutter das Bremspedal voll durch. Instinktiv riss sie das Lenkrad herum. Sie spürte nur noch, wie das Heck ausbrach und auf dem glitschigen Laub herumwirbelte. Die Reifen quietschten, als das Auto auf die andere Straßenseite geschleudert wurde.

Im nächsten Augenblick folgte ein ohrenbetäubender Knall von zerreißendem Metall. Das letzte Geräusch, das Miriam Erdmann bewusst wahrnahm, war der spitze Schrei ihrer Tochter. Sie wurde nach vorn und dann vom auslösenden Airbag wieder zurückgeschleudert. Splitter der zerbrochenen Frontscheibe flogen durch die Luft, bevor eine unheimliche Stille eintrat. Danach bewegte sich nichts mehr. Weder Miriam noch ihre Tochter bekamen mit, dass die beiden Fahrzeuge den Unfall gerade noch vermieden hatten und in die entgegengesetzte Richtung davonfuhren, als wäre nichts gewesen.

Als Sabrina wieder zur Besinnung kam, war nur das leise Zischen des überhitzten Kühlers zu hören. Als sie die Augen öffnete, sah sie vor sich den Eichenstamm, der sich bis zur Hälfte in den Motorblock geschoben hatte. Rauch stieg auf, zog ins Innere des Wagens und schnürte ihr die Kehle zu. Es dauerte einige Sekunden, bevor sie begriff, was gerade geschehen war. Sie bekam kaum noch Luft.

Ich muss hier raus, schoss es ihr durch den Kopf, irgendwie. Schweiß brannte in ihren Augen. Sie wollte sich aufrappeln, doch die Beine versagten ihren Dienst. Von einer Sekunde auf die nächste spürte sie einen stechenden Schmerz, als würde ein Stromschlag durch ihren Körper jagen.

Ihr Kopf dröhnte. Sie musste sich übergeben. In ihrem Mund breitete sich ein säuerlicher Geschmack aus, dann erst entdeckte sie ihre Mutter. Sie saß immer noch hinter dem Steuer. Überall lag zersplittertes Glas, und es roch nach Benzin. Aus einer klaffenden Wunde an der Schläfe strömte Blut über das Gesicht ihrer Mutter. Tränen stiegen Sabrina in die Augen.

„Mama!" schrie sie. „Mama, sag doch was!" Sabrina strich über die blutverschmierte Wange ihrer Mutter. Doch Miriam Erdmann antwortete nicht.

Ihre Augen waren geschlossen, der Kopf seltsam zur Seite gedreht. Sie sah aus, als würde sie schlafen, wenn da nicht das viele Blut wäre, das in feinen Rinnsalen aus der Wunde über ihr Gesicht lief. Der Anblick ihrer Mutter brachte sie beinahe um den Verstand. Sabrina suchte nach ihrem Handy, fand es im Fußraum und griff danach.

„Scheiße", fluchte sie. „Verdammte Scheiße!" Mit

zitternden Händen starrte sie auf das zerstörte Display. Sabrina warf das Handy weg, schaute sich verzweifelt um. Die Beifahrertür stand einen Spalt breit offen. Sabrina stieß sie auf. Ein kalter Windzug fegte ihr entgegen.

Sie versuchte sich zu konzentrieren, an nichts anderes zu denken, als in diesem Moment ihr Körpergewicht zu verlagern und aufzustehen. Doch die Beine gehorchten ihr nicht. Kalter Schweiß trat ihr auf die Stirn. Es war nicht der Schmerz, der sie verzweifeln ließ, sondern das Gefühl der Hilflosigkeit. Dann wurde ihr schwarz vor Augen, als würde das Leben ganz langsam aus ihrem Körper weichen.

Kapitel 1

Samstag, 17. Oktober

Revierförster Kurt Brandner lenkte seinen Landrover über den Forstweg bis kurz vor den Eisenbahntunnel, der das Waldstück von einem Wohngebiet trennte. Der Dauerregen der letzten Tage hatte große Teile des Waldes in eine Seenlandschaft verwandelt. An diesem Samstagmorgen nieselte es nur leicht, aber das war ihm egal. Es war allemal besser, als den Holzverkauf zu organisieren oder neue Richtlinien der Europäischen Union zu studieren. Die Bürokraten machten ihm das Leben nicht gerade einfacher.

Hier draußen, in seinem Waldgebiet am Ortsrand von Harsefeld, fühlte er sich am wohlsten. Nachdem er gestern den ganzen Tag am Schreibtisch verbracht hatte, um den lästigen Papierkram zu erledigen, hatte er es sich herbeigesehnt, endlich wieder den frischen Duft des Waldes zu riechen.

Er atmete tief durch. Der Anblick der tiefen Schlaglöcher erinnerte ihn daran, dass hier dringender Handlungsbedarf bestand, sonst war an einen Abtransport der Stämme nicht zu denken.

Er stieg aus, ließ seine Labradorhündin Cara hinaus und griff zum Fernglas. Er suchte routinemäßig das Waldstück ab. Die Hündin war mittlerweile im Unterholz verschwunden. Es war an der Zeit, einige Bäume zu markieren, die noch vor dem Winter gefällt werden mussten. Dieser Teil des Waldes bestand vorwiegend aus Buchen und Birken. Der letzte Sturm Anfang April hatte einige altersschwache Bäume einfach aus dem Erdreich gerissen.

Er machte sich auf den Weg, zog von Zeit zu Zeit die Sprühdose aus der Tasche und markierte die windschiefen Bäume, die den nächsten Sturm mit Sicherheit nicht überstehen würden. Obwohl die Bäume noch einige Jahre hätten wachsen können, blieb ihm nichts anderes übrig, als sie zu fällen und das Holz zu verkaufen. In diesem Moment entdeckte er den Pick-up von Hannes und Willi, der sich langsam in Richtung Eisenbahntunnel bewegte. Die beiden arbeiteten schon seit Jahren für ihn und erledigten alle Forstarbeiten, die im Laufe des Jahres anfielen. An diesem Morgen mussten sie sich um eine knapp 30 Meter hohe altersschwache Buche kümmern. Normalerweise gehörte der Samstag nicht zu den Tagen, an denen sie Bäume fällten, aber aufgrund der Wettervorhersage, die Dauerregen und Sturmböen angekündigt hatte, entschied er, die Buche noch an diesem Wochenende zu fällen.

Hannes stieg als Erster aus und wedelte mit dem rotweißen Flatterband in der Hand. „Moin, Kurt. Ich werde die Gegend erstmal absperren. Sicher ist sicher." Dann bequemte sich auch Willi aus dem Auto und erwies sich als gewohnt wortkarg. Er hob zur Begrüßung nur die Hand und schaute mit grimmigem Blick zum Himmel. Brandner musste immer schmunzeln, wenn er die beiden nebeneinander sah. Sie würden glatt als Pat und Patachon durchgehen, wobei Hannes der Größere und Willi der Dickere war. Ohne eine Antwort abzuwarten, begann Willi die beiden Kettensägen für den Einsatz vorzubereiten. Ihm war es lieber, für alle Fälle ein Ersatzgerät parat zu haben. Kurt Brandner fuhr in der Zwischenzeit seinen Landrover aus der Gefahrenzone und half Hannes, das Flatterband für die Absperrung anzubringen, die sie vorsichtshalber von der Eisenbahnunterführung bis zum Forstweg ausgeweitet hatten. Beim Fällen eines alten Baumes war ein Restrisiko nie ganz auszuschließen. Der

Stamm hatte eine leichte Neigung zur Unterführung, was die Sache nicht unbedingt einfacher machte.

Aber Hannes und Willi waren erfahrene Forstarbeiter, die sich einen Stamm nur kurz anschauen mussten, um zu wissen, wie sie die Motorsäge anzusetzen hatten, damit der Baum in die gewünschte Richtung fiel. Brandner sah zu, wie Hannes mit der Motorsäge eine Fallkerbe in den Stamm sägte und die aus dem Boden ragenden Wurzeln kappte. Danach setzte er auf der gegenüberliegenden Seite der Fallkerbe einen waagerechten Schnitt an. Hannes reichte Willi die Motorsäge und schob das Visier seines Schutzhelms aus dem Gesicht. Anschließend trieb er mit einem Vorschlaghammer zwei Keile in die Schnittstelle und schlug sie abwechselnd Stück für Stück in den Stamm hinein. Dann war es so weit.

„Baum fällt!", schrie Hannes, und im nächsten Moment fiel die Buche krachend zwischen den Kronen der angrenzenden Bäume hindurch zu Boden.

„Gute Arbeit, Hannes", lobte Brandner. „Besser hätte er nicht fallen können." Er warf einen kurzen Blick auf seine Uhr. „Fangt schon mal an, das Kronenholz abzusägen. Ich schaue mir mal die anderen Bäume an."

Während die Motorsägen erneut aufheulten, machte sich Brandner wieder mit der Spraydose auf den Weg, um die nächsten Bäume zu markieren. Er sah seiner Hündin nach, die aufgeregt im Dickicht verschwand und setzte seine Arbeit fort. Er markierte gerade einen weiteren, altersschwachen Baum, als die Motorsägen plötzlich verstummten.

„Kurt!", vernahm er Hannes' aufgeregte Stimme. „Komm mal ... schnell!" Brandner stieß einen schrillen Pfiff aus, worauf Cara im nächsten Augenblick aus dem Unterholz geschossen kam und an ihm vorbei zu

Hannes und Willi lief. Als er wieder in Sichtweite seiner Angestellten kam, fragte er leicht ungehalten: „Was ist los? Warum macht ihr nicht weiter?“ Hannes deutete auf die Wildschweinsuhle vor ihm, die zum größten Teil noch mit dem Kronenholz des gefällten Baumes bedeckt war. Die Labradorhündin verschwand darin, tauchte einige Sekunden später mit einem dünnen Knochen im Maul wieder auf und ließ den Fund direkt vor Brandners Füßen fallen.

„Hoffentlich ist es nicht das, was ich befürchte“, sagte Hannes, während Willi einfach nur dastand und den Mund nicht mehr zubekam.

Brandner trat ein Stück näher und starrte auf die Suhle. Sein Herz pochte wie verrückt, als er auf die Knochen hinabschaute, die verstreut in der Wildschweinsuhle herum lagen. Mit einem Mal beschlich ihn das beklemmende Gefühl, dass es sich nicht um ein Tier handeln konnte, dessen Überreste vor ihm in der Suhle lagen. Als die Hündin erneut in der Wildschweinsuhle scharren wollte, packte Brandner sie am Halsband und leinte sie an. Es gab für alles eine Erklärung, dachte Brandner. Vielleicht hatten sie sich auch nur getäuscht und es waren doch nur die Knochen eines Tieres, die denen des Menschen ähnlich sahen.

Leichte Schwindelgefühle überkamen ihn. Er trat einige Schritte zurück, setzte sich auf einen Baumstamm und wandte dem Ort des Grauens den Rücken zu. Er wischte sich den Schweiß von der Stirn. Er hatte schon einige Skelette gesehen, von verendetem Wild, die über Monate oder sogar Jahre unentdeckt irgendwo im Dickicht lagen, aber das hier war etwas anderes. Ein menschliches Skelett war ihm noch nie begegnet. Wenn er daran dachte, wie sich die Tiere über die Leiche hergemacht hatten, dann ... nein, lieber nicht daran denken.

„Wir müssen die Polizei rufen", sagte Brandner und kratzte sich am Hinterkopf. „Bis dahin können wir hier nicht weitermachen." Dann griff er nach seinem Handy und wählte mit zitternden Fingern die Nummer der Polizei.

Kapitel 2

Für Kommissar Cem Kayaoglu war es der erste Arbeitstag als Vertreter von Oberkommissarin Ilka Hansen. Natürlich gönnte er Ilka die Reise nach Ligurien. Die eine Woche mit Antonio hatte sie sich mehr als verdient. Trotzdem hätte er nichts dagegen, wenn sich gerade in dieser einen Woche, in der er Ilka vertrat, nichts Aufregendes ereignen würde. Und es sah tatsächlich so aus, als würde es ein ruhiger Tag werden. Es war kurz vor zwölf, und weder Patrick Dannenberg, Leiter der Stader Kriminalpolizei, noch Cems Kollege Polizeiobermeister Kai Lohmeyer hatten sich bisher blicken lassen. Alles war ruhig und damit alles gut.

Cem schaute aus dem Fenster direkt auf den Parkplatz. Der Anblick seines mittlerweile 13 Jahre alten Golfs erinnerte ihn daran, sich endlich um ein neues Gefährt zu kümmern. Ilka hatte ihn schon einige Male gewarnt, dass er ein Riesenproblem bekommen würde, wenn er wegen der Schrottkarre, wie sie es nannte, einen Einsatz verpassen würde.

Er nahm sein schwarzes Jackett von der Stuhllehne und verließ das Büro. Der erste Weg in der Mittagspause führte Cem direkt zu Alims Gemüseladen in der Fußgängerzone. Auf halber Strecke kam er wie so oft an dem alten Mann mit verfilztem Bart und grauer Zottelmähne vorbei, der immer auf demselben Fleck zwischen zwei Läden hockte. Auch an diesem Tag saß er wieder da. Sein Rücken war leicht gekrümmt, als würde er im nächsten Moment nach vorn kippen. Seine Hände krampften sich um einen Pappbecher, in dem sich nur ein paar Cent angesammelt hatten. Cem blieb stehen und legte ihm ein

2-Euro-Stück in den Becher. Der Mann sah zu ihm auf und nickte ihm dankend zu.

„Sie sind ein guter Mensch", sagte er mit kratziger Stimme.

„Ich gebe mir jedenfalls Mühe, einer zu sein", erwiderte Cem. Nur für einen Augenblick trafen sich ihre Blicke, doch das reichte aus, um die unglaubliche Leere in den Augen des alten Mannes zu erkennen. Mit einem flauen Gefühl im Magen setzte Cem seinen Weg fort.

Alim stand draußen vor der Gemüseauslage und baute gerade einen Turm aus Zucchini. Er trug ständig schrille Hawaiihemden, egal, ob es heiß oder nah an der Frostgrenze war. Mit seinen schwarzen, nach hinten gekämmten Haaren und den langen Koteletten erfüllte er eher die Kriterien eines Türstehers einer Discothek als die eines Gemüsehändlers, aber er war ein lieber Kerl, dem man blind vertrauen konnte.

Alim war wirklich nicht zu beneiden. Soweit Cem sich erinnern konnte, gab es nicht einen Monat, in dem er nicht um seine Existenz kämpfen musste. Er träumte davon, eines Tages in seine Heimat zurückzukehren, um dort seinen eigenen Supermarkt zu eröffnen, aber wahrscheinlich hatte er bisher nicht einmal das Geld für den Flug nach Ankara beisammen. Aber Cem mochte ihn, denn er besaß die seltene Gabe, immer fröhlich und gut gelaunt zu sein. Ständig pfiff er irgendeine Melodie vor sich hin. Als er Cem erblickte, erschien ein Grinsen auf seinem Gesicht.

„Hi, Cem, die gleiche Ration wie immer?" Cem nickte, worauf Alim im Laden verschwand und nach kurzer Zeit mit einer Plastiktüte wieder vor ihm erschien.

„Geröstete Kichererbsen, Sonnenblumenkerne, schwarzer Tee und 6 Becher Ayran. Habe ich irgendetwas vergessen?"

„Nein, alles perfekt!“, erwiderte Cem. „Schreibst du es an? Ich bezahle nächste Woche.“

„Klar, mache ich. Und wie geht es dir sonst?“

„Könnte besser sein“, sagte Cem wahrheitsgemäß. „Ilka ist im Urlaub, eine Woche Ligurien mit ihrem Liebsten.“

„Und was macht deine Liebste? Schnippelt sie immer noch an den armen Teufeln herum?“

Cem musste lächeln. Das war halt Alims Art, die Arbeit einer Rechtsmedizinerin zu beschreiben.

„Anna ist auch nicht da. Eine Woche Fortbildung in München.“

„Oh!“, entfuhr es Alim. „Dann hoffen wir mal, dass sich die nächste Leiche ein wenig Zeit lässt, oder?“

„Du sagst es, mein Freund.“

Alim war einer der wenigen Menschen, denen Cem außerhalb der Inspektion vertraute. Wirklich gute Freunde konnte er an einer Hand abzählen. Selbst wenn er nicht im Dienst war, musste er höllisch aufpassen, mit wem er sich einließ und mit wem er sich bedenkenlos unterhalten konnte. Vielleicht war das der Preis, den man als Kommissar der Mordkommission zahlen musste.

„Du hast schon ganz andere Sachen überlebt“, sagte Alim tröstend. „Erinnerst du dich noch an deinen ersten Einsatz, als ihr die verbrannte Leiche im Heuschuppen gefunden hattet? Du warst so aufgeregt, dass du mich mitten in der Nacht angerufen und gefragt hast, ob ich nicht zufällig noch einen Raki für dich hätte!“

„Ja, ich erinnere mich“, entgegnete Cem. „Aber so schlimm ist es auch wieder nicht.“ Alim grinste.

„Gut, aber ich werde zur Sicherheit mal eine Flasche kalt stellen. Kann ja nicht schaden, oder?“

„Nein, schaden kann es nicht.“ Ohne einen plausiblen

Grund nennen zu können, musste Cem wieder an den alten Mann denken, dem er vor ein paar Minuten begegnet war.

„Kennst du den Alten, der immer neben dem Reisebüro sitzt?"

„Klar. Der hockt da jeden Tag. Was ist mit ihm?"

„Bringe ihm bitte was zu essen vorbei, wenn du Feierabend machst. Fladenbrot, Schafskäse, ein bisschen Obst. Kannst die Sachen auf meine Rechnung setzen."

„Geht in Ordnung", erwiderte Alim, woraufhin Cem seine Hand auf Alims Schulter legte.

„Aber nicht übertreiben, okay? Das Gehalt eines Kommissars wird generell überschätzt. Und jetzt muss ich wieder ins Büro. Wir sehen uns morgen, mein Freund."

Cem wollte sich gerade von ihm abwenden, als das Handy klingelte. Als er auf dem Display Kai Lohmeyers Namen sah, ahnte er bereits, was kommen würde.

„Eine Leiche im Wald", hörte er Kai sagen. „Jedenfalls das, was von ihr übriggeblieben ist." Cem verstand kein Wort.

„Geht's ein bisschen konkreter, Kai?"

„Genau genommen handelt es sich um ein Skelett. Nach den Knochen zu urteilen, die hier herumliegen, dürfte unsere Leiche schon etwas länger hier liegen!"

„Wie lange?"

„Keine Ahnung. Das werden wir wohl erst erfahren, wenn sich die Rechtsmedizin damit beschäftigt hat. Zum jetzigen Zeitpunkt lässt sich nicht einmal das Geschlecht und das Alter bestimmen."

„Wo bist du?"

„Du fährst einfach die Friedrich-Huth-Straße Richtung Hollenbeck am Schützenplatz vorbei und dann die nächste rechts. Links siehst du ein kleines Gehöft. Daran fährst du vorbei, und dann siehst du auch schon meinen Polizeiwagen."

„Gut, bleib da. Ich komme, so schnell ich kann." Cem steckte das Handy in die Tasche und warf Alim einen frustrierten Blick zu. „Das war's wohl mit dem ruhigen Tag."

„Darf man fragen, um was es geht?"

„Nein, darf man nicht."

Alim hob beschwichtigend die Hände hoch. „Okay, ich verstehe. Möge Allah dir beistehen!"

„Der kann mir jetzt auch nicht mehr helfen", entfuhr es Cem. „Aber es könnte sein, dass ich noch auf das Raki-Angebot zurückkommen muss. Also stell' die Flasche doch lieber kalt."

* * *

Das kleine, etwas zu schmal geratene Haus der Monticellis lag auf einem höher gelegenen Felsen über der Bucht. Von außen sah es so aus wie jedes andere auch. Der ockerfarbene Putz der Fassade war hier und da schon abgebröckelt, sodass der graue Stein zum Vorschein kam. Das ehemals satte Grün der Fensterläden war längst ausgeblichen und hatte eine undefinierbare Farbe angenommen.

Sie folgten einem schmalen Steinweg, der am Haus vorbei in den Hinterhof führte. Sie gingen an gepflegten Hortensienbeeten und Geranien in sonnengebleichten Terrakottatöpfen vorbei bis zu einer Sitzecke unter wild wuchernden Rosenbüschen.

„Nimm schon mal Platz", sagte Antonio. „Ich sage meiner Mutter, dass wir hier sind."

Kaum eine Minute später trat diese aus dem Haus. Ilka schätzte sie auf etwas über siebzig. Gianna hatte ihr ergrautes Haar zu einem strengen Dutt gebunden und als sie Ilka sah, stellte sie als Erstes ihren Gehstock an einen Rosenbusch. Es schien so, als würde es ihre Eitelkeit strikt verbieten, ihn in Gegenwart anderer zu benutzen.

Sie wischte sich hastig ihre Hände an der Schürze ab. „Ich bin Gianna Monticelli, Antonios Mutter, und Sie müssen die Polizistin sein, von der mein Sohn ständig erzählt."

„Jetzt übertreibst du aber", fuhr Antonio dazwischen.

„Wenn wir telefonieren, erzählst du von nichts anderem", korrigierte Gianna lachend. Und als sie das tat, warfen sich tiefe Lebensfalten übereinander und ließen nur noch schmale Schlitze übrig, aus denen sie Ilka mit listigen, grünen Augen anblinzelte. „Und wir telefonieren oft zusammen."

„Mama, bitte!"

Gianna machte eine abfällige Handbewegung in die Richtung ihres Sohnes. „Es freut mich jedenfalls, Sie kennenzulernen, Frau Hansen", sagte sie mit einem milden Lächeln. „Mein Mann Francesco ist leider noch in den Weinbergen. Aber er wird sicher bald kommen. Falls er nicht wieder seinen Schwager Luca trifft, der eine kleine Hütte in den Weinbergen besitzt. Dann dauert es für gewöhnlich länger."

„Es freut mich auch sehr", erwiderte Ilka. „Es ist wirklich wunderschön hier."

Sie tranken noch ein Glas Wasser, bevor Antonio auf die Uhr deutete. „Ich möchte Ilka jetzt ihr Zimmer zeigen und dann noch kurz bei Enrico in der Trattoria vorbeischauen."

„Ja, geht schon." Gianna strich die Knitterfalten aus der Schürze und legte ihre faltigen Hände wie zum Gebet ineinander. „Ich werde mir gleich eine Flasche

Sciacchetra aus dem Keller holen und auf deinen Vater warten."

„Aber nur ein Glas, versprochen?", sagte Antonio.

„So wie immer", versprach Gianna und blinzelte ihn über ihre schmale Brille hinweg an.

„Was ist Sciacchetra?", fragte Ilka auf dem Weg ins Haus.

„Ein süßer Dessertwein", erklärte Antonio. „Ist nicht so mein Fall, aber meine Mutter liebt das süße Zeug."

Antonio führte sie über eine halsbrecherisch enge Treppe in das Obergeschoss und öffnete eine Tür am Ende des schmalen fensterlosen Flurs. Das Zimmer war das einzige in der oberen Etage, das über einen Balkon verfügte. Feiner Staub wirbelte durch die stickige Luft, als Antonio die Balkontür öffnete.

„Bitte sehr. Nur für dich."

„Wow", war alles, was sie sagen konnte. Wenn es einen perfekten Platz für einen Balkon gab, dann war es dieser. Von hier hatte man einen atemberaubenden Blick auf die Piazza, den Hafen und die Kirche Santa Margherita di Antiochia. Dahinter glitzerte das Meer in der tiefstehenden Sonne. An den Felsen brachen die Wellenkämme, ließen sprühenden Nebel aufsteigen, der sich senkte, um den Blick auf das Meer wieder freizugeben.

„Gefällt es dir?" Ilka war immer noch hin und weg.

„Was für eine Aussicht!" Sie stand einfach nur da, die Hände auf das Balkongeländer gestützt, während ihre Augen der schmalen Serpentinenstraße folgten, die sich zwischen den Weinbergen hindurch schlängelte, deren Rebstöcke wie geometrische Muster an den Hängen wuchsen. Dort, wo die Felsen dem Meer trotzten, schienen sich die aneinander gewachsenen Häuser an den grauen Fels zu klammern wie die knorrigen Wurzeln uralter Bäume.

Über die Dächer hinweg entdeckte Ilka die schwarze Silhouette eines Fischerboots, das träge auf dem Wasser schaukelte. Ilka wünschte sich, jetzt auf diesem Boot zu sein, das Salz auf ihren Lippen zu spüren und an nichts zu denken. Sie breitete ihre Arme aus, als wären sie Flügel, die sie sicher zum Boot tragen würden. Sie griff nach Antonios Hand und führte sie an ihre Wange.

„Ich bin wahnsinnig glücklich, hier zu sein", sagte sie. Antonio zog sie mit sanftem Druck zu sich heran und küsste sie.

„Wenn du es bist, bin ich es auch."

Kapitel 3

Als Cem eine halbe Stunde später den Tatort erreichte, war die Gegend bereits weiträumig abgesperrt. Er duckte sich gerade unter dem Absperrband hindurch, als vor ihm sein Kollege, Polizeiobermeister Kai Lohmeyer, auftauchte.

„Du hast dir ja ganz schön Zeit gelassen", waren die ersten Worte, die er von Kai zu hören bekam.

„Ich war gerade in der Stader Innenstadt, als du mich angerufen hast", entschuldigte sich Cem. „Das war meine Mittagspause! Und außerdem ist heute Samstag. Ich bin nur im Büro, weil ich endlich diesen lästigen Papierkram loswerden wollte. Aber das kann ich jetzt ja wohl vergessen."

Kai reichte ihm unaufgefordert einen Plastikoverall und die passenden Schuhüberzieher. „Und ich bin den ganzen Morgen ums Telefon gelaufen und habe gehofft, dass wir endlich wieder eine Leiche bekommen."

„Ehrlich?" fragte Cem schmunzelnd. „Das hast du getan?"

Statt zu antworten, bedachte Kai seinen Kollegen mit einer abfälligen Handbewegung. „Komm, ich bringe dich jetzt zum Tatort, oder um genauer zu sein Fundort."

Cem folgte ihm über den Forstweg entlang ins Dickicht. Als Erstes entdeckte er zwei Gestalten in weißen Einweganzügen, die inmitten der Wildschweinsuhle hockten und den Boden absuchten. Als er näher kam, erhob sich einer von ihnen und zog den Mundschutz vom Gesicht. Es war Thomas Leitner, der Chef der Spurensicherung.

„Schön, dass du auch noch kommst!"

„Jetzt fang du nicht auch noch an", maulte Cem, während er an den Rand der Suhle trat und auf die Überreste eines Menschen starrte. Vor ihm lag ein Haufen Knochen im Dreck, als hätte sie jemand wahllos hineingeworfen. Thomas stieß einen Seufzer aus.

„Eigentlich hatte ich gehofft, dass ich mit dem Fall an den Fischteichen meinen Bedarf an Morast und Schlamm gedeckt hätte, aber diese Wildschweinsuhle ist nicht viel besser." Er schaute an sich herab. Sein weißer Einweganzug war bis zur Hüfte mit Dreckspritzern übersät, und seine gelben Gummistiefel waren bis zur Hälfte im Schlamm versunken.

„Es wird noch eine Weile dauern, bis wir alle Knochen eingesammelt haben", stellte er mit betrübter Miene fest. „Es ist für die Spurensicherung nicht gerade von Vorteil, wenn eine 30 Meter hohe Buche auf das Skelett fällt, oder besser gesagt, was davon übrig geblieben ist. Außerdem hat der Täter sein Opfer mit Zweigen und Ästen bedeckt. Unter normalen Umständen, also wenn nicht gerade zufällig ein riesiger Baum darauf gefallen wäre, hätten wir die sterblichen Überreste wohl nie entdeckt."

„Ja, das mag sein, aber warum lässt du die Äste jetzt nicht einfach von den Forstarbeitern entfernen?", wollte Cem wissen.

„Damit Pat und Patachon noch mehr zerstören, als sie ohnehin schon zerstört haben?" Thomas stieß einen verächtlichen Laut aus. „Nee, dann bleibe ich lieber eine Stunde länger und lasse die Äste vorsichtig von meinen Leuten entfernen. Die wissen wenigstens, was sie tun."

Typisch Thomas, dachte sich Cem im Stillen. Nichts konnte ihn mehr aufregen als Dilettanten am Tatort, die seine Arbeit behinderten oder gar unmöglich machten.

„Hast du schon was für uns?"

„Was hättest du denn gern? Fingerabdrücke, Tatzeit, Todesursache, Alter, Größe ... ?"

„In dieser Reihenfolge, bitte!", knurrte Cem.

„Wir haben einige Lederreste sichergestellt, die von den Schuhen des Opfers stammen könnten. Außerdem noch einige Bekleidungsreste, aber leider so stark verwittert, dass es schwer wird, noch irgendwelche Spuren darauf zu finden. Aber bis wir da etwas Brauchbares analysiert haben, wird es dauern."

„Also keine persönlichen Dinge?", fragte Cem noch einmal nach. „Kein Ausweis, Geldbörse oder Schmuck?"

„Nein, bisher haben wir nichts davon gefunden. Aber wenn sie etwas dabei gehabt hätte, müssten wir trotz aller Witterungsverhältnisse zumindest Münzen oder Ähnliches finden."

„Kannst du ungefähr sagen, wie lange das Opfer hier schon liegt?"

„Nein, wir wissen lediglich, dass es sich um die sterblichen Überreste eines Menschen handelt. Aber das ist auch schon alles, was ich dir sagen kann. Bisher konnte weder die Liegezeit, das Geschlecht noch das ungefähre Alter bestimmt werden. Wir werden alles, was wir finden, in die Rechtsmedizin bringen. Und dann müssen wir abwarten, was die Untersuchungen ergeben."

„Das ist verdammt wenig", gab Cem von sich.

„Mehr habe ich leider nicht für dich." Thomas Leitner hob entschuldigend die Schultern. „Ich bin weder ein Anthropologe noch ein Osteologe und ein Studium für forensische Entomologie habe ich auch nicht absolviert." Als er Cems fragenden Blick auffing, erklärte er lächelnd: „Unter Entomologie versteht man die gerichtsmedizinisch-kriminalistische Insektenkunde. Anhand des Insektenbefalls der Leiche lässt sich der Todeszeitpunkt recht präzise eingrenzen. Die verschiedenen Insekten, die eine Leiche nacheinander besiedeln, und zwar besonders die Fliegen und ihre Maden, stellen regelrecht eine lebende Uhr dar. Toll, oder?“ Als von Cem keine Antwort kam, klopfte Thomas ihm aufmunternd auf die Schulter. „Es ist alles gut, Cem. Mehr weiß ich auch nicht darüber.“

Plötzlich hörten sie eine Stimme aus dem Hintergrund. „Leute, ich habe etwas!“

Fast gleichzeitig drehten sie ihre Köpfe zu Jürgen Kircher, der in gut fünf Meter Entfernung eine Plastiktüte in die Höhe hielt. Er war mit seinen knapp sechzig Jahren einer der erfahrensten Mitarbeiter im Team der Spurensicherung.

„Eine Kette mit einem Herzanhänger“, verkündete er. Unter seinem dichten Vollbart war der Ansatz eines Lächelns zu erkennen. „Dem Schmuck nach zu urteilen, würde ich auf eine Frau tippen. Und wenn die Kriminaltechnik die Gravur wieder lesbar machen kann, ist das vielleicht die erste Spur.“ Cem nahm die Tüte an sich und betrachtete die Kette.

„Wenn wir die Kette ein paar Meter von der Leiche entfernt gefunden haben“, dachte Cem laut nach, „dann kann das nur bedeuten, dass sie abriss, während der Täter die Leiche in den Wald geschleppt hat.“

„Oder sie wurde von Tieren dorthin gebracht“, warf Thomas Leitner ein. „Die Knochen sind auch weiter verstreut, als wir zunächst angenommen hatten.“ Kaum hatte er den Satz vollendet, wandte er sich auch schon an seinen zweiten Kollegen, der schweigend im Dreck hockte und jeden Knochen einzeln hochhob, säuberte und sorgfältig verpackte.

„Anton, wenn du fertig bist, kannst du anfangen, den nächsten Ast zu entfernen, aber sei vorsichtig. Klara bringt mich um, wenn wir noch mehr Knochen zerstören. Danach suche bitte noch einmal die Gegend weiträumig ab. Vielleicht findest du ja noch weitere Teile, die von Tieren verschleppt wurden."

Cem schaute Thomas irritiert an. „Wer ist Klara?"

Ein Lächeln huschte über Thomas' Gesicht. „Du wirst sie mögen. Eine resolute Dame Mitte fünfzig. Sie ist eine Koryphäe auf dem Gebiet der forensischen Anthropologie!"

Cem verstand immer noch nichts.

„Klara Mertens ist Annas Vertretung während ihrer Fortbildung. Wusstest du das nicht?"

Cem schüttelte den Kopf. „Nein, wusste ich nicht!"

„Jetzt weißt du es!" Thomas wandte sich mit einem Grinsen von Cem ab und winkte den Kollegen Kircher zu sich. „Jürgen, kümmere dich bitte darum, dass die Teile so schnell wie möglich in die Rechtsmedizin kommen, okay?"

Kircher antwortete mit einem knappen Kopfnicken und verschwand wieder im Dickicht.

Thomas wandte sich wieder an Cem. „Eigentlich schade, dass du hier so spät aufgetaucht bist."

„Warum?"

„Naja, fünf Minuten früher und du hättest schon hier vor Ort die Bekanntschaft mit ihr machen können. Sie kam, schaute auf die Knochen in der Suhle und sagte dann, dass ich bitte dafür sorgen solle, dass alles heil und unversehrt bei ihr in der Rechtsmedizin ankommt. Dann war sie auch schon wieder weg. Sie hält anscheinend nicht viel von Kommunikation."

„Toll", entfuhr es Cem. „Ich kann's kaum erwarten, sie kennenzulernen."

„Und vergesse bitte nicht, einen schönen Gruß von mir auszurichten und sei nett, okay?"

„So wie immer“, antwortete Cem.

„Das wird in diesem Fall nicht reichen“, konterte Thomas trocken und gab Cem einen freundschaftlichen Schlag auf die Schulter. „Ich muss jetzt weitermachen, sonst werde ich nie fertig.“

Cem wollte protestieren, doch da hatte der Leiter der Spurensicherung ihm bereits den Rücken zugekehrt. Stattdessen trat Kai an seine Seite.

„Warum ausgerechnet hier?“ Er kratzte sich am Hinterkopf, während er sich in der Gegend umschaute. „Wer macht sich die Mühe, eine Leiche hierher zu bringen? Das ist eine ganz schöne Strecke vom Feldweg bis zum Fundort.“

„Jemand, der ganz sicher sein wollte, dass die Leiche nicht so schnell gefunden wird“, vermutete Cem. „Und wenn es so war, ist sein Plan perfekt aufgegangen. Hast du die Forstarbeiter schon vernommen?“

„Nein. Sie warten drüben auf dem Forstweg, zusammen mit ihrem Chef, dem Revierförster Kurt Brandner.“

Als sich Cem den drei Männern näherte, bot sich ihm ein köstliches Bild. Eingerahmt von zwei gestandenen Mannsbildern stand ein pummeliger Typ mit todernster Miene, der mindestens anderthalb Köpfe kleiner war als die anderen beiden. Während Willi keinen Ton herausbrachte, erzählte Hannes mehr, als Cem lieb war.

„Eigentlich lief alles perfekt. Die Buche fiel exakt Richtung der Lichtung, genauso, wie wir es geplant hatten. War gar nicht so einfach, weil der Baum sich in eine andere Richtung neigte. Danach fingen wir an, die Äste der Baumkrone abzusägen. Plötzlich entdeckte ich ein paar Knochen, aber zunächst dachte ich mir nichts dabei. Ab und zu kommt es schon mal vor, dass wir Reste eines Tierkadavers vorfinden. Also sägten wir weiter, aber dann habe ich Teile des Schädels erkannt. Wir haben natürlich sofort aufgehört und den Chef gerufen."

„Ja, so war es", stimmte Kurt Brandner zu, während Willi nur stumm nickte. Er lehnte sich an seinen Landrover und verschränkte die Arme vor der Brust. „Ich bin schon viele Jahre Förster, aber dass ich mal ein menschliches Skelett in meinem Revier finden würde, hätte ich nicht gedacht."

„Wir hätten auch darauf verzichten können", gab Cem zu. „Wie lange sind Sie schon für dieses Revier zuständig?"

„Ich habe dieses Gebiet vor gut fünf Jahren übernommen."

„Herr Brandner, ich weiß, es ist eine lange Zeit vergangen zwischen dem Tod und dem Auffinden der Leiche. Aber vielleicht fällt Ihnen ja doch noch etwas ein, was Sie damals für bedeutungslos oder nicht wichtig hielten. Ein fremdes Auto, oder auffällige Personen." Während Cem die Frage stellte, wusste er bereits, dass er keine brauchbare Antwort bekommen würde. Es stand ja noch nicht einmal fest, ob die Leiche schon vor Brandners Übernahme dort lag, oder erst später im Wald verscharrt wurde. Brandner schüttelte erwartungsgemäß den Kopf.

„Nein, im Moment fällt mir leider nichts ein." Cem dachte kurz über die nächste Frage nach.

„Herr Brandner, Sie machen doch regelmäßig einen Kontrollgang durch das Revier, oder?"

„Ja, natürlich. Das gehört zu meinem Job." Brandner richtete sich auf und schaute Cem irritiert an. „Worauf wollen Sie eigentlich hinaus?"

„Auf nichts Bestimmtes", entgegnete Cem. „Ich frage mich nur, warum eine Leiche so lange unentdeckt bleiben konnte."

Brandners Laune änderte sich schlagartig. „Hören Sie, Herr Kommissar, ich habe mich entschlossen, einige Teile des Waldes sich selbst zu überlassen. Dort machen wir so gut wie nichts und lassen der Natur freien Lauf. Alte Bäume sterben ab und geben den Nährstoff für neue. Dieser Teil des Waldes gehört dazu.

Es war reiner Zufall, dass wir den kranken Baum fällen mussten, und dass er mit der Krone direkt auf diese Stelle fiel. Ein bisschen weiter nach links oder rechts und wir hätten das Skelett nie entdeckt."

„Danke, Herr Brandner", sagte Cem und wandte sich an Hannes und Willi.

„Und was ist mit Ihnen? Haben Sie etwas Auffälliges bemerkt?" Fast zeitgleich schüttelten sie den Kopf. Cem steckte das Notizbuch in die Tasche.

„Wissen Sie schon, wie lange ... ich meine, seit wann die Leiche dort lag?", wollte Brandner wissen.

„Nein, leider noch nicht. Genaueres lässt sich erst in der Rechtsmedizin feststellen. Und das wird leider noch eine Weile dauern. Ich melde mich, falls ich noch eine Frage habe."

Kapitel 4

Montag, 19. Oktober

Ilka Hansen trat aus der Dusche und betrachtete sich im großen Spiegel. Sie nickte zufrieden. Was sie dort sah, war ganz passabel für eine Mittvierzigerin. Sie fuhr sich mit den Fingern durchs Haar. Das tiefe Schwarz vom letzten Friseurbesuch war ein wenig ausgeblichen. Sie wickelte das nasse Haar in ein Handtuch und ging ins Schlafzimmer. Die Kleiderwahl fiel ihr nicht besonders schwer: schwarzes Top, Jeans und ihre geliebte Lederjacke, mehr brauchte sie nicht, um sich wohlzufühlen. Sie musste sich zwar eingestehen, dass die Jeans, die sie vor einem halben Jahr gekauft hatte, damals noch ein wenig lockerer saß, aber dafür waren die letzten Tage in der Cinque Terre einfach traumhaft gewesen. Nachdem sie sich die Haare geföhnt und ein wenig Mascara aufgelegt hatte, warf sie einen letzten prüfenden Blick in den Spiegel.

„Bist du so weit?"

Sie drehte sich um und schaute Antonio direkt in die Augen. Er sah wie immer unverschämt gut aus in den schwarzen Jeans, dem weißen Leinenhemd und dem beige-farbigen Sakko, das er lässig über die Schultern gelegt hatte.

„Ich bin so weit, Darling", sagte sie, schlang ihre Arme um ihn und gab ihm einen Kuss. „Ich kann es kaum erwarten, mit dir auf der Via dell' Amore entlang zu gehen und die paar Touristen, die da rumlaufen, denken wir uns einfach mal weg."

„Ja, und dann nur wir beide", ergänzte Antonio. „Deine Tochter ist bei Ricco gut aufgehoben."

Ilka lächelte, obwohl sie ein mulmiges Gefühl hatte, ihre Tochter mit diesem Jungen allein zu lassen. Seit sie in Vernazza waren und sich die beiden zufällig am Hafen getroffen hatten, war ihre Tochter nicht mehr von der Seite des Jungen gewichen.

„Wo du gerade Ricco erwähnst ... Wer ist das? Kennst du ihn?"

„Ricco ist ein guter Junge", sagte Antonio. „Sein Vater besitzt das beste Eiscafé in Vernazza."

„Das erklärt vieles", antwortete Ilka lächelnd. „Er weiß hoffentlich, dass Sina erst 15 ist, oder?"

Ein Lächeln huschte über sein Gesicht. „Kann da jemand nicht loslassen?"

Ilka knuffte ihn in die Seite. „Was soll das heißen?" Sie biss sich auf die Lippen. Obwohl sie es nicht hören wollte, hatte Antonio einen ihrer wunden Punkte getroffen. „Ja, mag sein, dass ich nicht loslassen kann. Aber welche Mutter kann das schon?" Sie hielt kurz inne, bevor sie fortfuhr: „Erinnerst du dich noch an deine erste Begegnung mit Sina, in deinem Eiscafé?"

„Ja", antwortete Antonio. „Sehr genau sogar. Sie trug doch diesen pinkfarbenen Pullover mit dem Aufdruck ‚Mini-Zicke' und hatte sich ein Clown-Eis bestellt. Richtig?"

Ein Lächeln umspielte Ilkas Lippen. „Richtig! Das war kurz vor ihrem zwölften Geburtstag." Sie dachte einen Augenblick darüber nach, bevor sie ihre Augen wieder auf ihn richtete. „Und jetzt wird es wohl langsam Zeit, dass Wort ‚Mini' zu streichen, oder?"

„Würde das etwas ändern?"

„Nein, natürlich nicht", erwiderte Ilka. „Ich wollte damit nur sagen, dass sie ..."

„... langsam erwachsen wird", vollendete Antonio den Satz, nahm ihr Gesicht in seine Hände und küsste sie. „Und jetzt lass uns gehen."

„Einen Moment noch", sagte sie. „Ich würde gern kurz auf der Inspektion anrufen, ob alles in Ordnung ist."

„Die kommen auch mal ohne dich aus", wandte Antonio ein, in der Hoffnung, es ihr ausreden zu können.

„Ich weiß", sagte sie. „Aber ich fühle mich einfach wohler, wenn ich mal kurz anrufe. Es dauert auch nicht lange."

Sie gab ihm einen Kuss und rief Cem an. „Hallo, Kollege. Wollte nur mal hören, ob bei euch alles klar ist."

Cem zögerte kurz. Ein Leichenfund in Harsefeld würde bedeuten, dass Ilka ihren Urlaub nicht fortführen könnte, als wäre nichts gewesen. Dafür kannte er sie viel zu gut.

„Geht so", erwiderte er schließlich.

„Was heißt ‚geht so'?"

„Wir haben eine Leiche", hörte sie Cem sagen. „In einem Waldstück in Harsefeld! Allerdings sind von der Leiche nur noch ein paar Knochen über."

„Wisst ihr schon, wie lange sie dort gelegen hat?"

„Nein, noch nicht. Geschlecht, Alter, Todesursache … alles noch völlig unklar. Die sterblichen Überreste sind gerade in der Rechtsmedizin. Danach wissen wir hoffentlich mehr."

„Habt ihr sonst noch was?"

„Wir haben am Fundort eine Kette mit einem Herzanhänger sichergestellt. Die Kollegen von der Kriminaltechnik sind gerade dabei, die Gravur wieder sichtbar zu machen. Vielleicht hilft uns das ja weiter."

Antonio deutete mit dem Finger auf die Uhr. „Wir müssen los", flüsterte er ihr zu.

„Cem, sorry, aber ich habe es ziemlich eilig. Lass uns später weiterreden. Am besten über Skype. So gegen 18 Uhr?"

„Klar, kein Problem", kam es zurück.

„Okay. Bis nachher."

* * *

Cem streckte sich, verschränkte die Arme hinter dem Kopf und starrte die mattweiße Decke des Büros an. Er hatte nicht den leisesten Schimmer, wo sie mit den Ermittlungen beginnen sollten. Er nahm ein paar Sonnenblumenkerne aus der Tüte und begann mit den Zähnen die salzige Schale zu knacken. Kai Lohmeyer, der ihm direkt gegenüber saß, schaute ihm schweigend dabei zu.

„Willst du auch ein paar?", bot Cem an, doch bevor Kai etwas entgegnen konnte, betrat Patrick Dannenberg das Büro.

„Guten Tag, meine Herren! Haben wir schon etwas Konkretes?"

„Um ehrlich zu sein", antwortete Cem ausweichend, „haben wir so gut wie nichts." Dannenberg rückte seine Krawatte zurecht.

„Das ist nicht viel. Und wo fangen wir jetzt an?" Cem warf einen kurzen Blick auf die Uhr über der Eingangstür.

„In gut zwei Stunden haben wir einen Termin in der Rechtsmedizin. Ich hoffe, dass wir danach schlauer sind." Dannenberg sah Cem über seine Brille hinweg an.

„Weiß Ilka eigentlich schon davon?"

„Sie hat mich heute Morgen angerufen und gefragt, ob alles okay ist. Naja, da musste ich es ihr sagen. Wir werden uns heute Abend noch einmal über Skype unterhalten."

Dannenberg nickte. „Sehr gut. Soweit ich weiß, bleibt sie noch bis Anfang nächster Woche dort. Schafft ihr das allein?"

Cem hob unschlüssig die Schultern. „Die Buxtehuder Kollegen haben damals ein Dutzend Leute zusammengezogen, um den Fall aufzuklären und wir sind gerade mal zwei."

„Es ist nicht so einfach, mal eben zusätzliche Ressourcen zu beantragen", erwiderte Dannenberg. „Vielleicht könnte ich noch einen Kollegen vom Einbruch dazubekommen. Ich meine, solange Ilka in Italien ist."

‚Paul Reinhard' schoss es Cem sofort durch den Kopf. Er kannte niemanden auf der Inspektion, der so oft hin und her geschoben worden ist wie Paul, was nicht unbedingt für seine beruflichen Fähigkeiten sprach. Immer, wenn es galt, irgendwo eine personelle Lücke zu füllen fiel sein Name.

Pauls Problem war nicht seine mangelnde Einsatzbereitschaft oder sein Fleiß, sondern eher die fehlende Gabe, eigenständig zu handeln. Er war nicht in der Lage, Ermittlungsergebnisse in einen logischen Zusammenhang zu bringen, und eine gewisse Eigendynamik zu entwickeln. Wenn Paul keine klaren, eindeutigen Anweisungen bekam, war er hoffnungslos überfordert. Cem wägte kurz die Vor- und Nachteile einer Zusammenarbeit ab, und sagte dann: „Schon gut, Patrick. Ilka ist ja bald wieder da und bis dahin kommen wir auch alleine klar!"

„Ich kann mich doch auf euch verlassen, oder?"

„Voll und ganz", erwiderte Cem rasch, um alle Zweifel von Anfang an zu beseitigen. Kai nickte ebenfalls, zog es aber vor, zu schweigen. Ihm war nicht wohl bei dem Gedanken, die Ermittlungen ohne Ilka zu beginnen. Wenn das schiefging, konnte er sich seine Beförderung abschminken.

„Okay, sagt mir sofort Bescheid, wenn ihr von der Rechtsmedizin zurück seid!"

Cem wartete, bis sein Chef die Tür hinter sich geschlossen hatte, und wandte sich dann Kai zu. „Was hättest du eigentlich gemacht, wenn es mit der Polizei nicht geklappt hätte?"

„Warum fragst du das gerade jetzt?“

„Mir fiel gerade nichts Besseres ein“, entgegnete Cem. „Also, was hättest du getan?“

„Keine Ahnung.“ Kai musste lächeln, als er hinzufügte: „Ich wollte schon als kleiner Junge Polizist werden und das ist auch bis heute so geblieben. Nur ein einziges Mal kamen mir Zweifel, ob das der richtige Job für mich ist.“

„Wann war das?“

„Oh, das ist schon eine Weile her. Kurz nach meinem sechzehnten Geburtstag durfte ich zum ersten Mal über Nacht zelten. Ich bin mit einem Kumpel an die Elbe gefahren. Wir bauten unser Zelt an der Uferseite des Deiches auf und hatten ein paar Bier und Bratwürste dabei. Dann suchten wir uns trockenes Holz und holten ein paar Steine vom Ufer, um den Rost darauf zu legen. Mein Kumpel ist noch einmal losgegangen, um neues Holz zu holen, als ich zwei Gestalten auf mich zukommen sah. Ihre Kleider waren triefend nass und da es nicht regnete, konnte das nur bedeuten, dass sie direkt aus dem Fluss kamen.“ Cem schüttete ein paar Sonnenblumenkerne vor sich auf den Tisch und begann sie mit den Zähnen aufzuknacken.

„Erzähl weiter“, forderte er Kai auf. „Ich hätte nicht gedacht, dass das so spannend wird.“

„So toll fand ich das damals nicht. Als die Typen näher ans Feuer kamen, sah ich ihre finsteren Gesichter. Der Schweiß rann mir den Rücken hinab, und ich betete zu dem da oben, dass die nur hungrig und durstig waren. Als mein Kumpel zurückkam, hätte er beinahe vor Schreck das Holz fallen lassen.“

Kai schraubte die Thermoskanne auf und goss sich einen Kaffee ein. „Die Typen bückten sich über das Feuer, hielten ihre Handflächen darüber und fragten nach

Bier. Ich reichte ihnen zwei Flaschen, unfähig, auch nur einen Ton über meine Lippen zu bringen. Danach machten sie sich über unsere Bratwürste her. Als ihre Kleider wieder einigermaßen trocken waren, gaben wir ihnen unsere Jacken, und dann verschwanden sie in der Dunkelheit. Wir saßen noch lange Zeit wie betäubt da. Ich denke, das werde ich mein Leben lang nicht vergessen."

„Was waren das für Typen?", wollte Cem wissen.

„Du wirst es nicht glauben", sagte Kai, „aber es waren tatsächlich zwei entflohene Häftlinge von Hahnöfersand. Der Jugendstrafvollzug liegt auf einer kleinen Insel in der Elbe. Die sind einfach abgehauen. Am nächsten Tag stand es dann auch schwarz auf weiß in der Zeitung." Kai nippte an seinem Kaffee. „Der Gedanke, dass ich später als Polizist öfter mit solchen Leuten zu tun hätte, brachte mich ein wenig ins Grübeln. Aber das war schnell wieder vorbei."

„Du hast dich geradezu heldenhaft verhalten", sagte Cem mit einem breiten Grinsen. „Möchtest du jetzt ein paar Sonnenblumenkerne?"

Kai schüttelte genervt mit dem Kopf. „Du nimmst mich nicht ernst."

„Doch!", kam es prompt zurück. „Ich habe doch gesagt, dass es heldenhaft war! Reicht das nicht?"

Kai ging nicht weiter darauf ein, wandte sich um und ging langsam zur Landkarte an der Wand.

„Warum suchte sich der Täter ausgerechnet diesen Ort aus?" Kai tippte mit dem Finger auf das Waldstück am Ortsausgang von Harsefeld. „Das ist mit Sicherheit kein Ort, an dem man sich verabredet oder zufällig trifft. Da ist jemand in Panik geraten und wollte die Leiche für immer verschwinden lassen."

„Das denke ich auch", pflichtete Cem ihm bei. „Also dürfte das nicht der Tatort sein." Er schaute auf die Uhr.

„Ich muss noch mal los. Treffen wir uns um zwei vor der Rechtsmedizin?"

„Klar. Kein Problem. Darf man fragen, was du vorhast?"

Cem trat ans Fenster und deutete mit dem Kopf zum Parkplatz hinunter.

„Ich muss mich von meinem geliebten Gefährt trennen", gab er ein wenig theatralisch von sich. „Mir blutet das Herz."

Kai grinste. „Und mir kommen gleich die Tränen!"

„Wer nimmt hier eigentlich wen nicht ernst?", fragte Cem vorwurfsvoll und warf seinem Partner einen bitterbösen Blick zu. „Ist jetzt auch egal. Wir sehen uns nachher."

* * *

Als die beiden kurz nach zwei die Rechtsmedizin betraten, stieg in Cem sofort wieder dieses altbekannte, mulmige Gefühl auf. Ein Skelett zu betrachten war zwar bei Weitem nicht so schlimm, als würde er vor einer Leiche stehen, die nach der Obduktion mit einem Y-Schnitt wieder notdürftig zugenäht wurde, doch dieses beklemmende Gefühl, in diesem Raum dem Tod viel näher zu sein, konnte er nicht unterdrücken.

Klara Mertens stand mit verschränkten Armen vor dem Obduktionstisch und betrachtete ihr Werk. Die Knochen hatten schon wieder die Form eines Skeletts angenommen, obwohl immer noch viele Teile fehlten.

„Kommissar Kayaoglu", stellte er sich vor. „Und das ist mein Kollege Lohmeyer."

„Klara Mertens. Ich vertrete Frau Dr. Beringer während ihrer Fortbildung." Sie sagte das, ohne die beiden anzusehen. Stattdessen nahm sie den Bericht vom Schreibtisch und überflog die Zeilen.

Cem warf einen verstohlenen Blick zu der brünetten Assistentin, die gerade dabei war, einige Instrumente zu desinfizieren. Als sie ihm ihr Gesicht zuwandte, vergaß er für Momente, dass er sich in unmittelbarer Nähe einer skelettierten Leiche befand.

„Franziska? Bis du es wirklich?"

„Cem! Das ist ja eine Überraschung!" Ein strahlendes Lächeln breitete sich auf ihrem Gesicht aus. Sie legte das Skalpell aus der Hand und drehte sich herum. „Mensch, wie lange ist das her?"

„Im November werden es drei Jahre", erwiderte Cem wie aus der Pistole geschossen. „Manche Dinge vergisst man halt nicht."

„Geht mir genauso", sagte sie und zog die Gummihandschuhe aus. „Die Blaue Reise auf der Gulet war ein Traum."

Er nickte. „Ja, fand ich auch."

Franziska und Cem gingen aufeinander zu, doch bevor sie in eine innige Umarmung fallen konnten, vernahmen sie ein lautes Räuspern. Wie auf Kommando drehten sich beide zu Klara Mertens um.

„Ich störe diesen magischen Moment des Wiedersehens ja nur ungern, aber es wäre nett, wenn wir uns jetzt wieder unserem Opfer zuwenden könnten."

„Ja, natürlich. Was haben Sie für uns, Frau Doktor?"

„Die kurze oder lange Version, Herr Kayaoglu?", fragte sie mit einem leicht ironischen Unterton.

„Am besten eine, die ich verstehe", konterte Cem.

„Gut, ich werde mich bemühen, mich verständlich auszudrücken. Wie Sie sehen, bin ich noch nicht fertig. Einige Knochen sind im Laufe der Zeit abhandengekommen, andere wiederum wurden durch den umstürzenden Baum zerstört. Das macht es natürlich sehr schwierig, eine genaue Aussage hinsichtlich ..."

„... des Alters zu treffen?", ergänzte Cem, woraufhin er sich prompt einen bösen Blick der Rechtsmedizinerin einhandelte.

„Herr Kayaoglu, ich wäre Ihnen dankbar, wenn Sie mich ausreden lassen würden."

„Klar." Cem hob beschwichtigend die Hände. „Ich höre zu." Klara Mertens nickte kurz und wandte sich wieder dem Skelett zu.

„Also, wie ich schon erwähnte, ist es bei dieser Art von Knochenfunden sehr schwierig, eine genaue Aussage hinsichtlich Liegezeit, Geschlechtsbestimmung und eventuellen Verletzungen zu treffen. Ohne die Ergebnisse der forensischen DNA-Analysen kann ich natürlich nur vage Vermutungen anstellen. Erschwerend kommt noch dazu, dass man in diesem Fall, angesichts des Fundorts und der dort anwesenden Personen, nicht von einer fachgerechten Bergung der menschlichen Überreste sprechen kann." Klara Mertens trat näher an den Tisch heran und deutete auf die Stellen, an denen noch deutliche Lücken zu erkennen waren.

„Das Skelett ist leider nicht mehr ganz vollständig", begann sie. „Dennoch kann ich jetzt schon sagen, dass es sich aller Wahrscheinlichkeit nach um eine weibliche Person handelt. In diesem Punkt werden auch die molekularbiologischen Untersuchungen nichts anderes ergeben." Klara schaute zu Cem, als würde sie einen Kommentar von ihm erwarten. Als der nicht kam, zog sie eine Braue in die Höhe und fügte hinzu: „Zu den Laboruntersuchungen gehören ..." Weiter kam sie nicht, denn jetzt meldete sich Kai endlich zu Wort.

„… unter anderem die DNA- und Genanalysen, um exakte Rückschlüsse auf Herkunft, Alter und eventuelle Krankheiten zu erhalten".

„Sie überraschen mich, Herr Lohmeyer", sagte Klara sichtlich beeindruckt. „Dann wissen Sie vermutlich auch, dass man anhand des Beckens und der Form des Schädels ziemlich eindeutig das Geschlecht bestimmen kann."

In diesem Moment bereute Kai bereits seinen Einwand. „Im Detail natürlich nicht", gab er kleinlaut zu, um es gleich danach zu relativieren. „Aber im Groben schon." Klara Mertens lächelte milde.

„Weibliche und männliche Becken sind verschieden", erklärte sie. „Das Hüftbeinloch hat bei Frauen eine ovale Form, und die Beckenschaufeln sind breiter. Das männliche Becken dagegen ist eher hoch, schmal und eng. Das wichtigste Merkmal zur Unterscheidung ist allerdings der Winkel der Schambeinfuge." Sie nahm das Laken noch einmal ein Stück beiseite und deutete auf das Schambein. „Die Fuge ist beim weiblichen Becken größer als 90 und beim männlichen kleiner als 90 Grad."

Cem warf Kai einen genervten Blick zu. Eine Kurzfassung hätte aus seiner Sicht völlig ausgereicht, doch Klara Mertens fuhr unbeirrt fort.

„Entscheidend für die Geschlechtsbestimmung ist unter anderem die Glabella." Sie trat an das Kopfende des Skeletts und zeigte mit dem Finger auf eine Stelle oberhalb der Augen. „Wie Sie deutlich erkennen können, fehlt an diesem Schädel die für einen Mann typische Stirnbeinerhebung. Also handelt es sich hier eindeutig um eine weibliche Person."

Cem atmete auf, als Klara Mertens ihren Monolog kurz unterbrach, um einen Blick in ihre Aufzeichnungen zu werfen. Er nutzte die willkommene Unterbrechung, um rasch das Thema zu wechseln. „Können Sie schon etwas zu ihrem Alter und der Liegezeit sagen?“

„Was das Alter betrifft, kann ich wirklich nur schätzen. Die Zähne im Oberkiefer sind noch sehr gut erhalten. Und da ich an den Gelenken keine sichtbaren Abnutzungen feststellen konnte, und auch keine Veränderungen an den Knochen zu erkennen sind, die auf Arthrose oder eine andere altersbedingte Krankheit hindeuten würden, gehe ich mal von einem Alter zwischen 20 bis 30 Jahren aus, bei einer Größe von ungefähr 1,60 bis 1,70. Um die Zeitspanne weiter einzugrenzen, benötige ich natürlich die Ergebnisse der forensischen DNA-Analyse. Das Gleiche gilt für die Liegezeit. Wenn ich mir den Verwesungsprozess und die Fraßspuren anschaue und dazu die ungefähren Temperaturverhältnisse im Wald berücksichtige, dann kann sie zwei Jahre dort gelegen haben, aber unter Umständen auch wesentlich länger. Sie lag mehr oder weniger in einer Wildschweinsuhle. Aber ob sie da von Beginn an lag, oder Tiere sie dort im Laufe der Zeit hingezerrt haben, wissen wir nicht.“

Cems Blick fiel auf den Schädel, der unzählige Risse und Bruchstellen aufwies. „Mal angenommen, sie ist einem Gewaltverbrechen zum Opfer gefallen. Kann man das überhaupt noch feststellen?“

Klara nickte. „Ja, ziemlich eindeutig sogar. Postmortale Veränderungen entstehen infolge von Verlagerung durch Tiere oder Menschen, beim Bergen der Knochen, und durch verschiedene äußere Bedingungen. Ein Kriterium hierbei ist, dass bei solchen Veränderungen die Färbung der Schnitt- und Bruchflächen meist deutlich heller ist als die der übrigen Knochenoberfläche. Perimortal entstandene Brüche dagegen weisen meist dieselbe Färbung auf.

Somit lässt sich ziemlich sicher belegen, dass zum Beispiel ein Sturz mit dem Kopf auf eine Tischkante durchaus zeitlich mit dem Todeseintritt übereinstimmen könnte." Klara bedeutete Cem und Kai näher zu kommen. „Schauen Sie sich das bitte mal an." Sie deutete auf eine Bruchstelle am hinteren Teil des Schädels. „Das sind deutliche Anzeichen von äußerer Gewalteinwirkung. Natürlich könnten diese Art von Verletzungen auch durch Wildtiere oder einen herab gestürzten Ast entstanden sein, also postmortal, aber in unserem Fall halte ich das für eher unwahrscheinlich. Jedenfalls konnte ich keine erkennbaren Farbveränderungen zwischen der Bruchstelle am Schädel und der restlichen Knochenoberfläche feststellen."

„Das heißt jetzt genau was?", drängte Cem.

„Das heißt, dass sie vermutlich einen Schlag auf den Hinterkopf bekommen hat oder gegen einen scharfkantigen Gegenstand gefallen ist. Ob sie daran gestorben ist, kann ich natürlich nicht sagen. Aber zwischen dieser Verletzung und dem Eintritt des Todes ist nicht sehr viel Zeit vergangen."

„Also können wir im Moment davon ausgehen, dass sie ermordet wurde", schlussfolgerte Cem.

„Ja", bestätigte Klara. „Aber ich werde zur Sicherheit noch eine toxikologische Untersuchung am Knochenmark veranlassen."

„Es wird nicht leicht sein, sie nach so langer Zeit zu identifizieren", wandte Kai ein. „Bisher haben wir nur eine Kette mit einem Herzanhänger gefunden."

Klara Mertens warf ihm einen flüchtigen Blick zu, bevor sie das weiße Laken über die Knochen zog. „Ob sie identifiziert werden kann, hängt ganz allein von Ihnen ab, meine Herren. Und wenn Sie die entsprechende Person ausfindig gemacht haben, kann ich anhand eines Fotos der Vermissten eine Fotoidentifikation veranlassen. Ich kenne da jemanden, der einzigartig ist auf diesem Gebiet." Klara kehrte zu ihrem Schreibtisch zurück und schenkte sich einen Kaffee ein.

„Möchten die Herren auch einen?" Fast gleichzeitig schüttelten Cem und Kai mit dem Kopf.

„Wo war ich stehengeblieben?"

„Bei der Fotoidentifikation", antwortete Kai brav. Klara nickte.

„Ja genau. Jeder Mensch hinterlässt ein zweidimensionales Bild. Es ist unverwechselbar wie ein Fingerabdruck. Dazu kommt natürlich noch das Gebiss. Sie brauchen nur ihren Zahnarzt finden. Dann ist es ziemlich wahrscheinlich, dass wir ihre Identität zweifelsfrei feststellen können."

„Danke, Frau Doktor", sagte Cem in höflichem Ton.

„Dafür nicht", kam es trocken und ohne die Spur eines Lächelns zurück. „Das ist mein Job."

Dann eben nicht, dachte sich Cem im Stillen und machte auf dem Absatz kehrt. Doch er konnte nicht gehen, ohne noch einen Blick auf Franziska zu werfen. Selbst in ihrem weißen Kittel und den Einweghandschuhen, die sie mittlerweile wieder übergestreift hatte, sah sie hinreißend aus. Sie warf ihm einen „Wann-sehen-wir-uns-wieder?"-Blick zu und wandte sich dann wieder ihrer Arbeit zu. Als Cem den Obduktionsraum verließ, bekam er nicht mehr mit, dass Klara Mertens ihm lächelnd hinterher sah.

Kapitel 5

Das späte Licht des Tages vergoldete die Cinque Terre. In der Bucht schaukelten die Fischerboote in der sanften Dünung, bereit, auszulaufen, noch bevor es Nacht wurde. Erst mit der Morgendämmerung würden die Fischer wieder heimkehren, erwartet von ihren Frauen in Kitteln und Schürzen, um den Fang zu säubern und in mit Eis gefüllte Styroporkisten zu legen. Ilka und Antonio lehnten sich an das Balkongeländer und schmiegten ihre Körper aneinander.

Unten neben der Hafenmauer saß ein Maler, unbeirrt von balancierenden Kindern und Touristen, die ihm neugierig über die Schulter blickten. Sein Kopf ruhte regungslos auf seinen schmalen Schultern, das verwaschene Hemd lose über der dunklen Leinenhose. Es war schon zu dunkel, um sein Gesicht erkennen zu können, doch Ilka konnte erahnen, wie die Augen des Mannes vom Skizzenblock zum Horizont und wieder zurück huschten, während der Stift mit raschen Bewegungen über das Papier wanderte.

„Das würde ich auch gern können", meinte Ilka in Gedanken versunken. „Und wenn ich sehr gut wäre, müsste ich keine Verbrecher mehr jagen."

Antonio kam ihr so nah, dass sie seinen Atem spürte. Ilka konnte sich in diesem Moment keinen anderen Ort vorstellen, an dem sie lieber wäre, als auf diesem Balkon, hoch über dem Meer und mit dem Mann an ihrer Seite, den sie liebte.

„Jetzt bist du erstmal hier", flüsterte er ihr zu. „An einem der schönsten Orte der Welt, und du hast Urlaub." Ilka versuchte ein Lächeln.

„Grazie di tutto", sagte sie leise. „Es ist wirklich traumhaft. Aber es ist nicht so einfach, den Schalter im Kopf umzulegen." Ilka drehte ihr Gesicht wieder zum Meer. Eine Windböe wirbelte ihr Haar durcheinander.

„Was geht gerade in deinem Kopf vor?", fragte Antonio.

„Was willst du hören?" Antonio lächelte.

„Deine Kollegen haben eine Leiche gefunden, und du bist 1400 Kilometer von ihnen entfernt. Ich kenne dich, Ilka. Die Sache lässt dich nicht los, dann der Laptop und die Frage, ob im Haus meiner Eltern WLAN vorhanden ist ..."

„Dieser Ort ist wie geschaffen, sich treiben zu lassen und das Leben zu genießen. Aber es lässt mir einfach keine Ruhe, wenn ich nicht weiß, was da los ist. Verstehst du das?"

Antonio wandte seinen Blick aufs Meer. „Ja, natürlich."

„Wirklich?"

„Ja."

„Dann hättest du nichts dagegen, wenn ich ..."

„Und wenn ich dagegen wäre?" unterbrach er sie.

Ilka zog die Augen so weit zusammen, dass sich eine tiefe Falte zwischen den Brauen bildete. „Dann würde ich es nicht tun!"

Er drehte sich zu ihr, zog sie an sich und schaute ihr fest in die Augen. „Das wollte ich nur hören", sagte er lächelnd. „Und jetzt lass deine Kollegen nicht länger warten."

Ilkas Gesichtszüge entspannten sich. Jetzt musste auch sie lächeln. „Danke, Antonio."

* * *

Eine Viertelstunde später gingen sie Hand in Hand über die Piazza. Eine Schar Tauben flog auf, als sie an der Kirche Santa Margherita di Antiochia vorbei zu der Trattoria gingen. Ilka setzte sich an einen Ecktisch gegenüber der Eingangstür, während Antonio am Tresen Platz nahm.

Enrico, der Inhaber der Trattoria, trat an ihren Tisch und fragte nach ihrem Wunsch. Ilka bestellte ein Glas Rotwein und klappte ihren Laptop auf, den sie extra für die Unterhaltung mit Cem mitgenommen hatte.

„Möchten Sie auch etwas essen, Signora?"

„No, grazie. Im Moment nicht." Ilka zögerte kurz. „Vielleicht doch ein paar Oliven und ein bisschen Brot. Ja, das wäre gut." Schließlich hatte sie Urlaub, und wenn sie schon nicht komplett abschalten konnte, wollte sie es sich wenigstens gut gehen lassen.

„Aber später musst du unbedingt seine Antipasti probieren", rief Antonio ihr zu. „Sie sind die zweitbesten auf diesem Planeten."

„Nach deinen natürlich!", ergänzte Ilka lächelnd, während sie den Laptop öffnete und sich einloggte.

„Ja, natürlich", entgegnete Antonio mit ernster Miene. „Oder zweifelst du etwa daran?" Während Ilka noch nach Worten suchte, die keinen der beiden in ihrer Ehre verletzen würden, warf Enrico Antonio einen verständnislosen Blick zu.

„Signora Hansen. Ich schlage vor, Sie probieren meine und entscheiden dann, welche wirklich die Besten sind!"

„Das werde ich, Enrico. Versprochen." Sie wartete, bis er wieder hinter dem Tresen verschwunden war. Dann öffnete sie das Programm ‚Skype', gab den Benutzernamen und das Passwort ein und wartete, bis Cem ihren Anruf annahm.

„Hallo, Cem, schön dich zu sehen."

„Ja, freut mich auch." Er brauchte eine ganze Weile, bis er die Kamera und sich selbst so platziert hatte, dass er auf dem Monitor gut zu erkennen war.

„Was es nicht alles gibt!“ Cem war sichtlich begeistert. „Da sind wir gut 1400 Kilometer voneinander entfernt und ich sehe dich, als wärst du irgendwo in der Nähe.“ Ilka konnte sich ein Lächeln nicht verkneifen. Cem und Technik waren zwei Dinge, die einfach nicht zusammenpassten. „Wenn du eine fünfzehnjährige Tochter hättest, dann wäre das hier für dich das Normalste auf der Welt.“

Kai drängte sich kurz ins Bild. „Für die Technik hat er mich ja“, sagte er mit einem Augenzwinkern. „Hallo, Ilka.“

„Hallo, Kai. Alles klar bei dir?“

„Bis auf die Tatsache, dass ich eigentlich seit zweieinhalb Stunden Dienstschluss hätte, ja.“

„Ich werde dich lobend erwähnen, wenn die nächsten Beförderungen anstehen“, sagte Ilka schmunzelnd. „Also, was habt Ihr bisher herausgefunden?“

Während Kai wieder vom Monitor verschwand, begann Cem, ihr kurz die Fakten zu erklären.

„Zwei Forstarbeiter haben ein Skelett im Wald entdeckt. Es handelt sich um eine junge Frau, die zum Zeitpunkt ihres Todes zwischen 20 und 30 Jahre alt und zwischen 1,60 und 1,70 groß war. Im Moment gehen wir davon aus, dass sie mindestens zwei Jahre, wenn nicht sogar länger dort lag. Laut des Berichts der Rechtsmedizin ist sie gewaltsam zu Tode gekommen, vermutlich durch einen Schlag auf den Kopf. Zumindest wurden am Schädel Anzeichen von Gewalteinwirkung festgestellt. Das ist aber auch schon alles, was wir bisher wissen.“

Mitten in Cems Ausführungen drang eine männliche Stimme zu ihnen. „Ihr Montepulciano, Signora.“

„*Grazie*, Enrico.“

„Wer war das denn?“, fragte Cem irritiert. „Wo bist du überhaupt?“

Ilka prostete Cem zu. „Vernazza ist ein kleines Dorf. Im Haus von Antonios Eltern gibt es kein WLAN, also blieb mir nur diese Trattoria. Du hast doch nichts dagegen, wenn ich mir im Urlaub ein Gläschen Rotwein gönne, oder?“

Cem schüttelte heftig den Kopf. „Nein, natürlich nicht. Wo waren wir stehen geblieben?“

„Bei der Leiche im Wald“, half ihm Ilka auf die Sprünge. „Wisst Ihr schon, wer sie war?“

„Nein, wir sind gerade dabei, die Vermisstenanzeigen durchzugehen.“

„Ist schon seltsam, dass eine Leiche so lange unentdeckt im Wald liegt“, meinte Ilka. „So groß ist das Waldstück nun auch wieder nicht.“

„Genau das habe ich den Revierförster auch gefragt“, pflichtete Cem ihr bei.

„Und was hat er gesagt?“

„Wenn sie den Baum nicht gefällt hätten, wäre die Leiche, oder das, was von ihr übrig geblieben ist, wohl nie entdeckt worden. Er sagt, dass dieser Teil des Waldes naturbelassen ist und sich selbst regeneriert. Deshalb verirrt sich da auch so schnell kein Mensch hin.“

„Wie war es eigentlich in der Rechtsmedizin?“ Ilka stellte die Frage ganz bewusst, da er zum einen die Räume der Rechtsmedizin hasste und zum anderen seine Herzdame Anna auf Fortbildung war. Obendrein kannte sie die als resolut bekannte Rechtsmedizinerin Klara Mertens, die Anna Beringer während ihrer einwöchigen Abwesenheit vertrat.

„Ich weiß nicht, was schlimmer war, der Obduktionsraum oder die Frau Doktor“, stöhnte Cem auf. „Es hätte nicht viel gefehlt und sie hätte mich gefressen.“ Ilka musste grinsen. Nichts anderes hatte sie erwartet.

„Cem, nach außen hin mag sie ein wenig hartherzig wirken, aber im Grunde ist sie eine ganz Liebe."

Cem stieß einen undefinierbaren Laut aus. „Wenn es so ist, dann hat sie das perfekt überspielt."

Ilka warf ihm ein süffisantes Lächeln zu. „Wahrscheinlich hast du etwas zu lange auf den Hintern ihrer Assistentin geschaut. Kann das sein?" Sein kurzes Zögern reichte Ilka schon als Antwort. „Gut, dann wäre das ja geklärt." Ilka hob ihr Glas, prostete Enrico aus der Ferne zu und trank einen Schluck.

„Machst du das mit Absicht?", fragte Cem in einem beleidigten Tonfall.

„Was?"

„Ständig ein Glas Wein in die Kamera halten, während wir bei Kaffee und Tee in unserem tristen Büro hocken."

Ilka stellte schuldbewusst das Glas außerhalb der Kamera ab. „Entschuldigung, war wirklich keine Absicht. Außerdem bin ich ja bald wieder bei Euch."

„Bingo!", hörten sie Kai plötzlich aus dem Hintergrund rufen. „Das könnte sie sein!" Kai druckte das Foto aus und trat an Cems Seite.

„Barbara Schulte, 26 Jahre alt, BWL-Studentin, wohnhaft in Buxtehude. Ihre Eltern haben sie am 23. August 2013 als vermisst gemeldet! Seitdem gibt es kein Lebenszeichen von ihr!" Kai hielt das Foto vor die Kamera, damit Ilka einen Blick darauf werfen konnte. „Wenn ich die Suche auf unsere Region begrenze, ist sie die Einzige, die im Moment infrage kommt. Sie passt zumindest ins Zeitfenster, wenn auch knapp."

„Und wenn die Tote gar nicht aus unserer Gegend kommt?" gab Ilka zu bedenken.

„Dann können wir die Suche immer noch ausweiten", meldete sich Cem zu Wort. „Als Erstes würde ich alles, was wir über Barbara Schulte wissen, an die Rechtsmedizin weiterleiten. Vielleicht können wir die Identität des Opfers ja anhand des Zahnstatus oder mithilfe einer Fotoidentifikation herausbekommen."

„Gute Idee, Cem." Ilka steckte sich eine Olive in den Mund. „Fragt morgen früh mal bei den Buxtehuder Kollegen nach. Dort müsste der Fall ja aktenkundig sein. Und jetzt macht Schluss für heute. Ach, bevor ich es vergesse: super Arbeit, Jungs." Ilka beendete die Verbindung, klappte den Laptop zu und winkte Enrico zu sich. „Jetzt bin ich bereit für die Antipasti."

„Wie Sie wünschen, Signora", erwiderte Enrico, machte auf dem Absatz kehrt und verschwand in der Küche.

Antonio setzte sich zu ihr. „Alles in Ordnung?"

„Ja, ich denke schon", sagte sie. „Wir haben jetzt wenigstens eine Vermutung, wer die Tote ist." Sie lächelte, aber ihre Stimme hatte etwas Abwesendes, als wäre sie mit ihren Gedanken ganz woanders.

„Stimmt irgendetwas nicht, amore mio?" fragte Antonio.

Ihr Blick wanderte zu ihm. „Alles in Ordnung, tesoro mio."

„Warum kann ich dir das nicht glauben?" hakte er nach. „Irgendetwas brennt dir doch auf der Seele."

In diesem Moment näherte sich Enrico mit zwei Tellern voller Köstlichkeiten: getrocknete Tomaten, Oliven in frischen Kräutern eingelegt, Wildschweinsalami, hauchdünner Prosciutto, Käse, frisches Brot und eine Schale mit duftendem Pesto.

„Grazie, Enrico", sagte Antonio und bedeutete ihm mit einem Kopfnicken, dass er jetzt gern mit Ilka allein sein würde. Als Enrico außer Hörweite war, spießte er mit der Gabel ein Stück Käse auf.

„Weißt du eigentlich, dass wir gar nicht so verschieden sind?“ Ein Lächeln umspielte seine Mundwinkel. „Als du mit deinen Kollegen geredet hast, habe ich im Eiscafé angerufen. Und gestern habe ich es auch getan. Ich wollte einfach nur wissen, ob alles in Ordnung ist. Genau wie du. Anscheinend können wir beide nicht loslassen.“

„Das glaube ich jetzt nicht.“ Ilka starrte ihn einen Moment lang an. „Das ist nicht wahr, oder?“

„Doch. Du kannst nicht ohne deine Jungs in der Inspektion und ich nicht ohne meine Leute vom Eiscafé. Ist doch gar nicht so schwer zu verstehen, oder?“

Ilka musste lachen und hätte sich beinahe an einem Stück Salami verschluckt.

Antonio wartete, bis sie sich von ihrem Hustenanfall erholt hatte, dann sagte er: „Es gibt ein schönes, italienisches Sprichwort: ‚Wer die alte Straße wegen der neuen verlässt, weiß, was er verlässt, aber nicht, was er findet.‘“

Ilka verstand nicht ganz, worauf er hinaus wollte. „Wie kommst du da jetzt drauf?“

„Meine Mama macht sich mal wieder Sorgen um meine Zukunft. Sie möchte, dass ich hierbleibe, und zwar für immer.“

„Und du?“, fragte Ilka, plötzlich verunsichert. „Was möchtest du?“

„Die Antwort habe ich dir bereits gegeben“, sagte Antonio und nahm ein Stück Schinken von seinem Teller. Dann streckte er seinen Arm aus und legte seine Hand auf die ihre. „Ich habe das gefunden, wonach ich lange gesucht habe. Also sehe ich keinen Grund, die alte Straße zu verlassen. Mein Leben ist in Harsefeld, bei dir. Und das soll auch so bleiben.“

Ilka schob ihr Weinglas beiseite, beugte sich weit über den Tisch und küsste ihn direkt auf den Mund.

„Ich habe selten so etwas Schönes gehört, Antonio." Ilka holte tief Luft. Sie hätte nie damit gerechnet, dass ihr mal mitten in einem Lokal die Tränen in die Augen schießen würden, doch in diesem Moment konnte sie es nicht verhindern.

Sie zog ein Taschentuch aus ihrer Handtasche und tupfte sich die Augen trocken.

In diesem Moment trat Enrico an ihren Tisch. „Signora, ich hoffe, Sie waren zufrieden."

„Sì Enrico, è stato bellissimo!" sagte Ilka. „Es war perfekt. Aber wollen wir nicht das ‚Sie' weglassen? Ich bin Ilka." Sie streckte ihm ihre Hand entgegen und hoffte, dass er den feuchten Schleier in ihren Augen nicht bemerken würde.

„Sì, Ilka. Ich bin Enrico." Er nahm ihre Hand in die seine. „Aber du bist mir trotzdem noch eine Antwort schuldig."

„Welche?"

„Wer die besten Antipasti macht?"

Ilkas Blick wanderte von Antonio zu Enrico und wieder zurück. Irgendetwas musste ihr jetzt einfallen.

„Wäre es möglich", sagte sie schließlich. „dass ich noch eine Nacht darüber schlafen kann? Ihr seid wirklich gut, ich meine, ihr seid beide wirklich super, aber ..."

„Ist schon gut", sagte Enrico und klopfte Antonio freundschaftlich auf die Schultern. „Du hast eine tolle Frau, mein Freund. Pass gut auf sie auf, okay?"

„Sì, grazie di tutto, Enrico!"

Kapitel 6

Dienstag, 20. Oktober

Als Cem am nächsten Morgen um acht Uhr im Büro ankam, roch es bereits nach frisch aufgebrühtem Kaffee.

„Was um aller Welt machst du schon hier?“ fragte Cem verwundert. „Es ist gerade mal Acht!“

„Mein Flur wird gefliest“, klärte Kai ihn auf. „Und pünktlich um sieben standen die Handwerker vor der Tür. Ich habe die alte Dame über mir gebeten, ab und zu mal nach dem Rechten zu sehen und bin direkt ins Büro gefahren.“

Bevor Cem etwas erwidern konnte, plauderte Kai munter weiter. „Nicht, dass du denkst, ich hätte meine Zeit nur mit Kaffee kochen verbracht. Ich habe das Foto von Barbara Schulte in die Rechtsmedizin geschickt, und die Akte aus Buxtehude angefordert. Wir bekommen sie im Laufe des Tages. Wenn du nichts dagegen hast, würde ich mich jetzt auf die Suche nach Barbara Schultes Zahnarzt machen. Wenn wir Glück habe, wissen wir bald, wo sie in Behandlung war.“

„Ja, mach das“, sagte Cem. „Und wenn du die Unterlagen hast, schicke sie bitte sofort an die Rechtsmedizin. Vielleicht können wir sie ja anhand des Zahnabgleichs identifizieren. Bis dahin müssen wir abwarten. Ich möchte absolut sicher sein, dass es sich bei der Toten wirklich um Barbara Schulte handelt, bevor wir mit den Ermittlungen weitermachen.“

Cem ging zur Kaffeemaschine, überlegte kurz, ob er sich nicht lieber einen Tee machen sollte, entschied sich dann doch für den Kaffee. Während Kai die Telefonliste der Buxtehuder Zahnarztpraxen ausdruckte, ließ er sich in seinen Stuhl fallen und schaute gedankenverloren aus dem Fenster. Die Wolken, die sich am Himmel zusammengezogen hatten, waren genauso düster wie die Aussicht, den Fall in absehbarer Zeit lösen zu können. Selbst wenn es sich bei dem Opfer um die junge Frau handeln würde, hätten sie mindestens zwei Jahre verloren. Die ersten Regentropfen fielen zu Boden und innerhalb von wenigen Sekunden goss es wie aus Kübeln.

* * *

An diesem Morgen saß Sina keine zehn Minuten zusammen mit Ilka und Antonio am Frühstückstisch. Nach einem Nutella-Brot und einer halben Tasse Kakao wurde sie bereits unruhig.

„Mama, darf ich aufstehen?"

„Jetzt schon?", fragte Ilka mit einem Hauch von Enttäuschung in der Stimme. „Eigentlich hatte ich gedacht, dass wir heute mal ein wenig Zeit zusammen verbringen könnten."

„Mama, können wir das nicht auf morgen verschieben? Ich treffe mich heute mit Ricco unten am Hafen. Wir wollen mit seinem Boot aufs Meer fahren."

Ilka sah sie nachdenklich an. Eine Bootsfahrt mit einem zweifellos gutaussehenden italienischen Jungen konnte sie natürlich nicht toppen.

„Darf ich?" Sina schlang ihre Arme um den Hals ihrer Mutter. „Bitte, Mama."

„Nur, wenn wir morgen etwas zusammen unternehmen", sagte Ilka. „Versprochen?"

„Versprochen! Danke, Mama."

Sina sprang auf und brachte ihr Geschirr in die Küche. Ilka schaute zu ihrer Tochter und musste sich eingestehen, dass Sina auf dem besten Weg war, eine bildhübsche junge Frau zu werden. Sie trug eine enge Jeans und ein nicht weniger enges T-Shirt, das eindeutig bewies, dass Sina kein Kind mehr war. Nur ihre strahlenden, hellblauen Augen erinnerten Ilka noch an das unschuldige Wesen, das sie als Mini-Zicke mit wippendem Pferdeschwanz in Erinnerung hatte. Ilka sah ihrer Tochter nach und vergaß für Augenblicke Antonio, der hinter ihrem Rücken stand und bisher keinen Ton von sich gegeben hatte.

„Was machst du eigentlich an dem Tag, an dem deine Tochter auszieht, um ihr eigenes Leben zu führen? Ich weiß nicht, ob ich an diesem Tag in deiner Nähe sein möchte."

„Das dauert ja wohl noch eine Weile, oder?"

„Ja, sicher, aber der Tag wird kommen, und wenn du so weiter machst, wirst du in Tränen ausbrechen und dich nicht mehr einkriegen."

„Werde ich nicht", antwortete Ilka trotzig und verschränkte ihre Arme vor der Brust. „Außerdem ist das etwas ganz anderes."

„Warum?"

„Weil sie mit achtzehn machen kann, was sie will, aber mit fünfzehn eben noch nicht. Da trage ich noch die Verantwortung." Sie trat auf ihn zu und stieß ihn mit dem Finger auf die Brust, woraufhin Antonio das Gesicht verzog.

„Aua, weißt du eigentlich, wie weh das tut?"

„Sonst macht es ja keinen Sinn", erwiderte sie trocken und bedachte ihn mit einem warnenden Blick.

„Und um deine Frage zu beantworten: Nein, ich werde nicht in Tränen ausbrechen, wenn sie auszieht! Klar?"

„Gut, dann gönne den beiden jetzt die Bootstour und besuche deinen Maler am Hafen. Ich muss noch mal kurz zu einem Weingut. Treffen wir uns um die Mittagszeit vor der Santa Margherita di Antiochia?“

Ilka gab ihre trotzige Haltung auf und schlang ihre Arme um seinen Hals. „Du solltest Seelsorger werden. Du würdest viele Menschen wieder auf den rechten Weg führen.“

Antonio winkte ab. „Lieber nicht. Ein Schäfchen reicht mir voll und ganz!“ Er nahm sie in den Arm, zog sie fest an sich und küsste sie direkt auf den Mund.

„Sina hat das im Griff“, flüsterte er ihr zu. „Und du auch. Bis nachher.“ Dann schwang er sein Sakko über die Schulter und verließ das Zimmer.

* * *

Ilka schlenderte über die Piazza und steuerte geradewegs auf den Maler zu, den sie schon am Dienstagabend bewundert hatte. Bei seinem Anblick musste Ilka lächeln. Er sah aus wie ein Paradiesvogel. Das grellbunte Hemd hing locker über der weiten Baumwollhose, dazu trug er weiße Leinenschuhe und als Krönung einen ausgeblichenen, etwas überdimensionierten Strohhut, dessen Rand an einigen Stellen bereits ausgefranst war.

Entlang der Mauer standen eingerahmte Werke seines Schaffens: der Sentiero Azzurro, nächtliche Fischerboote und die Punta Mesco. Ilkas reges Interesse für seine Bilder veranlasste ihn, seine Arbeit kurz zu unterbrechen.

„Ich lebe in meinen Bildern“, sagte Luigi, ohne Ilka anzuschauen. „Ich kann in sie hineingehen, zu dem Ursprung unseres Daseins zurückkehren. Ich könnte niemals in geschlossenen Räumen arbeiten. Das künstliche Licht, die toten Gegenstände, der Stillstand des Lebens... furchtbar.“ Er tauchte den Pinsel in wässriges Indigoblau und deutete mit einem flüchtigen Strich das Ende des Horizonts an. Dann warf er Ilka einen fragenden Blick zu.

„Können Sie mir folgen?" Es schien für ihn undenkbar, dass jemand anderes die unsichtbare Schwelle zu seiner Traumwelt überschreiten könnte.

„Ich glaube schon", sagte sie trotzdem, aber ihre stille Hoffnung, er würde sich mit der Antwort begnügen, verwarf er mit einer flüchtigen Handbewegung.

„Das ist schön", sagte er. „Die meisten können es nicht, weil sie noch nie über den Rand ihres eigenen Horizonts hinweggesehen haben!" Er schob seinen Strohhut ein wenig in den Nacken und deutete mit dem Pinsel in die Unendlichkeit des Himmels.

„Sehen Sie die Wolken dort? Sie verändern unentwegt ihre Form. Sie sind ein Sinnbild der vergänglichen Zeit. Es liegt in ihrer Macht, uns das Licht der Sonne zu rauben und damit auch unser Leben." Ein älteres Ehepaar blieb neben ihnen stehen, lauschte gebannt seinen Worten und starrte dabei blinzelnd in den Himmel hinauf. Es schien so, als versuchten sie tatsächlich, die Unendlichkeit des Himmels zu ergründen. Nach einer Weile gaben die beiden es auf und gingen mit einem leicht verwirrten Blick Richtung Ilka weiter.

Seinen Kopf leicht zum Himmel gehoben, setzte Luigi ein paar flüchtige Striche, um den Felsen die Härte zu nehmen, dann nahm er ein wenig Indigoblau mit dem Pinsel auf und verstärkte den Schatten der unruhigen See. Dass Ilka neben ihm stand, schien er gar nicht mehr wahrzunehmen.

* * *

„Ist das nicht wahnsinnig schön?", waren die ersten Worte, mit denen sie Antonio kurz nach dem Mittag vor der Kirche empfing. Stolz hielt sie ihm eins von Luigis Gemälden entgegen. Er warf einen Blick auf die farbenfrohen Häuser Vernazzas, die Piazza und die Santa Margherita di Antiochia.

„Ja, sehr eindrucksvoll." Antonios Bewunderung hielt sich zwar in Grenzen, doch Ilka ignorierte den Unterton in seiner Stimme.

„Ich hänge es über die Couch", sagte sie freudestrahlend. „Und es wird mich immer an diese Reise erinnern."

Ilka stellte das Bild ab, setzte sich auf die Hafenmauer und ließ ihren Blick schweifen. Die Häuserfassaden und Dächer glänzten golden im Sonnenlicht. Dort, wo es den Bewohnern nicht gelungen war, den Fels zu bändigen, ragte das nackte Gestein in die Höhe, damit auch ja niemand vergaß, dass man am Rande des Abgrunds lebte.

Ilka konnte sich nicht satt sehen an den engen Gassen, der flatternden Wäsche an einem Gewirr von Leinen, die kreuz und quer in den Hinterhöfen gespannt waren, und der Piazza, die eingezwängt zwischen den Häusern, der Kirche und den Hafenmauern lag. Sie warf Antonio einen träumerischen Blick zu.

„Du hast Recht gehabt. Es ist wirklich wunderschön hier."

„Ja, ich weiß. Meine Frau Marianna liebte diesen Ort genauso wie du."

Ilka nahm sein Gesicht in beide Hände. „Willst du darüber reden?"

Antonio schaute mit betrübter Miene zu Boden. „Sie starb vor drei Jahren bei einem Verkehrsunfall. Sie war mit einem Motorroller in den Bergen unterwegs. Sie hatte keine Chance, dem Wagen auszuweichen. Er war viel zu schnell und ist auf ihre Fahrbahn geraten." Als Antonio kurz zu ihr aufschaute, wurde Ilka klar, wie sehr es ihn immer noch bedrückte. Seine Augen waren feucht geworden, und in seinem Blick lag Bitterkeit.

„Als man sie fand", fuhr er leise fort, „war sie schon nicht mehr bei Bewusstsein. Zwei Monate lag sie im Koma. Ich war jeden Tag bei ihr, habe auf ein Wunder gehofft, aber sie hat's nicht geschafft. Es war so, als wäre ein Teil von mir gestorben." Ilka fühlte sich plötzlich elend. Sie tastete nach seiner Hand, drückte sie.

„Das tut mir leid", flüsterte sie. „Hätte ich gewusst, dass ..."

„Ist schon gut, meine Liebe", unterbrach er sie. „Komm, ich lade dich auf ein Glas Wein ein."

Keine zehn Minuten später saßen sie auf Enricos Außenterrasse, unter einem wärmenden Heizstrahler. Er bestellte eine Flasche Montepulciano und geröstetes Knoblauchbrot mit frischen Tomaten und Basilikum.

„Dieses Brot ist wirklich fantastisch", sagte er und legte seine Hände auf die ihren. „Ilka?"

„Ja?"

„Was hältst du davon, wenn wir schon morgen nach Harsefeld zurückfahren?"

Ilka sah ihn irritiert an. „Warum?"

„Ich merke doch, wie sehr dir dieser Fall zu Herzen geht. Selbst wenn du nicht darüber redest oder mit ihnen telefonierst, spüre ich, dass du mit den Gedanken ganz woanders bist."

„Und was ist mit dir? Willst du auch zurück?"

„Naja, das Wetter da oben im Norden ist für Mitte Oktober noch ganz gut und das Eiscafé voll, also könnten meine Angestellten durchaus noch Unterstützung gebrauchen."

Ihre Augenbrauen zuckten nach oben. „Wirklich? Das würdest du tun?"

„Warum nicht?"

„Hoffentlich bereust du diese Entscheidung nicht."

„Warum sollte ich?"

Sie lächelte, aber das Lächeln war nicht mehr so frei und unbefangen wie noch vor ein paar Minuten. „Sina wird nicht gerade begeistert sein."

„Vielleicht habe ich sogar eine Idee, wie wir die Sache mit Sina regeln können."

Sie neigte den Kopf leicht zur Seite. „Und wie?"

Antonio reichte ihr ein Knoblauchbrot. „Du wirst begeistert sein."

Ilka schaute ihn fragend an. „Meinst du jetzt das Brot oder die Sache mit Sina?"

„Was hältst du davon, wenn Sina noch eine Woche hier bleibt? Sie hat ja noch Ferien. Sie könnte bei meinen Eltern bleiben. Und Enrico würde sie dann nach Genua zum Flughafen bringen. Er ist sowieso zwei Tage in der Woche dort." Ilka fühlte sich nicht wohl bei dem Gedanken, ohne Sina nach Hause zu fahren.

„Sie ist erst fünfzehn, Antonio! Ich kann sie nicht einfach hierlassen."

„Sie ist schon fünfzehn!" korrigierte Antonio. „Heutzutage machen Mädchen in Sinas Alter eine zweiwöchige Sprachreise nach Malta. Und zwar allein!"

„Das ist doch etwas ganz anderes", versuchte sich Ilka zu rechtfertigen. „Dort gibt es Betreuer, Unterricht und …"

„Und was?", fiel ihr Antonio ins Wort. „Meine Eltern werden auf sie aufpassen. Du ahnst nicht, wie resolut meine Mutter sein kann, wenn jemand aus der Reihe tanzt."

„Das glaube ich ja gern, aber Sina war noch nie allein."

„Sie wird langsam erwachsen. Du musst ihr die Freiheit geben, sich zu entfalten."

Ilka blickte auf, sah zu ihm und dann legte sich ein Lächeln um ihre Mundwinkel. „Ja, kann sein. Als Mutter loszulassen, ist nicht so einfach. Früher habe ich sie immer ‚mein Lamm' genannt und habe es geliebt, sie zu beschützen. Ich habe es genossen, wenn sie in mein Bett gekrochen kam, weil sie nicht allein einschlafen wollte. Verstehst du, was ich sagen will?"

„Ja, sehr gut sogar."

„Okay, aber ich muss trotzdem eine Nacht darüber schlafen", sagte Ilka. „Non c´è problema?"

„No, tutto va bene. Aber lass dir nicht zu viel Zeit. Irgendwann muss ich mich um den Flug kümmern."

Enrico trat an ihren Tisch, hielt eine dickbäuchige Grappaflasche in der Hand und verteilte drei Gläser.

„È medicina!", sagte er mit einem frechen Grinsen. Er füllte die Gläser und hob eines davon in die Höhe.

„Salute!"

„Lass uns auf unsere Zukunft anstoßen", sagte Antonio mit einem Lächeln. „Auf uns, Ilka."

Ihre Gläser stießen mit einem hellen Klang aneinander.

„Auf uns, Antonio", sagte Ilka.

Kapitel 7

Als Cem am Nachmittag die Nachricht von Klara Mertens aus der Rechtsmedizin bekam, dass es sich bei der Toten im Wald um Barbara Schulte handelte, vergrub er seine Hände tief in den Hosentaschen und starrte unentwegt auf die Bilder an der Magnettafel. Barbaras Foto hing direkt neben dem Foto der Wildschweinsuhle, in der man ihre sterblichen Überreste gefunden hatte. Der Zahnabgleich mithilfe der Röntgenbilder von Barbara Schultes Zahnarzt waren eindeutig. Eine Zahnoperation im hinteren Bereich des Oberkiefers lieferte den endgültigen Beweis für die Identität der Toten.

„Was soll ich den Eltern sagen, wo und vor allem wie wir ihre Tochter gefunden haben?“, murmelte Cem vor sich hin. „Es gibt nichts Schlimmeres in unserem Job, als solche Nachrichten zu überbringen.“ Er kniff die Lippen zusammen, versuchte Kai Lohmeyers Blick aufzufangen. „Ist die Akte in der Zwischenzeit da?“

„Ja, aber um ehrlich zu sein, steht da nicht viel Brauchbares drin. Die Buxtehuder Kollegen haben Barbaras Eltern, Sonja und Klaus Schulte, vernommen. Sonja Schulte ist seit dem Verschwinden ihrer Tochter in psychologischer Behandlung. Sie leidet unter Depressionen. Sie haben ebenfalls Barbaras damaligen Freund Oliver Koch und ihre beste Freundin Sabrina Erdmann vernommen. Auch da keine Hinweise auf irgendeinen Grund, warum Barbara so plötzlich verschwunden ist. Interessant ist vielleicht, dass Sabrina drei Jahre, bevor Barbara verschwand, einen schweren Autounfall hatte, bei dem ihre Mutter, Miriam Erdmann, tödlich verunglückte. Sabrina sitzt seitdem im Rollstuhl; inkomplette

Querschnittslähmung und ihr Vater, Wolfgang Erdmann, war laut Protokoll danach total neben der Spur."

„Was haben die Ermittlungen damals ergeben?" hakte Cem nach.

„Nichts. Die Unfallverursacher konnten nicht ermittelt werden. Das Unglück ereignete sich am späten Abend, und es hat zum Zeitpunkt des Unfalls stark geregnet."

„Was ist damals genau passiert?"

„Laut Aussage von Sabrina Erdmann hat ein dunkler Wagen kurz vor einer Hügelkuppe versucht, sie zu überholen und hat dabei das entgegenkommende Fahrzeug übersehen. Ihre Mutter hat noch versucht zu bremsen, aber sie hat es nicht mehr geschafft. Das Auto der Erdmanns ist ins Schleudern geraten und frontal gegen einen Baum geprallt. Ihre Mutter war sofort tot. Sabrina konnte sich weder an das Kennzeichen noch an die Marke des Fahrzeugs erinnern."

„Wurden fremde Lackspuren am Unfallwagen gefunden?"

„Nein. Anscheinend gab es keine Berührung zwischen den Fahrzeugen."

„Okay", sagte Cem. „Darum können wir uns später noch kümmern." Er schaute kurz auf die Uhr. „Es ist jetzt kurz nach halb vier. Ich fahre jetzt erst mal zu Barbaras Eltern und du schaust dir bitte in der Zwischenzeit die Akte genauer an. Vielleicht findest du ja ein paar Anhaltspunkte, die uns weiterhelfen. Irgendwo müssen wir ja anfangen."

* * *

Tolle Lage, dachte sich Cem, als er das Haus der Schultes entdeckte. Es lag abgelegen in einer schmalen

Seitenstraße am Rand des Buxtehuder Stadtparks. Hohe Sträucher und Birken umrahmten das Grundstück. Er ging an dem dunkelbraunen Mercedes vorbei, der im Carport parkte, und klingelte.

Barbara Schultes Vater war ein schlaksiger, hoch aufgeschossener Mann mit dünnen Beinen, dessen Gang ein wenig hölzern wirkte. Und trotzdem schien er auf sein Äußeres allergrößten Wert zu legen. Der Bart war frisch gestutzt, die schwarzen Haare akkurat frisiert, und sein Anzug aus feinstem Stoff saß perfekt. Seinem Aussehen nach zu urteilen, wollte er gerade das Haus verlassen, als Cem ihm die Nachricht von dem Tod seiner Tochter überbrachte. Es überraschte Cem ein wenig, dass er kaum eine Regung zeigte.

„Sie denken vielleicht, dass ich gefühllos bin, aber ich habe mit dieser Nachricht gerechnet. Tag für Tag habe ich damit gerechnet, dass jemand kommt und mir diese schreckliche Nachricht überbringt." Er stockte kurz, bevor er fortfuhr: „Meine Tochter wäre nie von uns gegangen, ohne uns eine Nachricht zu hinterlassen. Das hätte sie nie getan!"

„Wann haben Sie ihre Tochter damals das letzte Mal gesehen?"

„Am Morgen, an dem sie verschwand", sagte er mit stockender Stimme. „Wir haben noch zusammen gefrühstückt, bevor ich ins Büro ging. Es war alles, wie sonst auch."

Sein trüber Blick wanderte zum Foto seiner Tochter, das in einem braunen Holzrahmen auf der Anrichte stand.

„Wissen Sie schon, wer es getan hat?"

Cem schüttelte den Kopf. „Nein, leider noch nicht. Wir sind gerade am Anfang unserer Ermittlungen. Herr

Schulte, Sie haben damals ausgesagt, dass Ihre Tochter die Absicht hatte, einen Kosmetiksalon aufzumachen und zwar mit ihrer Freundin Sabrina Erdmann. Ist das richtig?“

„Am Anfang schon, ja. Aber irgendwann hat sich Barbara nach etwas anderem umgesehen. Ich weiß nicht, warum und wieso, aber es fing an, als sie sich während unseres Urlaubs auf Mallorca ein paar Läden angesehen hatte. Ich habe keine Ahnung, warum, weil ich immer dachte, dass Sabrina und Barbara unzertrennlich wären.“

„Können Sie mir sagen, was das genau für Läden waren? Hat sie sich nur Kosmetiksalons angeschaut?“

„Nein, soviel ich mitbekommen habe, hat sie sich auch Restaurants, Lokale und Bars angesehen. Also nicht Spezielles.“

Er zog die Augenbrauen zusammen und schien über seine eigenen Worte nachzudenken. „Ich habe sie darauf angesprochen, aber sie ist mir ausgewichen und hat gesagt, dass es nichts mit ihrem gemeinsamen Traum zu tun hätte.“

„Herr Schulte, wäre es möglich, kurz mit Ihrer Frau zu sprechen?“

Klaus Schultes Haut spannte unnatürlich über den spitzen Wangenknochen. „Das geht leider nicht. Sie hat sich gerade hingelegt.“ Er faltete seine Hände und schloss für Momente die Augen. „Hören Sie, meiner Frau geht es nicht besonders. Sie hat Barbaras Verschwinden nie überwunden. Bitte, lassen Sie mich zuerst mit ihr reden. Ich muss es ihr irgendwie beibringen.“

Klaus Schulte erhob sich mühsam, ging zur Anrichte und nahm das Foto seiner Tochter in die Hand.

„Ich habe versucht, das Geschehene zu akzeptieren. Ich habe versucht loszulassen, aber meine Frau schafft das nicht. Sie sehnt sich nach einem Leben, das unwiederbringlich verloren ist. Denn Barbara ist tot. Ich habe alles, wirklich alles getan, um meiner Frau zu helfen, ihr neuen Lebensmut zu geben, sie zu trösten, auch wenn es mir selbst dreckig ging." Er zögerte einen Moment, holte tief Luft.

„Aber ich habe es nicht geschafft. Sie hat niemanden mehr an sich heran gelassen. Das Schlimmste, was Eltern passieren kann, ist, wenn das eigene Kind vor dir stirbt. Man überlebt das, mit Glück, aber überwinden kann man es nie."

„Ist Ihnen an dem Morgen, als Sie zusammen gefrühstückt haben, irgendetwas an Ihrer Tochter aufgefallen?"

„Warum fragen Sie das?", erwiderte Klaus Schulte. „Sie ist tot, oder?" Cem beugte sich vor.

„Herr Schulte, wir werden alles tun, um den Tod Ihrer Tochter aufzuklären. Aber dafür brauche ich alles, was uns irgendwie weiterhelfen könnte. Wir müssen herausfinden, mit wem sie zusammen war, wen sie kannte, und was an dem Tag ihres Verschwindens wirklich passiert ist. Bitte, denken Sie noch einmal nach."

Klaus Schulte zögerte kurz, dann schüttelte er wie in Trance den Kopf. „Nein, wenn da etwas war, habe ich es nicht bemerkt."

„Können Sie sich noch daran erinnern, welche Kleidung Ihre Tochter an dem Morgen ihres Verschwindens trug?"

„Das ist lange her."

„Versuchen Sie sich, daran zu erinnern, Herr Schulte. Bitte." Wieder zögerte er. „Jeans, Sweat-Shirt und eine dunkle Jacke."

„Können Sie sich noch an die Farbe der Kleidung erinnern?"

„Blau, glaube ich. Ja, dunkelblau, jedenfalls die Jeans und die Jacke. An das Sweat-Shirt kann ich mich nicht mehr erinnern."

„Woher wissen Sie so genau, dass es dunkelblau war?"

„Weil es ihre Lieblingsfarbe war", kam es leise zurück. „Warum fragen Sie das?"

„Ich muss herausfinden, was sie an diesem Tag vorhatte, und warum sie von niemandem gesehen wurde. Haben Sie vielleicht eine Ahnung? Hat sie eventuell eine Andeutung gemacht, einen Ort oder Namen genannt?"

Wieder hielt er kurz inne und schüttelte dann den Kopf. „Nein, mir gegenüber hat sie nichts erwähnt."

Cem zog eines der Fotos aus der Jackentasche, das er in der Akte der Buxtehuder Kollegen entdeckt hatte. Es zeigte Barbara inmitten einer Gruppe von jungen Leuten, die alle ausgelassen ihre Gläser in die Höhe hielten.

„Herr Schulte, erkennen Sie jemanden auf dem Foto?"

Er warf nur einen flüchtigen Blick auf das Bild. „Nein."

„Schauen Sie bitte noch einmal genau hin", forderte Cem ihn auf. „Es ist wirklich wichtig."

Er wischte sich mit der flachen Hand übers Gesicht und schaute gedankenverloren vor sich hin.

„Nein, wirklich nicht. Welcher Vater weiß schon, mit wem sich seine erwachsene Tochter abgibt? Barbara lebte ihr eigenes Leben, hatte Träume, die ich nicht immer teilte. Ich wusste zwar, dass sie neben dem Studium viele Jobs angenommen hatte, auch, dass sie so eine Art Model für eine Werbeagentur war, aber mehr auch nicht. Eines Abends sagte ich ihr, dass ich es nicht gut finde, wenn sie sich so zur Schau stellt, aber sie hat nur gelacht und gesagt, dass es ein Job wie jeder andere wäre, und ich mir keine Sorgen machen müsste."

Klaus Schulte schaute Cem mit ausdruckslosen Augen an.

„Irgendwann gehen die Kinder fort und führen ihr eigenes Leben, und dann ist die Zeit gekommen, in dem man als Vater keinen Einfluss mehr hat." Er nahm das Foto in die Hand und betrachtete es eine Weile. „Darf ich es behalten? Als Erinnerung?"

Cem zögerte kurz, aber soweit er sich erinnerte, befanden sich noch eine Reihe ähnlicher Fotos in der Akte.

„Ja, natürlich", sagte er dann und versuchte den Blick seines Gegenübers aufzufangen. „Haben Sie eigentlich nie daran geglaubt, dass sie noch am Leben sein könnte, dass sie einfach ..."

„Nein", fiel er Cem ins Wort. „Nein, nie. Nicht Barbara. Ich habe es Ihnen ja schon erzählt. Sie hätte sich auf jeden Fall gemeldet." Sein Blick wanderte hinaus, über die Terrasse auf den Rasen, der von dichten Kirschlorbeerbüschen umrandet war.

„Mir war klar, dass etwas Schlimmes passiert sein musste. Aber bei meiner Frau sah das anders aus. Ich weiß nicht, ob Sie das verstehen, aber wenn die Zeit gekommen ist, dann wollen Sie es nicht wahrhaben. Die letzten Jahre mit Sonja waren sehr schwer. Wir verloren Freunde, weil sie nicht mehr in Gesellschaft sein konnte.

Es ist so, als hätte man ein lieb gewonnenes Buch für immer beiseitegelegt. Und dieses Buch war unser früheres Leben, unsere Ehe und unsere Tochter Barbara. Jetzt geht sie langsam von mir, mit jedem Tag entfernt sie sich weiter von mir, und das tut entsetzlich weh, weil man einfach machtlos ist. Aber ich werde bei ihr bleiben, bis es vorbei ist. Das ist alles, was ich noch tun kann."

Hatte er sich bis dahin noch einigermaßen unter Kontrolle gehabt, war er jetzt mit seiner Kraft am Ende.

„Ich wusste von Anfang an, dass unsere Kleine nicht mehr am Leben war", schluchzte er, schlug die Hände vors Gesicht und ließ den Tränen freien Lauf.

* * *

Klaus Schulte wartete, bis der Kommissar sein Haus verlassen hatte, dann ging er mit rotgeweinten Augen die Treppe hinauf und betrat das Schlafzimmer seiner Frau. Sie schliefen schon lange in getrennten Zimmern. Irgendwann hatte er es nicht mehr ertragen, nachts von ihren Panikattacken aus dem Schlaf gerissen zu werden. Er setzte sich neben sie auf die Bettkante und legte seine Hand auf die ihre. Sie schlug die Augen auf und drehte ihren Kopf zu ihm.

„Sie ist tot, nicht wahr?"

„Sonja, ich …"

„Sag mir die Wahrheit!" Klaus Schulte presste seine Lippen zusammen.

„Ja, die Polizei hat sie gefunden." Er suchte nach Worten, die ihr neuen Lebensmut geben könnten, aber ihm fiel nichts ein. Also schwieg er, hielt ihre Hand und versuchte sich an glückliche Zeiten zu erinnern.

Er konnte nicht definieren, was ihn mehr schmerzte, der Tod seiner Tochter oder der stetige Zerfall seiner Frau. Ihre glanzlosen, starr nach vorn gerichteten Augen verrieten ihm, dass es Zeit für die Tabletten war. Er nahm die Schachtel vom Nachttisch, ließ zwei Tabletten ins Glas fallen und füllte es mit Wasser. Er wartete eine Weile, bis sich die Tabletten aufgelöst hatten, dann reichte er ihr das Glas.

„Trink das, mein Schatz. Es wird alles gut."

„Nichts wird gut", flüsterte sie. „Es wird nie wieder so

sein." Sie führte das Glas an ihre Lippen und trank es in einem Zug aus. Dann ließ sie ihren Kopf wieder ins Kissen fallen.

„Bitte, geh jetzt nicht", flüsterte sie. „Bleib bei mir."

„Ich gehe nicht weg", sagte er leise, dann versagte seine Stimme. Er strich ihr mit den Fingerspitzen über die Wange. Er glaubte einen Hauch von Lächeln in ihrem Gesicht zu erkennen, doch es war nur der Moment, in dem die Tabletten ihre Wirkung zeigten. Sie schloss die Augen, als wollte sie die Erinnerungen am Leben erhalten. Und irgendwie schien es ihr für einige Augenblicke sogar zu gelingen, eine Brücke in die alte Zeit zu bauen. Schulte wartete bis sie eingeschlafen war, dann ging er hinunter ins Wohnzimmer, goss sich einen Brandy ein und setzte sich.

In seinem Kopf hämmerte es, während durch das Fenster das gedämpfte Licht des frühen Abends zu ihm drang. Er vermisste den süßen Duft ihrer Gegenwart, die Vertrautheit, die zwischen ihnen war, als Barbara noch lebte. Aber es lag ihm fern, aufzugeben, denn es gab sie noch, die Momente, in denen eine Geste oder auch nur eine Berührung ihn daran erinnerte, wie glücklich sie einmal waren. Vor ein paar Tagen hatte er durch den Spalt der Badezimmertür beobachtet, wie sie sich eine Weile im Spiegel betrachtet hatte. Sie hatte sich mit beiden Händen an den Hinterkopf gegriffen, die Haarspange gelöst und ihr immer noch schönes Haar ausgeschüttelt. Er mochte es, wenn ihr Haar sanft auf die Schultern fiel.

Klaus Schulte erhob sich schwerfällig und trat ans Fenster. Er schaute hinaus in den Garten, zu der Hollywoodschaukel, die er vor einigen Jahren gekauft hatte. Das Metallgestänge und die Haken hatten schon Rost angesetzt. Es war lange her, dass sie gemeinsam dort gesessen und mit einem Glas Wein gewartet hatten, bis die Abendsonne hinter den Bäumen versunken war. Noch Stunden danach, als er längst im Bett lag, hallten ihre Worte in seinen Träumen nach, ließen ihn einfach nicht in den Schlaf finden.

Er würde alles dafür geben, wenn er die Zeit zurückdrehen könnte.

Kapitel 8

Mittwoch, 21. Oktober

An diesem Morgen war einfach alles dabei, was er an Zugfahrten hasste; gehetzte Gesichter, drängelnde Punks und Mütter mit Kinderwagen, die sich über die Punks beschwerten. Er sah zu einem jungen Mann mit Rastazöpfen und schmalen, rot unterlaufenen Augen, die aussahen, als hätte er die Nacht durchgezecht. Er hatte seine Arme auf den Rumpf seiner Gitarre gelegt und döste vor sich hin. Erst kurz vor dem Hauptbahnhof stand er auf und hängte sich seine Gitarre um. Der Bob Marley-Ableger spielte nur ein paar Akkorde von ‚No woman, No cry', und das noch nicht einmal besonders gut, während seine Begleiterin mit einer Pappschachtel von einem Fahrgast zum anderen lief. Der Mann dachte nicht im Traum daran, auch nur einen Cent zu geben. Wie er es hasste, mit der Bahn zu fahren! Aber es war allemal besser, als sich mit dem Auto durch den Hamburger Verkehr zu quälen.

Als sich die Bahn mit zehn Minuten Verspätung dem Hamburger Hauptbahnhof näherte, warf er einen ungehaltenen Blick zur Uhr. Er hatte eine Verabredung auf der Reeperbahn, die er auf keinen Fall versäumen durfte.

Das metallische Quietschen der Bremsen hallte wider. Die Türen öffneten sich mit einem zischenden Geräusch. Das Erste, was er sah, war eine Frau, die beängstigend nah an der Bahnsteigkante stand und versuchte, sich mit aller Macht in den Zug zu drängeln. Sie trug knallrote Leggins, Turnschuhe und einen weiten Wollpullover. Wie konnte sie sich nur in diesem Aufzug unter die Leute trauen, dachte er im Stillen.

Als er es endlich geschafft hatte, in die S-Bahn Richtung Reeperbahn zu steigen, konnte er gerade noch einen Sitzplatz am Fenster ergattern, während immer mehr Fahrgäste in den Waggon strömten. Sie schoben sich gegenseitig zusammen, eine Hand an der Haltestange und die andere bereit zur Verteidigung des Platzes. Die Tür schloss und öffnete sich wieder, weil ein ziemlich fülliger Mann den Eingang blockierte. Er drängelte sich unter lautstarken Protesten der anderen Fahrgäste in Richtung Mitte. Beim dritten Versuch ging die Tür endlich zu. Irgendwo brüllte ein Baby, und je mehr die Mutter auf das kleine Wesen einredete, desto lauter schrie es.

Der Zug setzte sich ruckelnd in Bewegung. Eine gelangweilte Frauenstimme nuschelte die nächsten Haltestellen in den Lautsprecher. Fensterlose Lagerhallen huschten an seinen Augen vorbei. Dann folgten die Silhouetten von Fabrikschornsteinen, aus denen schwarzer Rauch in den Himmel stieg. Gleich daneben befand sich eine Ansammlung von Mietshäusern. Ihre tristen Fassaden mit den unzähligen Satellitenschüsseln glichen sich wie ein Ei dem anderen.

Er konnte es kaum erwarten, endlich sein Ziel zu erreichen und diesen widerlichen Zug zu verlassen. Er schaute kurz auf die Uhr, um sich zu vergewissern, ob er sich noch im zeitlichen Rahmen befand. Bis jetzt lief alles nach Plan.

Ohne es zu wollen, fiel sein Blick auf eine alte Frau, die ihm schräg gegenüber saß. Die Alte hatte spindeldürre Arme und Beine, und ihr krauses Haar war grau wie Spinnweben. Sie hatte die Arme so fest um sich geschlungen, als müsste sie sich und ihren Körper vor allen äußeren Einflüssen schützen. Das Gesicht war von tiefen Furchen durchzogen, die sich wie ausgetrocknete Flüsse durch ihre rissige Haut zogen. Ihre schmalen Augen lagen in dunklen Schluchten, und er musste schon sehr genau hinsehen, um zu erkennen, ob sie ihn gerade ansah oder nicht. Er atmete tief durch, als er die Haltestelle an der Reeperbahn erreicht hatte. Von dort aus waren es nur noch ein paar Minuten bis zu seiner Verabredung.

Als er die schäbige Eckkneipe betrat, mussten sich seine Augen für einen Moment an das diffuse, schummrige Licht gewöhnen, dann sah er ihn. Paco saß an dem hintersten Tisch, gleich neben dem Spielautomaten. Er hatte Paco ein paar Mal aus der Ferne gesehen, aber so nah waren sie sich noch nie gekommen.

„Schön, Sie zu sehen", sagte Paco und bat ihn, sich zu setzen. Sie warteten, bis die in die Jahre gekommene Bedienung zwei Flaschen Bier an den Tisch gebracht hatte und wieder zu ihren Stammkunden hinter dem Tresen verschwunden war.

„Haben Sie die Sachen dabei?", fragte der Mann.

Paco grinste und schob ihm einen gepolsterten Umschlag entgegen. Dann beugte er sich mit dem Oberkörper über den Tisch.

„Eine Makarow mit Schalldämpfer und 50 Patronen vom Kaliber 9 x 18mm. Wie bestellt."

Der Mann schaute sich etwas irritiert um, aber niemand schien Notiz von ihnen zu nehmen.

„Sie brauchen keine Angst zu haben", sagte Paco, der die Unsicherheit seines Gegenübers bemerkt hatte. „Sie glauben gar nicht, was hier schon alles über den Tisch gegangen ist. Und es interessiert hier wirklich niemanden." Paco zündete sich eine Zigarette an. „Das hier ist zwar das letzte Loch, aber wenigstens kann man hier noch eine qualmen. Haben Sie die Kohle dabei?"

Der Mann griff in die Innentasche seines Mantels. „500, wie abgemacht."

Wieder grinste Paco. „Dann sind wir uns ja einig. Und falls Sie noch etwas brauchen, Sie wissen ja, wo Sie mich finden können."

„Ich denke, ich habe alles, was ich brauche", erwiderte sein Gegenüber.

„Okay, ich muss jetzt los. Machen Sie es gut." Paco trank sein Bier in einem Zug aus und verließ die Kneipe. Der Mann schaute ihm nicht hinterher. Seine Augen waren starr auf den Umschlag gerichtet. Er öffnete ihn und ließ eine Hand ins Innere gleiten.

Ein Lächeln umspielte seine Lippen, als er den kühlen Stahl der Makarow an seinen Fingern spürte. Jetzt war es an der Zeit, die Sache ein für alle Mal zu beenden.

* * *

Sabrina Erdmann hatte sich eigentlich vorgenommen, den Nachmittag gemütlich auf dem Sofa zu verbringen. Sie fühlte sich so gut, wie schon lange nicht mehr. Es kam ihr so vor, als hätte sie bereits ein Leben hinter sich gelassen. Jetzt hatte ihr zweites Leben begonnen, in einer kleinen Erdgeschosswohnung in der Stader Innenstadt.

Sie hatte lange gebraucht, die Monate im Krankenhaus zu verarbeiten, die endlosen Stunden zu verdrängen, die sie mit Krankengymnastik, Physiotherapie und letztendlich in der Reha-Klinik verbracht hatte. Die letzten Jahre waren nur eine Aneinanderreihung von belanglosen Augenblicken gewesen, doch das alles gehörte der Vergangenheit an. Jetzt wollte sie ihr Leben allein in den Griff bekommen und sie war überzeugt davon, dass nichts und niemand sie von diesem Weg abbringen könnte.

Sie kochte sich eine Kanne Früchtetee, schob mal wieder die Glenn-Miller-DVD in den Player und schwor sich, jedes Klingeln zu ignorieren, solange der Film lief.

Sie drückte ihren Plüschhasen an sich und schob sein loses Knopfauge wieder an die richtige Stelle, damit er nicht mehr ganz so traurig aussah.

Obwohl sie diesen Film bereits unzählige Male gesehen hatte, schossen ihr jedes Mal aufs Neue die Tränen in die Augen, wenn Glenns Frau Helen im Radio „Little Brown Jug" hörte. Das muss die wahre Liebe sein, dachte sie sich, und ausgerechnet in diesem ergreifenden Augenblick klingelte es an der Haustür. Beim ersten Mal blieb sie noch standhaft, doch als es ein zweites Mal klingelte, stemmte sie sich mit einem kurzen Fluch aus dem Sofa, griff nach den Haltegriffen ihres Rollstuhls und zog sich auf den Sitz. Sie wischte sich mit dem T-Shirt die Augen trocken und steuerte auf die Wohnungstür zu.

Bevor sie öffnete, schaute sie an sich herab. In ihrer ausgeleierten Jogginghose, dem weißen T-Shirt mit dem schwarzen Schriftzug „A Crazy Girl" und dem verheulten Gesicht musste sie fürchterlich aussehen. Aber daran konnte sie so schnell nichts mehr ändern.

„Wer ist da?"

„Kommissar Cem Kayaoglu, Kripo Stade." Als sich die Tür öffnete, schaute Cem etwas irritiert in ihre rotgeweinten Augen. Ein paar Haarsträhnen klebten wie braune Fäden auf ihrem Gesicht.

„Sind Sie Sabrina Erdmann?"

„Ja, das bin ich."

„Geht es Ihnen nicht gut?", fragte Cem leicht verunsichert. Ein flüchtiges Lächeln huschte ihr übers Gesicht. „Nein, ich bin okay." Sie deutete mit einer Kopfbewegung zum Fernseher. „Die „Glenn-Miller-Story" bringt mich jedes Mal zum Heulen."

Cem war sichtlich erleichtert, dass es nur ein Film war, der sie aus der Fassung gebracht hatte. Trotz ihres eigenwilligen Outfits sah Cem in ihr eine ausgesprochen hübsche Frau mit schmalen, sanft geschwungenen Lippen und wachsamen Augen. Ihr Oberkörper wirkte durchtrainiert, ihre Arme kräftig, aber trotz allem hatte sie eine zierliche Figur.

Als sie keine Anstalten machte, Cem in die Wohnung zu lassen, fragte er: „Darf ich kurz reinkommen?" Er versuchte ein Lächeln, um die Spannung zu lösen, doch Sabrina bewegte ihren Rollstuhl immer noch nicht von der Stelle.

„Was wollen Sie von mir?"

„Es handelt sich um Barbara Schulte."

Sie zuckte zusammen, wischte sich eine feuchte Strähne aus dem Gesicht. „Was ... was ist mit ihr?"

„Bitte, darf ich reinkommen?" Einen Moment lang war es still, dann rollte sie ihr Gefährt ein Stück zurück.

„Kommen Sie." Cem folgte ihr ins Wohnzimmer.

„Setzen Sie sich", sagte Sabrina. „Möchten Sie etwas trinken?"

„Ja, ein Wasser wäre schön", sagte Cem, während er sich auf einen der beiden braunen Ledersessel setzte. Sabrina steuerte auf die offene Küche zu, öffnete den Kühlschrank und nahm eine Flasche Wasser heraus.

„Was ist mit Barbara?"

Cem sah zu ihr und bemerkte, dass ihre Hände so stark zitterten, dass sie die Gläser, die sie aus dem Schrank holte, beinahe fallen ließ. Sie kehrte mit der Flasche Wasser und zwei Gläsern auf dem Schoß zurück ins Wohnzimmer, goss das Wasser ein und reichte Cem ein Glas.

„Danke." Er trank einen Schluck und versuchte die richtigen Worte zu finden. „Frau Erdmann", begann er vorsichtig. „Vor zwei Tagen wurden in einem Waldstück die sterblichen Überreste einer jungen Frau gefunden.

Nach unseren heutigen Erkenntnissen handelt es sich um Ihre Freundin Barbara Schulte."

„Barbara ist tot?", fragte sie kaum hörbar. Cem nickte stumm. Sie schloss für einen Moment die Augen, presste die Lippen zu einem schmalen Strich zusammen.

„Es war der 23. August vor zwei Jahren", sagte sie. „Ich werde diesen Tag nie vergessen. Sie war einfach weg, wie vom Erdboden verschluckt."

„Haben Sie Barbara an diesem Tag das letzte Mal gesehen?"

„Nein, es war der Abend vor ihrem Verschwinden. Sie hatte etwas zu essen mitgebracht, und dann haben wir uns noch einen Film angeschaut."

„Und Sie haben wirklich nichts Auffälliges an ihr bemerkt? War sie vielleicht nervöser als sonst oder wirkte sie irgendwie abwesend?"

„Nein, es war alles, wie sonst auch." Sie schaute zu Cem. „Wie ist es passiert?"

„Das wissen wir noch nicht. Aber vermutlich wurde sie Opfer eines Gewaltverbrechens."

Sie nippte an ihrem Wasser. Ihre Hände hielten das Glas fest umschlossen.

„In welche Schwierigkeiten könnte Barbara geraten sein?", fragte Cem. „Gab es irgendjemand, der sie bedrohte, mit dem sie Streit oder Ärger hatte?" Sabrina schüttelte den Kopf.

„Sie waren beste Freundinnen. Hat sie Ihnen gegenüber nie erwähnt, dass sie sich vor etwas fürchtete, dass sie vielleicht ein Problem hatte, das sie nicht allein lösen konnte?"

Wieder registrierte Cem nur ein Kopfschütteln.

„Stimmt es, dass Sie und Barbara vorhatten, gemeinsam einen Kosmetiksalon zu eröffnen?"

„Ja, das wollten wir. Wir wollten unser BWL-Studium beenden und eine Kosmetikausbildung anfangen. Wir hatten schon lange den Traum, uns mit einem eigenen Laden selbstständig zu machen."

„Und nach Ihrem Unfall hat sich nichts an diesem Traum geändert?" Sabrina kniff die Augen zusammen.

„Wie meinen Sie das?"

Cem presste die Lippen zusammen, suchte nach Worten, die sie nicht verletzen würden. Er dachte an die Worte von Barbaras Vater, dass sich seine Tochter auf Mallorca Läden angesehen hätte. Warum hatte Barbara Sabrina gegenüber nichts davon erwähnt? Cem beschloss, es erstmal für sich zu behalten.

„Sabrina, verstehen Sie mich nicht falsch, aber das Einzige, was ich möchte, ist die Wahrheit herauszufinden." Sabrina stieß einen verächtlichen Laut aus.

„Sie glauben also, nur weil meine Beine nicht mehr das machen, was ich will, ist das Leben für mich vorbei?"

„Nein, natürlich nicht", versuchte Cem die Wogen zu glätten. „So war das wirklich nicht gemeint."

„Hören Sie, Herr … "

„Kayaoglu", fügte Cem dazu.

„Also gut, Herr Kayaoglu. Ich habe durch den Unfall und die monatelange Reha sehr viel Zeit verloren. Und ich werde mit Sicherheit nie mehr das Leben führen können, das ich mir erträumt habe, aber ich gebe nicht auf. Und meine Behinderung wird mich nicht davon abhalten, professionell zu schminken, Finger- und Fußnägel zu lackieren und meinen Kunden Schönheitstipps zu geben, oder sind Sie da anderer Meinung?"

„Natürlich nicht", erwiderte Cem ein wenig kleinlaut, während er sich zwingen musste, seinen Blick nicht von Sabrina abzuwenden. Wenn es Augenblicke gab, in denen er sich in seinem Job nicht wohlfühlte, dann war dies einer von ihnen. Trotzdem musste er nachhaken.

„Und Barbara sah das genauso?“

Sabrina nickte. Ihre Mundwinkel zuckten, als würden ihr gleich wieder die Tränen in die Augen schießen.

„Ich habe eine inkomplette Querschnittslähmung“, sagte sie mit zitternder Stimme. „Das Rückenmark ist im Lendenbereich geschädigt. Genauer gesagt ist es der dritte Lendenwirbel. So blöd es klingt, aber es hätte noch viel schlimmer kommen können. Ich habe wenigstens noch eine eingeschränkte Kontrolle über meine Beine.“

„Was bedeutet das?“ fragte Cem vorsichtig.

„Ich kann sie bewegen, aber nicht fühlen. Aber mit den Gehhilfen kann ich mich in der Wohnung allein bewegen.“

„War Ihre Behinderung auch der Grund für das Scheitern Ihrer Beziehung?“

„Ja, ich denke schon. Oliver und ich haben uns ein halbes Jahr nach dem Autounfall getrennt. Er kam einfach nicht mit meiner Behinderung klar. Er fühlte sich zu etwas verpflichtet, das er nicht erfüllen konnte oder einfach nicht wollte. Er hätte sein Leben komplett auf den Kopf stellen müssen, nur um immer in meiner Nähe zu sein. Ich sagte ihm, dass es dann besser wäre, sich zu trennen, als sich ewig zu quälen.“

Sie gab einen leisen Seufzer von sich und schob sich eine Haarsträhne aus dem Gesicht.

„Oliver hatte Pläne. Er wollte um die Welt reisen, Schauspielunterricht nehmen und vieles mehr. Eines Abends kam er zu mir. Erst druckste er herum, sagte, dass ihm meine Behinderung nichts ausmachen würde und dass er, egal, was auch passieren möge, für mich da sein werde. Und dann rückte er damit raus.“

Sabrina starrte gedankenverloren an Cem vorbei.

„Er sagte, dass er beschlossen habe, nach Hamburg zu ziehen, und dass er im Frühjahr für ein halbes Jahr in die Staaten reisen würde. Da wusste ich, dass es vorbei war. Als er ging, habe ich ein paar Nächte durchgeheult, aber auf Dauer hätte es mit uns ohnehin nicht funktioniert."

Sie wischte sich eine Träne aus dem Augenwinkel.

„Natürlich hat der Unfall fast alles in meinem Leben verändert. In der ersten Woche habe ich mir sogar manchmal gewünscht, ich wäre tot und nicht meine Mutter. Vielleicht wäre es einfacher gewesen, wenn man das Schwein damals erwischt hätte. Aber so? Ich habe Monate gebraucht, über den Tod meiner Mutter hinwegzukommen und obendrein meine Behinderung zu akzeptieren. Ganz zu schweigen von meinem Vater, der ihren Tod bis heute nicht überwunden hat. In unzähligen Nächten lag ich wach, dachte darüber nach, ob das alles noch einen Sinn machen würde, aber Barbara war immer für mich da, wenn ich sie brauchte."

Sie senkte die Augen, spreizte die Finger und betrachtete gedankenverloren ihre feuerrot lackierten Nägel.

„Am Anfang konnte ich es nicht einmal ertragen, mein Zimmer zu verlassen. Ich wollte nicht miterleben, wie die Menschen fröhlich waren und lachten, als hätten sie das Leid und Elend von der Erde verbannt. Aber ich wusste, dass es nicht so war. Ja, ich verabscheute sie sogar, nur weil sie glücklicher waren, als ich es je wieder sein würde." Sie hielt kurz inne und kaute auf der Unterlippe.

„Aber mit der Zeit konnte ich mich davon befreien. Ich lernte das Leben wieder zu lieben, aber es dauerte noch eine ganze Weile, bis ich mich wieder in fröhliche Gesellschaft begeben konnte. Ich habe jetzt mein Fernstudium als Betriebswirtin beendet und habe gerade eine Ausbildung als Kosmetikerin begonnen."

Cem ließ seinen Blick durch den Raum und die offene Küche schweifen. Die Wohnung war einfach, aber durchaus stilvoll eingerichtet. „Eine Wohnung in der Innenstadt zu finden, war sicher nicht ganz einfach."

„Mein Vater zahlt die Miete für diese Wohnung, falls Sie darauf hinaus wollen. Jetzt habe ich es nicht weit bis zum Kosmetikstudio und muss ihn nicht jeden Tag bitten, mich hinzubringen und wieder abzuholen. Außerdem wollte ich endlich was allein hinbekommen. Ich hatte endlich begriffen, dass ich weiterleben muss, nicht aufgeben darf, aber es gibt auch heute noch Tage, an denen ich in meine alte Lethargie verfalle. Nächte, in denen ich glaube, ein Gefühl in den Beinen zu spüren. Dann schrecke ich hoch, schlage die Bettdecke zur Seite und versuche verzweifelt, die Zehen zu bewegen. Aber es war nur ein Gefühl meiner Träume. Eine Hoffnung, die sich nie erfüllen wird. An solchen Tagen würde ich wirklich jedem raten, mir aus dem Wege zu gehen, bevor ich ihn mit meinem Rollstuhl überrolle."

Die Intensität ihrer Worte machte Cem für einen Augenblick sprachlos. Obwohl Cem eigentlich gekommen war, um sie wegen des Mordes an Barbara Schulte zu befragen, konnte er nicht aufhören, ihren Worten zu lauschen.

„Ihr Vater kann stolz auf Sie sein", sagte Cem. „Die meisten schaffen es nicht, nach so einem schrecklichen Ereignis wieder ins Leben zurückzufinden."

Sabrina zuckte mit den Achseln und lächelte Cem verunsichert an. Sie war erst 28 Jahre alt, also in einem Alter, in dem andere Frauen ihr Leben genossen. Doch die Frau, die ihm im Rollstuhl gegenüber saß, war so unglaublich stark, dass es Cem schwer fiel, zum eigentlichen Thema zurückzukommen.

„Ich möchte Ihnen nicht zu viel Hoffnung machen, aber wir werden alles tun, um Barbaras Tod aufzuklären. Das verspreche ich."

Sabrina ließ ein paar Augenblicke verstreichen, bevor sie antwortete: „Könnten Sie bei der Gelegenheit auch die Schweine fassen, die meine Mutter und mich von der Straße gedrängt haben?"

Cem horchte auf, als er Sabrinas Worte hörte. „Wissen Sie genau, dass mehr als eine Person in dem Wagen saß?"

„Ich habe kurz rüber geschaut, als der Wagen auf gleicher Höhe wie unserer war. Ich bin mir nicht sicher, ob es wirklich zwei waren. In dem Moment kam es mir jedenfalls so vor. Aber es war dunkel, und es goss wie aus Kübeln."

„Gab es eine Berührung der Fahrzeuge?"

„Nein, ich glaube nicht. Als die Lichter des zweiten Autos auf der Kuppe erschienen, geriet meine Mutter in Panik. Sie trat auf die Bremse, versuchte den Wagen nach rechts zu lenken, doch dann brach das Heck aus, und der Wagen geriet ins Schleudern. Alles, was ich noch mitbekam, war dieser ohrenbetäubende Knall, dann verlor ich das Bewusstsein. Als ich irgendwann wieder zur Besinnung kam, war alles voller Glassplitter. Dann sah ich meine Mutter. Sie saß da, als würde sie schlafen, aber das viele Blut ..."

In diesem Augenblick versagte ihre Stimme. Sie schlug die Hände vors Gesicht und fing an zu weinen. Cem kniete sich neben ihren Rollstuhl, legte den Arm um sie und ließ ihren Kopf auf seiner Schulter ruhen. Man konnte förmlich spüren, dass ihrem ganzen Wesen etwas Zerbrechliches und Zweifelndes anhaftete, als könnte sie immer noch nicht begreifen, was damals geschah. Das Weinen verebbte in einem Schluchzen. Cem konnte nichts tun. Er kniete einfach nur neben ihr und hielt sie fest.

Kapitel 9

Es war schon kurz nach 17 Uhr, als Cem in die Inspektion zurückkehrte. Doch anstatt nach Hause zu gehen, kochte er sich noch einen Tee und begann, die gesammelten Fakten an der Magnetwand zu aktualisieren. Ihm war bewusst, dass es fast aussichtslos war, nach über fünf Jahren eine Fahrerflucht aufzuklären, und auch im Fall Barbara Schulte sah es nicht viel besser aus. Trotzdem dachte er nicht eine Sekunde daran, aufzugeben.

Immer wieder kehrten seine Gedanken zu den letzten Stunden mit Sabrina zurück. Er hatte die Verzweiflung in ihren Augen gesehen, als sie ihm von dem Unfall und dem Tod ihrer Mutter erzählte und allein deshalb wollte er nichts unversucht lassen, den Fall doch noch aufzuklären.

Cem nahm ein Foto nach dem anderen, heftete es an die Tafel. Als Letztes nahm er ein Porträtbild aus dem Umschlag, das Barbara zeigte. Ihr makelloses Gesicht war von lockigen schwarzen Haaren umrahmt. Das Blau in ihren Augen glich der Farbe des Himmels. Was für eine hübsche Frau, dachte sich Cem und hatte dabei die Wildschweinsuhle vor Augen, in der man Barbaras Überreste gefunden hatte. Cem atmete tief durch und wandte sich den anderen Fotos zu. In diesem Moment betrat Kai das Büro.

„Was machst du denn noch hier?"

„Das Gleiche könnte ich dich fragen", entgegnete Cem.

„Ich habe mein Handy vergessen. Und du?"

„Irgendetwas stimmt hier nicht", sagte Cem, ohne auf die Frage seines Kollegen einzugehen. „Barbara und Sabrina waren seit der Schulzeit befreundet, und sie jobbten neben ihrem Studium als Bedienung in Kneipen und

Cafés. Sie legten jeden Cent beiseite, um ihren Traum von einem gemeinsamen Kosmetikstudio zu erfüllen."

„Worauf willst du hinaus?"

„Ich werde das Gefühl nicht los, dass die beiden Fälle etwas miteinander zu tun haben."

„Wie meinst du das?"

„Naja, der Unfall, bei dem Sabrinas Mutter starb, Barbaras plötzliches Verschwinden, ihr Tod ... wir haben zwei offenbar unzertrennliche Freundinnen, die eine verunglückt bei einem Autounfall, wobei die Unfallgegner nie ausfindig gemacht werden konnten, und die andere wird knapp drei Jahre später ermordet und im Wald verscharrt. Zufall?"

„Zwischen diesen Fällen liegt eine verdammt lange Zeit", gab Kai zu bedenken.

„Ja, ich weiß, aber Fakt ist, dass diejenigen, die den Unfall damals verursacht haben, nie gefasst werden konnten. Es gab keine Berührung der Fahrzeuge, also auch keine Lackspuren und so wie es aussieht, gab es auch niemanden, der den Unfall beobachtet hat. Außer die Beteiligten selbst natürlich."

Cems Blick wanderte von einem Foto zum anderen.

„Mal weitergesponnen. Was wäre, wenn Barbara herausgefunden hat, wer in dem Wagen saß, der Sabrina und ihre Mutter von der Straße gedrängt hat? Was wäre, wenn sie diesen Mann oder diese Männer aufgesucht und sie aufgefordert hat, sich der Polizei zu stellen? Ich glaube nicht, dass die Typen sie einfach wieder hätten gehen lassen."

„Ist das nicht ein bisschen weit hergeholt?", warf Kai zweifelnd ein. „Die Buxtehuder Kollegen haben mir versichert, dass sie alles versucht haben, um den Unfallgegner ausfindig zu machen. Warum sollte es ausgerechnet Barbara gelungen sein, die Kerle zu finden?"

„Vielleicht hat sie einen Tipp bekommen oder zufällig etwas mitbekommen. Das wäre doch durchaus denkbar, oder?“

„Ja, denkbar schon, aber bisher sind das alles nur Vermutungen.“ Kai setzte sich hinter seinen Schreibtisch und schlug die Akte des Falls auf. „Während du bei Sabrina warst, habe ich mich mal um Barbaras Ex-Freund Mike Heinze gekümmert.“

„Und?“

„Nichts! Er hat ausgesagt, dass er sich zwei Monate vor Barbaras Verschwinden von ihr getrennt hat.“

„Ist er glaubwürdig?“

„Ja, ich denke schon. An dem Tag, als Barbara verschwand, war er mit seiner neuen Freundin auf einer Finca in der Toskana. Er kam erst zwei Tage später wieder zurück. Demnach hat er ein perfektes Alibi.“

„Er hat ein Alibi für den Tag ihres Verschwindens und die beiden Tage danach“, korrigierte Cem. „Aber solange, wie wir nicht einmal wissen, an welchem Tag sie gestorben ist, gibt es auch kein perfektes Alibi.“

Kai stieß einen hörbaren Seufzer aus. „Gut, das bringt uns also auch nicht weiter.“ Er zog ein Foto aus der Akte. Es zeigte Barbara mit ein paar Freunden auf einer Party.

Cem nahm es an sich und heftete es zu den anderen an die Magnettafel.

„Also noch mal von vorn.“ Er nahm einen Stift vom Schreibtisch und zog die Kappe ab. „Laut Aussage ihres Vaters verließ Barbara Schulte am 23. August 2013 gegen acht Uhr morgens das Haus. Sie wollte mit dem Zug nach Hamburg. Angeblich wollte sie auf Shopping-Tour gehen und sich nebenbei ein paar Kosmetiksalons ansehen.“

„Hat sie sich nicht einige Läden auf Mallorca

angesehen?" warf Kai ein. „Warum jetzt in Hamburg? Irgendwas passt da nicht zusammen."

„Keine Ahnung", sagte Cem mit einem Hauch von Resignation in der Stimme. „Jedenfalls haben die Kollegen damals beinahe jeden Salon in Hamburg abgeklappert, aber nirgendwo wurde sie gesehen."

„Vielleicht hatte sie ja nie vor, nach Hamburg zu fahren", entgegnete Kai. „Vielleicht war das alles nur ein Ablenkungsmanöver."

„Wenn sie nicht in Hamburg war, wo dann?" Cem schrieb Datum und Uhrzeit unter Barbaras Foto. „Es wurde damals ein Foto von Barbara Schulte in der Presse veröffentlicht, aber es hat sich nicht ein Zeuge gemeldet."

Beim Stichwort „Zeuge" fing Kai an, in seinem Notizbuch zu blättern. „Ich habe auch noch einmal mit Oliver Koch, Sabrinas damaligem Freund, geredet."

„Moment", unterbrach Cem. „Bevor ich jetzt völlig durcheinander komme. Mike Heinze ist der Ex von Barbara und Oliver der Ex von Sabrina, richtig?"

„Ja, so ist es. Jedenfalls deckt sich Oliver Kochs Aussage mit der aus der Akte. Er hat sich ein halbes Jahr nach dem Unfall von Sabrina getrennt. Zum besagten Zeitpunkt war er zwar auch in Hamburg."

„Was hat er da gemacht?"

„Du wirst es nicht glauben, aber er ist einer der Darsteller eines Krimi-Dinners in der Speicherstadt. Er probte den ganzen Tag, half beim Aufbau mit, und abends trat er mit seinen Kollegen auf."

„Auch dieses Alibi ist ohne Todeszeitpunkt nichts wert", sagte Cem. „Für mich scheidet nur Sabrina aufgrund ihrer Behinderung aus. Außerdem war sie jeden Tag bei der Physiotherapie. Ihre Therapeutin hat das noch einmal bestätigt. Danach wurde sie von ihrem Vater nach Hause gebracht."

Cem goss sich noch ein Glas türkischen Tee ein, ließ ein Stück Zucker hineinfallen und rührte gedankenverloren mit dem Löffel im Glas herum. Immer wieder schweifte sein Blick über die Fotos. Sie zeigten Barbara zusammen mit Sabrina, auf Partys, in Cocktailbars und einige scheinbar professionell aufgenommene Fotos. Zunächst konnte er nichts Außergewöhnliches entdecken, doch irgendetwas an den Aufnahmen kam ihm seltsam vor. Cem trank einen Schluck und stellte das Glas auf den Tisch.

„Kai, schau dir das mal an." Er nahm einen Stift zur Hand und trat an die Tafel. Er malte einen roten Pfeil, der auf einen jungen Mann zeigte. „Schau mal genau hin. Was fällt dir auf?" Cem malte einen Pfeil nach dem anderen auf die Tafel.

„Das ist ja immer der gleiche Typ", entfuhr es Kai.

„Ja", sagte Cem. „Mal unscheinbar im Hintergrund, mal irgendwo an der Seite, aber immer in Barbaras Nähe. Auffallend ist auch, dass seine Augen permanent auf sie gerichtet sind. Es scheint so, als würde er ihr nicht von der Seite weichen."

„Aber ich bin mir sicher, dass der Kerl nirgendwo in den Akten auftaucht", meinte Kai. „Das wäre mir aufgefallen. Meinst du, er hat etwas mit ihrem Tod zu tun?"

„Keine Ahnung, aber ich wüsste nicht, wo wir sonst anfangen sollten." Cem warf einen Blick auf die Uhr. „Aber jetzt machen wir Feierabend."

„Ach, bevor ich es vergesse", bemerkte Kai. „Was macht eigentlich dein neues Auto?"

Cem zog die Stirn kraus. „Die wollen für einen sieben Jahre alten Golf noch 8500 Euro haben."

„Wie viel gelaufen?"

„Knapp 70 000."
„Rost?"
„Nein."
„Irgendwo Schäden an der Karosserie?"
„Ich habe nichts gesehen."
„Scheckheft vollständig?"
„Habe nicht darauf geachtet", gab Cem zu, woraufhin Kai schließlich mit den Schultern zuckte.
„Wenn das Scheckheft okay ist, geht der Preis in Ordnung."
„Findest du?"
„Ich denke schon."
Cem ging mit langsamen Schritten zum Fenster und schaute mit einem wehmütigen Blick hinunter zum Parkplatz. „Und wenn ich ihn doch noch mal in die Werkstatt gebe? Dreizehn Jahre ist doch kein Alter für ein Auto." Cem wandte sich um und versuchte Kais Blick aufzufangen. „Oder was meinst du?"
„Normalerweise nicht", bestätigte Kai, um es gleich im nächsten Satz zu relativieren. „Aber bei deinem Gefährt wäre ich mir nicht so sicher. Und wenn die Karre beim nächsten Einsatz wieder nicht anspringt, landest du als Verkehrspolizist auf einer Kreuzung und ersetzt die ausgefallenen Ampeln! Schon vergessen?"
„Danke für die Erinnerung, Kollege", sagte Cem zähneknirschend. „Trinken wir noch ein Bier bei mir?"
Kai dachte kurz darüber nach und deutete dann auf die Tüte mit Sonnenblumenkernen auf Cems Schreibtisch.
„Okay, aber nur, wenn du das Vogelfutter von mir fernhältst!"
„Wenn du die Sonnenblumenkerne nicht magst, hätte ich noch gezuckerte Nüsse oder Kichererbsen im Angebot."

Kai stemmte seine Hände in die Hüften. „Cem?"
„Ja?"
„Nur ein Bier und sonst nichts, okay?"

Kapitel 10

Donnerstag, 22. Oktober

„Du siehst nicht gut aus“, war Kais erster Kommentar, als Cem am nächsten Morgen ins Büro kam. „Solange war ich doch gestern gar nicht bei dir.“

„Ich bin noch eine Weile aufgeblieben, weil ich nicht einschlafen konnte“, erwiderte Cem. „Außerdem habe ich noch eine Weile mit Anna telefoniert.“

„Sie fehlt dir, nicht wahr?“

Cem wischte sich mit den Händen über die müden Augen, doch bevor er etwas erwidern konnte, erschien Thomas Leitner in der Tür.

„Habt Ihr einen Moment? Dauert auch nicht lange.“

Cem winkte ihn herein.

„Also, wie nicht anders zu erwarten, bringen uns die Kleidungsreste nicht viel weiter. Sie waren sehr stark verwittert. Ich konnte immerhin noch herausfinden, dass es sich um einen dunkelblauen Baumwollstoff handelt. Das kann allerdings alles Mögliche sein. Aber etwas habe ich doch für Euch. Ich habe den Anhänger gesäubert und unter dem Mikroskop untersucht. Zugegeben, es war nicht so leicht, aber ich konnte Teile der Gravur wieder sichtbar machen, und zwar den Namen ‚Oliver‘. Es war vermutlich auch noch ein Datum eingraviert, aber das konnte ich leider nicht mehr sichtbar machen. Ich hoffe, das hilft Euch weiter.“

Cem und Kai sahen einander an.

„Das hätte ich jetzt nicht vermutet!“, bemerkte Kai. „Danke.“

„Gern geschehen“, erwiderte Thomas trocken. „Ist immer wieder schön mit Euch.“ Er verabschiedete sich und verschwand so schnell, wie er gekommen war.

„Hey“, entfuhr es Cem. „Dann ging es dem lieben Oliver ja doch nicht nur um Reisen und die Schauspielerei, sondern um Barbara! Das erklärt natürlich, warum er mit Sabrina Schluss gemacht hat! Er hat sich in ihre beste Freundin verknallt. Und da es nach außen nicht so gut ankommt, wenn man jemanden verlässt, der auf Hilfe angewiesen ist, hat er lieber den Mund gehalten.“

„Schaut ganz so aus“, pflichtete ihm Kai bei.

„Und er hat die Beziehung zu Barbara verschwiegen, vor zwei Jahren und jetzt auch. Deshalb sollten wir uns noch einmal mit ihm unterhalten. Kümmere dich bitte darum. Ich möchte, dass er morgen früh um Punkt neun Uhr im Vernehmungsraum sitzt! Außerdem habe ich Patrick gebeten, uns einen richterlichen Beschluss zur Überprüfung der Kontobewegungen und der Telefonverbindungen zu besorgen. Sobald wir das Papier haben, schaue dir bitte alles an, was mit den Schultes und Erdmanns zu tun hat, und fahre auch zu den Kneipen und Cafés, in denen Sabrina und Barbara gearbeitet haben. Ich will alles über die beiden Familien wissen.“

„Wird gemacht.“ Kai drehte sich halb zur Tür um, wandte sich dann noch einmal zu Cem. „Bevor ich es vergesse, heute Nachmittag habe ich Schießübungen. Nur für den Fall, dass du mich vermisst.“

* * *

Die Fahrt zum Einfamilienhaus der Erdmanns dauerte nur knapp 10 Minuten. Cem bog in die schmale Seitenstraße ein, in der sich das Haus befand und parkte seinen Golf direkt neben einem schneeweißen 7er-BMW. Die Grundstücke waren umsäumt von akkurat geschnittenen Thuja- und Lorbeerhecken. Es wirkte geradezu so, als hätte sich hier jeder von jedem abgegrenzt. Hier konnte man ohne Weiteres kommen und gehen, ohne dass es viel Aufsehen erregen würde.

Beim Anblick des Grundstücks musste er unweigerlich an Ilkas Worte denken, als sie den aktuellen Zustand ihres Gartens als naturbelassen bezeichnete. Es war eine freundliche Umschreibung für die Tatsache, dass sie einfach keine Zeit hatte, sich um ihn zu kümmern. Aber das war Cem allemal lieber, als diese spießige 70er-Jahre-Siedlung.

Auf dem Weg zur Haustür warf er noch einen kurzen Blick auf das teure Gefährt, dann betätigte er die Klingel. Wolfgang Erdmann war ein unscheinbarer Typ mit vollem braunem Haar und einer randlosen Brille. Er trug Jeans, ein kariertes Freizeithemd und dicke Socken anstatt Hausschuhe. Er schien seit Längerem nicht geschlafen zu haben. Seine Augen waren gerötet und blinzelten Cem nervös an.

„Entschuldigen Sie mein Outfit", sagte er, als müsste er sich dafür entschuldigen, wie er in seiner eigenen Wohnung herumlief. „Aber in meinem Job ist Anzug- und Krawattenpflicht, und deshalb bin ich froh, wenn ich privat mal etwas Bequemeres tragen kann."

„Kein Problem", sagte Cem und reichte ihm die Hand. „Cem Kayaoglu, Kripo Stade. Darf ich reinkommen?"

Wolfgang Erdmann führte ihn ins Wohnzimmer.

„Herr Kaya ..."

„Kayaoglu", half Cem nach.

„Gut Herr Kayaoglu, was kann ich für Sie tun?"

„Es geht um Barbara Schulte, die beste Freundin Ihrer Tochter."

„Was ist mit ihr?" Er machte den Eindruck, als würde ihn Cems Anwesenheit keineswegs erfreuen. Seine fahrigen Bewegungen, der abwesende Blick, alles deutete darauf hin, dass er das Gespräch so schnell wie möglich beenden wollte.

„Barbara Schulte ist tot", sagte Cem. „Sie wurde am Montag gefunden. In einem Waldstück in Harsefeld."

„Warum erzählen Sie mir das?" Erdmann hielt es noch nicht einmal für nötig, Cem anzusehen.

„Weil ich dachte, dass es Sie interessiert."

„Nein", sagte dieser ohne Emotionen, nahm seine Brille ab und legte sie vor sich auf den Tisch. „Das Einzige was mich interessiert, ist meine Tochter. Ich will, dass es ihr gut geht, alles andere interessiert mich nicht."

„Warum ist es Ihnen egal, was mit der Freundin Ihrer Tochter passiert ist?"

„Weil ich genug mit meinem eigenen Leben zu tun habe", erwiderte er in einem geringschätzigen Tonfall. Erdmann nahm die Tabakdose vom Tisch, öffnete sie und sog den Duft ein. „Echter Virginia-Tabak. Habe ich mir von einem meiner Mittelamerika-Lieferanten mitbringen lassen. So etwas Edles bekommt man hier gar nicht." Cem hatte die Nase endgültig voll.

„Hören Sie, Herr Erdmann", unterbrach er ihn in einem deutlich schärferen Ton als zu Beginn der Vernehmung. „Ich habe einen Mord aufzuklären. Und dafür brauche ich jeden Hinweis, mag er auch noch so unbedeutend erscheinen. Und wenn Sie jetzt nicht kooperieren, dann sehen wir uns morgen früh auf der Inspektion wieder. Ist Ihnen das lieber?"

„Ist ja schon gut", brummte er. „Also, was wollen Sie wissen?"

„Wie gut kannten Sie Barbara Schulte?"

„Wir haben uns ab und zu gesehen, wenn Barbara hier war. Und nachdem die Beziehung mit Oliver in die

Brüche ging, war sie die einzige, die Sabrina noch regelmäßig besucht hat."

„Wie hat Sabrina reagiert, als Barbara damals von einem Tag auf den anderen verschwand?"

„Sie hat sich in ihr Zimmer verkrochen und war tagelang nicht ansprechbar. Sie konnte es sich einfach nicht erklären."

„Wie meinen Sie das?" hakte Cem nach.

„Naja, sie hatten einen gemeinsamen Traum ..."

„Das Kosmetikstudio", ergänzte Cem.

„Ja, genau. Und soweit ich weiß, hat auch Sabrinas Behinderung nichts daran geändert. Die beiden redeten ständig davon. Meine Tochter war sich sicher, dass Barbara mit ihr geredet hätte, wenn es einen Grund für ihr Verschwinden gegeben hätte."

„Also ging sie davon aus, dass Barbara etwas zugestoßen sein musste", schlussfolgerte Cem. Sein Gegenüber nickte gedankenverloren.

„Ja, davon war sie überzeugt. Erst hat sie ihre Mutter verloren und dann noch Barbara. Mich wundert manchmal, woher sie die Kraft nimmt, immer wieder ins Leben zurückzufinden."

„Herr Erdmann, wo waren Sie an dem Tag, als Barbara verschwand?"

Erdmann starrte ihn an. In seinem Blick glaubte Cem eine Mischung aus Wut und Verzweiflung zu erkennen, die er in all den Jahren in sich trug. „Verdächtigen Sie mich etwa?" fragte er zurück. „Warum sollte ich ihr etwas antun?"

„Ich verdächtige Sie nicht", entgegnete Cem ruhig. „Ich möchte einfach nur wissen, wo Sie zur fraglichen Zeit waren."

„Ich war auf Geschäftsreise in Quebec. Das wurde von

der Buxtehuder Polizei alles überprüft." Natürlich wusste Cem von den Flugtickets und den Hotelreservierungen aus der Akte, trotzdem hatte sich Cem vorgenommen, alle Zeugenaussagen von damals noch einmal zu überprüfen. Es war einfach zu viel Zeit vergangen, also musste er sich an jeden Strohhalm klammern, den er kriegen konnte. Nach einem Moment des Schweigens sagte Wolfgang Erdmann plötzlich: „Herr Kommissar. Ich möchte Ihnen eine Geschichte erzählen."

Er beugte sich vor und stützte die Ellbogen auf dem Tisch ab. „Damals, als ich meine Frau kennenlernte, war ich viel unterwegs, eigentlich war ich überall, ohne wirklich irgendwo zu Hause zu sein. Miriam hat mich einige Monate begleitet, lange bevor Sabrina auf die Welt kam. Aber eines Tages, wir hatten uns gerade ein Apartment in der Nähe der Hudson Bay angemietet, gestand sie mir, dass es so nicht weitergehen könne. Sie sehnte sich nach einem Ort, an dem sie sich heimisch fühlen könnte. Und dann habe ich mein Leben geändert, ihr zuliebe.

Jahre später schenkte sie mir ein Buch. Es handelte von den Erlebnissen eines Buschpiloten in Kanada, der mit seiner knallgelben Cessna über das Eis und die Berge flog, um entlegene Dörfer mit Proviant und anderen Dingen zu versorgen. Der Mann erzählte von einem wunderbaren Traum."

Zum ersten Mal huschte ein flüchtiges Lächeln über sein Gesicht. „Er träumte von einer großen Lichtung zwischen zwei bewaldeten Bergen, die sich völlig unerwartet vor seinen Augen öffnete: grünes, frisches Gras und Tausende von gelben und lila Blüten, in der Mitte wie bizarre Statuen zwei, drei abgestorbene Bäume. In seinen Träumen war er tief über dieser Lichtung geflogen und sah einen Elch, der zu ihm aufblickte und zurückstarrte. Im selben Augenblick flog ein Adler von einem der toten Bäume auf, auch der Elch schreckte auf, und beide Tiere flüchteten. Ein paar Wochen später überflog er tatsächlich eine Lichtung, die der aus seinem Traum verblüffend ähnlich sah. Ohne lange zu überlegen, setzte er zur Landung an und blieb dann auf der Lichtung stehen. Er hatte plötzlich das Gefühl, dass dies sein Zuhause sei. Er ist für immer dort geblieben."

Wolfgang Erdmann ging zum Wohnzimmerschrank und nahm eine angebrochene Flasche Scotch Whisky aus dem Barfach.

„Möchten Sie auch einen Schluck?" Als er die Frage stellte, schaute er nicht zu Cem, sondern in Gedanken versunken ins Leere. Es schien so, als würde er die Lichtung vor sich sehen.

„Ich bin im Dienst. Tut mir leid", sagte Cem. Er wusste für einen Moment nicht, was er auf die Geschichte erwidern sollte.

„Ich habe das Buch immer noch", sagte Erdmann am Ende seiner Geschichte. „Und manchmal setze ich mich mit einem Scotch hin und lese darin. Dann habe ich das Gefühl, dass ich ihr nahe bin."

Cem schaute ihn eindringlich an. „Warum erzählen Sie mir das, Herr Erdmann?"

„Ich wollte Ihnen nur erklären, warum ich so forsch auf Ihre Fragen reagiert habe. Meine Frau ist tot, und Sabrina ..." Seine Stimme versagte. Es schien so, als würde er gleich in Tränen ausbrechen, doch er konnte sich gerade noch beherrschen.

„Wie geht es Ihrer Tochter heute?"

„Sie hat Fortschritte gemacht", sagte Erdmann. „Die Reha und jetzt die Therapie ... Vielleicht kann sie ja eines Tages wieder gehen." Er wirkte ruhig, doch an seiner Miene konnte Cem erkennen, dass er selbst nicht daran glaubte.

„Die Therapie, ihr Betreuer, dann die Schule, jetzt die Ausbildung. Ich wollte ihr schon vor einem halben Jahr ein Auto kaufen und es auf ihre Bedürfnisse umrüsten lassen. Es gibt zwar hier und da Zuschüsse, aber das allein reicht bei Weitem nicht aus, die Kosten nur annähernd zu decken. Mir geht es finanziell zwar recht gut, aber insgesamt sind die Kosten doch enorm hoch." Wolfgang Erdmann gab einen verächtlichen Laut von sich. „Glauben Sie mir, hätte ich die Chance gehabt, dann hätte ich das Schwein umgebracht."

Er sah Cem direkt in die Augen, als wollte er damit die Endgültigkeit seiner Worte untermauern. „Aber leider ist mir dieser Scheißkerl nicht über den Weg gelaufen." Wolfgang Erdmann griff nach den Streichhölzern auf dem Tisch.

„Meine Frau ist tot", sagte er, zündete das Streichholz an und hielt die aufflackernde Flamme über den Pfeifenkopf. Für einen Moment verschwand sein Gesicht hinter einer Qualmwolke. „Und meine Tochter sitzt im Rollstuhl. Aber der Schuldige läuft immer noch frei herum." In seiner Stimme lag ein scharfer, anklagender Ton, doch von einer Sekunde auf die andere versank er wieder in Gedanken an seine Frau. „Sie hat den Geruch immer gehasst", sagte er, wobei er den Kopf in Richtung der Eingangstür neigte, als würde seine Frau im nächsten Moment über die Schwelle treten.

„Ich arbeite bei einer Transportagentur in Hamburg. Oft arbeite ich bis spät in die Nacht, um Sabrina ein halbwegs normales Leben zu ermöglichen. Ich habe in den letzten Jahren kaum Urlaub gemacht. Tagtäglich muss ich irgendwo auf der Welt einen Händler für Zuckerrohrmelasse, Futtererbsen oder Soja finden, einen Käufer suchen, ein Schiff ausfindig machen, das die Ladung möglichst schnell und günstig von einem Ort zum anderen bringt. Der Job verlangt einem alles ab. Selbst am Wochenende steht das Telefon nicht still. Mal springt ein Kunde in letzter Sekunde ab, dann verlangt ein Händler plötzlich mehr, als vereinbart war, oder das gebuchte Schiff liegt im Heimathafen fest, weil es entweder einen Motorschaden hat oder die Wetterlage nicht mitspielt."

Erdmann zog an seiner Pfeife, und nachdem sich der Qualm verzogen hatte, fügte er hinzu: „Verstehen Sie mich nicht falsch! Ich hätte gern mal ein paar Tage frei, aber ich brauche den Job, um Sabrinas Behandlung zu finanzieren. Und es ist nicht nur die Behandlung. Ich möchte ihr den Traum von ihrem Salon erfüllen, ihr Auto behindertengerecht umbauen lassen. All das kostet viel Geld."

Wolfgang Erdmann versuchte, gefasst zu wirken, doch er schien plötzlich das Gewicht der Erinnerungen zu spüren; die feucht schimmernden Augen, seine Hand, die unaufhörlich zitterte. Er hockte im Wohnzimmer auf der Couch und starrte in sich versunken vor sich her.

„Seit dem Tod meiner Frau ist nichts mehr so, wie es war. Sabrina ist der wundervollste und tapferste Mensch auf dieser Welt, und ich bin unfassbar stolz auf sie." Er machte eine kurze Pause, bevor er hinzufügte: „Und jetzt gehen Sie bitte."

Kapitel 11

Bei seiner Rückkehr wurde Cem schon auf dem Flur von Patrick Dannenberg abgefangen und direkt ins Büro seines Chefs geleitet. Kaum hatte er Platz genommen, kam auch schon die erwartete Frage.

„Wie weit seid Ihr?" Cem brachte ihn kurz auf den neuesten Stand der Ermittlungen.

Dannenberg schaute ihn über den Brillenrand hinweg an. „Habt Ihr diesen Oliver Koch schon vernommen?"

„Wir haben ihn für morgen früh hierher bestellt."

„Glaubst du, dass er etwas mit dem Fall zu tun haben könnte?" Cem kratzte sich am Hinterkopf. „Naja, er war erst mit Sabrina, danach mit Barbara zusammen. Er kannte beide also sehr gut. Und die Alibis sind alle nichts wert, solange wir nicht den genauen Todeszeitpunkt kennen."

Dannenberg zog die Stirn kraus. „Das Mädchen in dieser Situation allein zu lassen und etwas mit der besten Freundin anzufangen, ist menschlich gesehen vielleicht verwerflich, aber was für ein Grund hätte er haben können, um Barbara Schulte umzubringen?"

„Tatsache ist, dass er die Beziehung zu Barbara damals verschwiegen hat", erklärte Cem.

Dannenberg lockerte seine Krawatte und öffnete den obersten Hemdenknopf. „Was hast du jetzt vor?"

„Ich werde noch einmal mit Sabrina Erdmann reden, danach mit ihrem Vater. Und Kai wird alle Kontobewegungen und Telefonverbindungsnachweise der Familien Erdmann und Schulte überprüfen, sobald wir den richterlichen Beschluss haben."

„Den besorge ich noch heute", erwiderte Dannenberg. „Ach, bevor ich es vergesse: Wo ist eigentlich Herr

Lohmeyer? Ich habe ihn den ganzen Tag noch nicht gesehen."

„Vormittags wie erwähnt Ermittlungen und heute Nachmittag beim Schießtraining."

„Ungünstiger Zeitpunkt für ein Schießtraining", murrte Dannenberg. „Jetzt, wo Ilka im Urlaub ist."

„Er hat es schon einmal verschoben", verteidigte Cem seinen Kollegen. „Als wir die Frau im Klosterpark gefunden haben. Erinnerst du dich?"

Dannenberg räusperte sich. „Ja, schon gut. Und nun? Hast du eine Idee?"

„Ich weiß nicht", sagte Cem nachdenklich. „Wir haben zwei Familien. Bei den Erdmanns stirbt die Mutter und die Tochter sitzt im Rollstuhl, bei den Schultes stirbt die Tochter und die Mutter leidet an Depressionen. Schlimmer kann es nicht kommen. Es könnte sein, dass sie sich alle viel näher stehen, als sie zugeben. Ich glaube, dass Sabrina mehr weiß, als sie zugibt. Wenn sie wirklich so enge Freundinnen waren, hätte Barbara doch niemals etwas mit Oliver angefangen. Und wenn doch, dann hätte sie es Sabrina bestimmt erzählt."

„Hätte sie das?"

„Möglich wäre es."

„Und wenn sie genau das getan hat?", warf Dannenberg ein. „Was dann?"

„Gute Frage", erwiderte Cem. „Es kann jedenfalls nicht alles heile Welt zwischen Barbara und ihr gewesen sein. Aber wenn sie mir irgendetwas verheimlicht, bekomme ich das heraus."

„Verrätst du mir auch, wie du das anstellen willst?"

„Sabrina sitzt seit fünf Jahren im Rollstuhl, und es sieht nicht so aus, als ob sich das jemals ändern wird", erklärte er. „Sie ist verbittert über den Tod ihrer Mutter, über den Tod ihrer besten Freundin. Ich muss ihr Vertrauen gewinnen." Cem hielt kurz inne und wartete auf eine Reaktion.

Nach einem kurzen Zögern beugte sich Dannenberg vor. „Cem, das war noch keine Antwort auf meine Frage. Also, wie willst du das anstellen?"

Cem dachte kurz daran, sein Vorhaben lieber für sich zu behalten, doch dann entschied er sich dagegen. „Also, ich dachte mir ... wie gesagt, es ist nicht so einfach an sie heranzukommen ... ich meine ihr Vertrauen zu gewinnen ..."

Dannenberg trommelte ungeduldig mit den Fingern auf den Tisch.

„Okay, ich werde sie anrufen, fragen, welche Pizza sie haben möchte, und dann besorge ich noch eine schöne Flasche Wein."

„Das ist nicht dein Ernst, oder?"

„Wieso nicht?"

„Wieso nicht?" äffte Dannenberg ihn nach. „Weil das nicht der normale Vorgang ist, eine Zeugin zu befragen." Er blies die Wangen auf und ließ die Luft wieder entweichen. „Genau genommen ist es sogar strikt untersagt, ein privates Treffen mit einer Zeugin zu arrangieren."

„Das ist nicht privat", rechtfertigte sich Cem. „Das ist eine rein dienstliche Angelegenheit."

„Mit Pizza und Wein?" blaffte ihn Dannenberg an.

„Wir haben es hier nicht mit einem normalen Mordfall zu tun", verteidigte sich Cem. „Wir haben eine Leiche, die zwei Jahre lang im Wald lag und bis zum Skelett verfallen ist. Wir haben keine Ahnung, wie sie da hingekommen ist, warum und wer es getan hat. Wir müssen irgendetwas unternehmen."

Dannenberg griff nach seinem Kugelschreiber, drehte ihn ein paar Mal zwischen den Fingern und warf ihn dann wieder auf den Tisch. „Ich kann mich doch auf dich verlassen, oder?“ Er bedachte Cem mit einem misstrauischen Blick.

„Klar, kannst du das.“

„Gut, dann mach, was du für richtig hältst!“

Cem nickte, stand auf und wandte sich zur Tür. Dann drehte er sich noch einmal um. „Macht es Sinn, die Pizza und den Wein auf die Spesenabrechnung zu setzen?“

Dannenberg warf ihm einen giftigen Blick zu und rief ihm nur ein Wort zu: „Raus!“

* * *

Kaum im Büro, griff Cem zum Hörer und wählte Sabrina Erdmanns Nummer.

„Hallo, hier ist Cem Kayaoglu, Kripo Stade. Frau Erdmann, ich hätte noch ein paar Fragen.“

„Schießen Sie los.“

„Nicht am Telefon. Könnte ich kurz vorbeischauen? So in einer Stunde?“

„Klar, kein Problem.“

„Hätten Sie vielleicht Lust auf eine Pizza und ein Glas Rotwein?“ Für einen Augenblick war es still am anderen Ende der Leitung. Dann vernahm er wieder ihre Stimme. Dieses Mal klang sie nicht mehr so forsch wie am Anfang.

„Ich habe noch nie davon gehört, dass die Kripo jetzt mit Pizza und Wein auf Verbrecherjagd geht?“

„Kommt auch selten vor“, scherzte Cem. „Aber wenn Sie keine Pizza mögen, dann vielleicht einen Döner? Ich kenne da jemanden, der macht die besten ...“

„Alles, aber keinen Döner!“ unterbrach sie ihn.

„Okay, kein Döner.“

„Eine Pizza Speziale wäre nicht schlecht“, sagte sie.

„Mit Salami, Schinken, Paprika, Peperoni, Champignons und Oliven. Den Wein überlasse ich Ihnen."

* * *

„Schön, Sie zu sehen, Herr Kommissar." Sabrina steuerte ihren Rollstuhl lächelnd auf ihn zu. Ihr Haar wurde im Nacken von einer silbernen Haarspange zusammengehalten, und wie sie so vor ihm saß, mit Jeans und einem T-Shirt mit einem gelben, strahlenden Smiley, wirkte sie eher wie eine fröhliche junge Frau, der die Welt offen stand. Cem folgte ihr ins Wohnzimmer.

„Mein Vater wird das wohl nicht so toll finden, dass Sie hier mit einer Pizza auftauchen", sagte sie und bat ihn, Platz zu nehmen. „Eigentlich ist es sein Tag."

„Was meinen Sie mit ‚sein Tag'?"

„Es ist eine Art Ritual geworden, dass wir uns jeden Donnerstagabend treffen, eine Pizza essen und ein Glas Wein trinken. Dieser Abend bedeutet uns sehr viel. Wir reden über Gott und die Welt, und genau das ist es, was uns zusammen hält."

„Das hätten Sie mir doch am Telefon sagen können", sagte Cem in einem fast schon entschuldigenden Tonfall. „Dann wäre ich an einem anderen Tag gekommen."

„Schon gut", sagte sie mit einem Lächeln auf den Lippen. „Wenn mein Vater nicht gerade auf Reisen ist, wird er diesen Donnerstag nie ausfallen lassen, also wird er heute Abend kommen, etwas zu essen bestellen und dann den Wein öffnen. Und morgen lege ich dann eine kleine Diät ein."

Sie versuchte seinen Blick aufzufangen. Plötzlich war das Lächeln aus ihrem Gesicht verschwunden.

„Herr Kommissar, Sie machen das hier doch nicht aus

Nächstenliebe", sagte Sabrina in einem angriffslustigen Ton. „Also, warum der ganze Aufwand?"

Cem öffnete die Flasche, schenkte den Wein ein und schob ihr ein Glas entgegen. „Zum einen, weil Sie eine wirklich bemerkenswerte Frau sind, und zum anderen, weil ich Barbaras Mörder finden will."

Sie lächelte Cem unsicher an. „Würden Sie bitte zwei Teller aus dem Schrank holen?"

„Ja, natürlich." Er holte die Teller und nahm die Pizzen aus der Pappschachtel. „Mit Salami, Schinken, Paprika, Peperoni, Champignons und Oliven, wie gewünscht."

„Danke. Das ist wirklich lieb von Ihnen. Oregano?"

„Ja, gern."

Sie reichte ihm das Gewürz. „Okay, was wollen Sie wissen?"

„Sabrina, Sie haben mir erzählt, dass Sie und Barbara irgendwann einen Kosmetiksalon eröffnen wollten."

„Ja, aber das habe ich Ihnen doch schon gesagt."

„Ich weiß. Sie wollten mit einem Studio in Stade beginnen und wenn es gut läuft, eins in Hamburg eröffnen. Ist das richtig?" Sabrina sah ihn verunsichert an.

„Ja, warum fragen Sie?"

„Weil sich Barbara kurz vor ihrem Tod einige Läden auf Mallorca angesehen hat. Und das nicht nur einmal."

Sabrina schüttelte entschieden den Kopf. „Das kann nicht sein. Da müssen Sie sich täuschen. Barbara hätte mich nie im Stich gelassen und sie hätte erst recht kein Studio eröffnet, ohne mir etwas davon zu erzählen."

„Vielleicht wollte sie ja auch etwas völlig anderes machen", warf Cem ein.

„Wie meinen Sie das?"

„Barbaras Vater sagte, dass sie sich auch Restaurants und Lokale angesehen hätte und als er sie darauf ansprach, sagte sie ihm, dass es nichts mit Ihrem gemeinsamen Traum zu tun hätte. Die Frage ist nur, warum sie sich diese Räumlichkeiten angesehen hat. Was hatte sie in Wirklichkeit vor?“

„Das kann ich Ihnen nicht beantworten, Herr Kommissar.“

„Dann hat sie also nie mit Ihnen darüber gesprochen oder eine Andeutung gemacht?“

„Nein, nie.”

Cem steckte sich ein Pizzastück in den Mund. „Okay. Kommen wir zu Mike Heinze, Barbaras damaligen Freund. Er hat damals ausgesagt, dass sich Barbara von ihm getrennt hat. Stimmt das?“ Sabrina schüttelte den Kopf.

„Nein, soviel ich weiß, hat er sich von ihr getrennt. Irgendwie war er der Meinung, dass Barbara einen neuen Freund hatte. Die beiden haben sich heftig gestritten und ein paar Tage später war es vorbei. Ich habe sie gefragt, wer denn dieser geheimnisvolle Freund ist, aber sie hat es mir nicht verraten. Sie sagte nur, dass sie einen Verehrer hätte, aber sie sich noch nicht sicher wäre.“

Oliver Kochs Name lag Cem auf der Zunge, doch er sprach ihn nicht aus. Vielleicht später, aber nicht jetzt. Stattdessen trank er einen Schluck Wein und fragte, ob sie und Barbara immer gemeinsam einen Nebenjob angenommen hatten, doch Sabrina verneinte.

„Barbara hat mal für ein paar Wochen für eine Werbeagentur gearbeitet. So als hübsches, brünettes Mädchen, das für irgendwelche Werbespots in die Kamera lächelt.“

„Wissen Sie, welche Werbeagentur das war?“

„Nein, leider nicht. Ich habe auch nicht nachgefragt, weil ich das sowieso nicht könnte, so vor der Kamera und einen Blusenknopf mehr auf als nötig. Barbara hatte da keine Scheu. Naja, und seit meinem Unfall hatte sich das ja sowieso erledigt. Niemand hat Interesse an einer Frau im Rollstuhl."

Ihre Miene verfinsterte sich schlagartig, und die Bitterkeit in ihrer Stimme war nicht zu überhören. Cem brauchte einen Moment, um die passenden Worte zu finden. Auf die Frage, warum sie das alles nicht den Buxtehuder Kollegen erzählt hatte, sagte sie, dass die Kollegen nicht danach gefragt hatten, und weil sie es nicht für wichtig gehalten hatte.

„Die Sache mit Barbaras Verehrer ... ich habe mir keinen Gedanken darüber gemacht." Sie aß das letzte Stück Pizza, nippte am Wein und fuhr fort: „Während meiner Jobs in den Bars und Restaurants habe ich auch viele zweideutige Angebote bekommen. So ist das eben. Aber zu der Zeit, in der Barbara für diese Werbeagentur gearbeitet hat, ging es mir nicht so gut. Deshalb hatte ich mehr mit mir selbst zu tun, als mich um Barbaras Liebesleben zu kümmern."

„Das kann ich gut verstehen", sagte Cem.

„Wirklich?" Sie sah ihn zweifelnd an. Er antwortete nicht darauf. Vermutlich hatte sie Recht. Kein gesunder Mensch kann nachvollziehen, wie es ist, ein Leben im Rollstuhl zu verbringen.

Er legte das Besteck auf den Teller und schob ihn ein Stück von sich weg. „Sabrina, Sie haben mir erzählt, dass sich Ihr Freund Oliver ein halbes Jahr nach Ihrem Unfall von Ihnen getrennt hat."

„Ja, das stimmt. Wieso fragen Sie?"

Cem zögerte immer noch, weil er sich nicht sicher war, wie Sabrina auf die Beziehung zwischen Oliver und Barbara reagieren würde. Trotzdem musste er die Wahrheit erfahren.

„Wir haben einen goldenen Anhänger in der Nähe von Barbaras Leiche gefunden. Es war der Name ‚Oliver' eingraviert."

Bei diesen Worten hob sie ihm den Kopf entgegen und lächelte, aber er bemerkte, wie sich ihre Hände um die gepolsterten Armlehnen des Rollstuhls krampften.

„Dann war er ihr heimlicher Freund?", fragte sie, obwohl sie die Antwort bereits wusste. Sabrina saß vor ihm, mit geraden Schultern und erhobenem Kopf, und doch hatte Cem das Gefühl, als wäre in ihr eine Welt zusammengebrochen.

„Davon wusste ich nichts", sagte sie leise. „Ehrlich." Sie trank ihr Glas leer und hielt es Cem entgegen. „Ich könnte noch einen Schluck gebrauchen."

Cem schenkte ihr nach. „Enttäuscht?"

„Ja, ein wenig schon." Sie biss sich auf die Unterlippe, während sie an Cem vorbei ins Nichts starrte.

„Wenn man plötzlich auf die Hilfe anderer angewiesen ist, klammert man sich automatisch an die Menschen, die einem nahestehen, und das waren nun mal Oliver, Barbara und mein Vater. Man selbst bekommt gar nicht mit, dass dieses Klammern für die anderen zur Belastung werden kann. Vielleicht habe ich selbst schuld, dass es so weit gekommen ist."

Cem bemerkte den feuchten Schimmer in ihren Augen und beschloss, nicht weiter nachzufragen. Er zog ein Foto aus der Innentasche seines Jacketts, legte es auf den Tisch und deutete auf einen jungen Mann, der direkt neben Barbara stand.

„Kennen Sie den Mann?"

„Ich bin mir nicht sicher", sagte Sabrina. „Es könnte der Typ von der Werbeagentur sein. Barbara hat mich einmal zu einer Party eingeladen. Ich glaube, dass ich ihn da gesehen habe. Aber mit Sicherheit kann ich das nicht sagen. Das ist einfach schon zu lange her."

Cem steckte das Foto wieder in die Tasche.

„Seien Sie mir nicht böse", sagte sie. „Aber ich würde mich gern noch eine halbe Stunde hinlegen, bevor mein Vater kommt."

Cem schaute auf die Uhr. Es war kurz nach halb sieben.

„Ja, natürlich."

„Herr Kayaoglu?"

„Ja?"

„Seien Sie ehrlich. Glauben Sie wirklich, dass Sie den Mörder von Barbara finden werden?"

„Ich werde alles tun, was in meiner Macht steht", versicherte Cem und zog sein Jackett an. „Versprochen."

„Danke für die Pizza, Herr Kommissar."

„War mir ein Vergnügen", erwiderte er lächelnd und legte seine Visitenkarte auf den Tisch. „Nur für den Fall, dass Sie mal wieder Lust auf eine Pizza haben."

„Gerne", sagte Sabrina. „Nur nicht an einem Donnerstag!"

Kapitel 12

Es war kurz nach 18 Uhr, als Nils Petersen das Gespräch beendete. Mit einem Lächeln auf den Lippen legte er den Hörer auf. Wenn er nur öfter solche Auftraggeber hätte, könnte er sich einen zweiten Mechaniker leisten, um endlich mehr Zeit für Claudia und die Kleine zu haben.

„Schatz, ich muss noch mal kurz weg", rief er seiner Frau zu, die gerade in der Küche das Abendbrot vorbereitete. Claudia Petersen kam auf ihn zu und strich ihm zärtlich mit den Fingerspitzen über die Wange.

„Muss das so spät noch sein? Du arbeitest sowieso zu viel in letzter Zeit." Sie hatte sich so sehr auf diesen Abend gefreut. Es wäre der erste Abend seit einer Woche gewesen, an dem er nicht bis spät in der Nacht in der Werkstatt arbeitete.

Nils zog die Schultern hoch.

„Ja, ich weiß, aber es läuft gerade so gut, und ich kann es mir nicht leisten, Aufträge abzulehnen. Wenn ich den Kunden erstklassigen Service biete, erzählen sie es weiter, und wenn nicht, dann tun sie es auch."

Er nahm ihr Gesicht in die Hände und küsste sie.

„Der Kunde muss noch heute für ein paar Tage auf Geschäftsreise. Er kriegt von mir einen Leihwagen, und während er weg ist, repariere ich sein Luxusgefährt. Das ist jetzt der fünfte Kunde innerhalb eines Monats, der auf Empfehlung eines anderen zu mir kommt. Erinnerst du dich noch, wie lange wir um diese Werkstatt gekämpft haben, wie lange wir jeden Cent umdrehen mussten?"

Claudia lächelte ihn an. „Ja, ich weiß, mein Schatz." Sie reichte ihm seine Jacke. „Und wir lieben dich auch dafür, ehrlich, aber ab und zu wäre es schön, wenn du ein wenig mehr Zeit für uns hättest."

„Es dauert wirklich nicht lange, mein Schatz“, versprach er. „Gegen sieben will er kommen, um neun bin ich spätestens zurück. Gib meiner Tochter einen dicken Kuss von mir.“

Sie schaute an ihm vorbei zu ihrem Hochzeitsfoto an der Wand und nickte kaum wahrnehmbar. Sie konnte gar nicht mehr zählen, wie oft er ihr gesagt hatte, dass es nicht lange dauern würde. Aber andererseits liebte sie ihn für das, was er für sie und ihre vierjährige Tochter Maria tat.

* * *

Nils Petersen setzte sich in seinen dunkelblauen Ford Mondeo, winkte seiner Frau kurz zu und fuhr davon. Die Werkstatt befand sich nur knapp 10 Kilometer von seinem Haus entfernt. Er parkte den Wagen wie jeden Tag direkt neben der Waschanlage, stieg aus und schloss die Werkstatt auf. Sein erster Blick galt dem arabergrauen Mercedes-Benz 280 SE Coupé. Er liebte dieses Auto; Baujahr 1968, Automatikgetriebe, 6 Zylinder, 160 PS, mit elektrischem Schiebedach und roten, weichen Ledersitzen. Ein Traum! Nur die abmontierten Reifen trübten ein wenig den Anblick. Aber er mochte nicht nur dieses Auto, sondern auch den Besitzer, der ein kleines Vermögen dafür bezahlte, dass Nils die wenigen Lack- und Rostschäden beseitigte und den Unterboden prüfte.

Nils betrat das angrenzende Büro, wo ihm augenblicklich ein kalter, muffiger Geruch entgegen schlug. Für einen Moment schaute er auf die feuchte Wand zum Hinterhof, die ihn daran erinnerte, dass er sich unbedingt um eine neue Isolierung kümmern musste. Als er die Werkstatt damals übernommen hatte, war ihm klar gewesen, dass er noch viel Arbeit und Geld in dieses Objekt investieren musste, und doch hatte er sich Vieles einfacher vorgestellt. Er öffnete das Fenster, nahm eine Flasche Bier aus dem Kühlschrank und ging zu seinem Schreibtisch. Sein Blick fiel unweigerlich auf das Foto von Barbara Schulte, das auf der Titelseite des Tageblatts veröffentlicht war. Er überflog den Artikel, wie so oft in den letzten Tagen.

Ein kalter Schauer lief ihm den Rücken hinab, doch das änderte nichts daran, dass er sein Leben so weiterführen musste, als wäre nichts geschehen. Er war es seiner Familie schuldig, und er würde alles dafür tun, dass nichts und niemand dieses Glück zerstörte. Er brauchte einen Moment, bis er sich wieder gefangen hatte. Er holte tief Luft und zwang sich, an etwas anderes zu denken.

Nils Petersen schaute auf die Uhr. Es waren noch zwanzig Minuten, bis der Kunde hier sein würde. Zeit genug, um noch einen kurzen Blick auf den Unterboden des Mercedes-Benz zu werfen. Schließlich blieben ihm nur noch drei Tage, um den Wagen in einem perfekten Zustand abzuliefern.

Nils Petersen schaltete das Radio ein, drückte auf den Knopf der Hebebühne, wartete, bis der Wagen eine Höhe von zwei Metern erreicht hatte. Er schaltete die Taschenlampe ein und leuchtete Zentimeter für Zentimeter den Unterboden ab. Er betrachtete den Auspuff, der sich zu seiner Überraschung in einem tadellosen Zustand befand. Auch sonst konnte er kaum einen Makel entdecken; keine zusätzlichen Schweißnähte, keine Umbauten, die den Originalzustand verändert hätten. Er war so sehr mit dem Unterboden des Oldtimers beschäftigt, dass er nicht mitbekam, wie sich ein Wagen langsam dem

Grundstück näherte und ein paar Meter abseits am Seitenrand parkte.

Der Mann, der aus dem Wagen stieg, trug einen schwarzen Mantel mit aufgestelltem Kragen. Er ging ein paar Schritte am Zaun entlang und blieb stehen. Sein Blick schweifte hinüber zur beleuchteten Werkstatt. Leise Musik drang zu ihm. Sein Gesicht war wie versteinert. Er trat auf das Grundstück, steuerte direkt auf eine gewaltige Eiche zu und lehnt sich an den Stamm. Jetzt konnte er ihn sehen, ganz deutlich im Lichtschein.

Er sah, wie Nils Petersen seinen Kopf in den Nacken gelegt hatte und auf den Unterboden des Autos starrte. Er hätte es auch aus dieser Entfernung erledigen können, doch es wäre nicht das Gleiche gewesen. Er wollte ihm in die Augen sehen, die Angst, das Entsetzen, auch wenn er sich damit selbst in Gefahr bringen würde. Er fühlte den kalten Stahl in seiner rechten Manteltasche. Er musste die Sache zu Ende bringen, egal, was danach geschehen würde. Der Mann setzte sich langsam in Bewegung.

Plötzlich vernahm Nils Petersen ein Geräusch. Er drehte sich um und sah flüchtig zu dem Mann, der sich langsam näherte.

„Ich bin sofort bei Ihnen", rief er dem Unbekannten zu. „Wenn Sie wollen, können Sie den Wagen schon mal reinfahren. Ich schaue mir das gute Stück gleich an."

Er warf noch einen raschen Blick auf die Benzin- und Bremsleitungen, doch auch hier konnte er keine sichtbaren Mängel erkennen.

„So, jetzt bin ich fertig", sagte Nils Petersen. Im gleichen Augenblick, in dem er sich zu dem Mann umdrehte, riss dieser die Waffe aus der Manteltasche und richtete sie direkt auf Petersens Stirn. Sein Gesicht wurde mit einem Schlag kreidebleich.

„Was ... was soll das ...“, stammelte er. „Was soll der Scheiß?“

Der Mann reagierte nicht auf seine Worte. Stattdessen sagte er: „Wie fühlt es sich an, wenn man weiß, dass es zu Ende geht und niemand da ist, der einem helfen kann?“ Ein zynisches Lächeln umspielte seine Lippen. „Sag es mir. Wie fühlt es sich an?“

Nils Petersen rang nach Luft. Er trat einen Schritt auf den Unbekannten zu, blieb dann abrupt stehen, als er sah, wie sich der Finger des Mannes um den Abzug krümmte.

„Was ... wollen Sie von mir?“ Seine Lippen zitterten. „Was ... habe ich Ihnen getan?“

„Sie haben mir immer noch nicht gesagt, wie es sich anfühlt“, erwiderte der Mann kühl. „Aber darauf kommt es jetzt auch nicht mehr an.“ Und dann sah er das, war er sehen wollte, weshalb er von Angesicht zu Angesicht diesem Mistkerl gegenüber stehen wollte. Es war der Ausdruck in Nils Petersens Gesicht, als wäre er ein in die Enge getriebenes Geschöpf, das darauf wartete, vernichtet zu werden. Seine Augen waren weit aufgerissen, der Mund leicht geöffnet.

Genauso hatte er es sich gewünscht! In diesem Moment der Genugtuung drückte er ab. Die Kugel traf Nils Petersen direkt in die Stirn. Er konnte nicht einmal mehr schreien. Sein Körper fiel wie ein nasser Sack in sich zusammen. Blut rann aus seinem Mund und aus der Wunde.

Nils Petersen bekam nicht mehr mit, wie sich die Gestalt über ihn beugte, zwei Finger in die Vertiefung zwischen Luftröhre und den großen Halsmuskel legte. Er versuchte, den Puls zu fühlen, nur um ganz sicher zu sein, dass er sein Werk vollbracht hatte. Er drehte den Kopf des Toten leicht zur Seite, betrachtete die Austrittswunde am Hinterkopf und wandte sich dann von Petersen ab.

Er sah sich einige Sekunden lang suchend um und entdeckte schließlich die Patronenhülse, die unter die Werkbank gerollt war. Er bückte sich, hob sie auf und ließ sie in seine Manteltasche fallen. Es ärgerte ihn ein wenig, dass er die Kugel nicht finden konnte. Er begab sich in die Richtung, wo er sie vermutete, doch schließlich gab er die Suche auf. Während er noch einen letzten Blick auf den Toten warf, fragte er sich, warum er sich überhaupt die Mühe machte, danach zu suchen.

Ein kaltes Lächeln huschte über sein Gesicht, als er den roten Knopf betätigte und sich das Mercedes-Benz 280 SE Coupé langsam, aber stetig auf Nils Petersen herabsenkte.

Kapitel 13

Freitag, 23. Oktober
Cem wollte sich gerade auf den Weg ins Vernehmungszimmer machen, als es an der Tür klopfte. Im nächsten Augenblick stand ein Mann vor ihm, den er von irgendwoher kannte.

„Tobias Hansen. Ich würde gern mit Ilka sprechen."

Plötzlich erinnerte Cem sich wieder. Sie waren sich schon einmal begegnet, damals an Ilkas Haustür, als sie in dem Mordfall Wilkens ermittelt hatten. „Das ist leider nicht möglich. Sie kommt erst nächste Woche wieder zum Dienst."

„Können Sie mir sagen, wo ich sie finden kann?"

„Das könnte schwierig werden, Herr Hansen", rief ihm Kai von seinem Schreibtisch aus zu. „Sie ist gerade in Urlaub."

„Wissen Sie, wo?"

Kai schüttelte den Kopf. Er konnte sich noch gut an den Ärger erinnern, den er sich eingehandelt hatte, als er einmal Ilkas Ex-Mann ihre Privatadresse verraten hatte. Ilka war so wütend, dass sie ihn am liebsten gleich wieder auf Streife geschickt hätte. Noch einmal würde ihm das nicht passieren.

„Tut mir leid. Das darf ich Ihnen leider nicht sagen."

„Es ist wirklich wichtig", versuchte er es erneut. „Ich muss sie dringend sprechen."

„Wir werden ihr ausrichten, dass Sie hier waren", antwortete Cem geduldig. „Mehr können wir im Moment nicht für Sie tun." Dann trat er an die Tür und deutete mit einer Armbewegung auf den Flur. „Und jetzt möchte ich Sie bitten zu gehen. Wir haben wirklich sehr viel zu tun."

„Ich auch!" entgegnete Tobias Hansen in gereiztem Tonfall. Für einen Moment sah es so aus, als wollte er noch etwas hinzufügen, doch dann warf er Cem nur noch einen vernichtenden Blick zu und verließ kommentarlos das Büro.

* * *

Cem betrat das Vernehmungszimmer, setzte sich und fixierte sein Gegenüber. Oliver Koch war das, was man für gewöhnlich als Frauenschwarm bezeichnen würde: Schlank, hochgewachsen, lockige braune Haare und ein Lächeln, mit dem er Wände einreißen könnte. Jedenfalls empfand Cem es so.

„Hallo, Herr Koch. Wissen Sie warum Sie hier sind?"

„Ja, wegen Barbara."

„Sie wurde tot in einem Waldstück aufgefunden. Sie wurde vermutlich umgebracht." Cem wartete auf irgendeine Reaktion, doch Oliver Koch starrte nur vor sich hin und schwieg.

„So, Herr Koch, dann erzählen Sie mir doch mal, was an jenem Abend passiert ist."

„Ich habe nichts zu sagen", brummte Oliver ungehalten. „Ich habe bereits alles gesagt."

Diese Antwort quittierte Cem mit einem müden Lächeln.

„Nein, Sie haben nicht alles gesagt. Aber Sie können es jetzt nachholen, oder als Alternative eine Gratisübernachtung auf Staatskosten wählen. Für welche Option entscheiden Sie sich?"

„Hey, was soll das?" Oliver Koch sprang wie eine Furie auf. „Ich habe damals der Kripo alles gesagt!"

„Setzen!", befahl Cem in einem scharfen Ton.

Cem überflog die Aussage, die Oliver vor zwei Jahren zu Protokoll gegeben hatte.

„Warum haben Sie damals nichts von Ihrer Beziehung zu Barbara Schulte erwähnt?"

„Welche Beziehung?"

Cem schob ihm das Foto des goldenen Schmuckstücks entgegen. „Ist diese Kette von Ihnen?"

„Ja", gab Oliver kleinlaut zu. „Die ist von mir. Als wir zusammen kamen, haben wir beschlossen, es solange wie möglich geheim zu halten. Aus Rücksicht auf Sabrina. Ich bin weiß Gott nicht stolz darauf, dass ich damals die Beziehung mit ihr beendet habe. Sie können mich gern für herzlos halten, aber ich kam einfach nicht damit klar. Sabrinas Behinderung hätte mein Leben auf den Kopf gestellt. Es hätte sich alles nur noch um sie gedreht und ich hatte einfach Angst, dass ich irgendwann daran zerbrechen würde. Ich habe wirklich lange mit mir gerungen, das können Sie jetzt glauben oder nicht."

„Haben Sie Sabrina danach noch einmal wiedergesehen?"

„Nein."

„Ich war gestern bei ihr", sagte Cem. „Eine tolle Frau. Sie versucht ihr Leben allein zu meistern, so gut es eben geht und glauben Sie mir, das Letzte, was sie will ist, dass sich alles nur um sie dreht."

Oliver senkte den Blick zu Boden. „Das mag ja sein, aber die Sache mit Barbara hatte nichts mit der Trennung zu tun. Wir sind uns erst viel später näher gekommen. Es hatte wirklich nichts mit Sabrina zu tun. Natürlich war mir klar, dass Barbara ihre beste Freundin war, und vielleicht hätte ich es Sabrina auch sagen müssen, aber es änderte nichts daran, dass ich mich in Barbara verliebt hatte."

„Warum haben Sie damals nichts davon den Buxtehuder Kollegen erzählt? Sie haben Barbara geliebt, wahrscheinlich waren Sie sogar der Letzte, der sie lebend gesehen hat."

„Das ist nicht wahr", protestierte Oliver lautstark. „Sie rief mich am Abend vor ihrem Verschwinden an. Sie sagte, dass ihr etwas dazwischen gekommen wäre und sie noch ein paar Dinge klären müsse. Ich wollte wissen, was das für Dinge wären, aber sie wollte es mir nicht sagen. Und das war wirklich das letzte Mal, dass ich etwas von Barbara gehört habe. Ehrlich!"

„Also hat sie Ihnen nicht erzählt, wo sie hinwollte?"

„Nein."

„Anscheinend wollte sie an diesem Tag nach Hamburg fahren. Und dieses Krimi-Dinner, an dem Sie mitwirkten, fand auch in Hamburg statt. Sie haben sich nicht rein zufällig dort getroffen?"

„Nein, natürlich nicht. Ich war den ganzen Tag bis spät abends auf der Veranstaltung. Außerdem habe ich doch schon gesagt, dass wir unsere Beziehung nicht an die große Glocke hängen wollten!"

Oliver Koch fuhr sich mit den Fingern durchs Haar. „Es ist schrecklich, was mit Barbara passiert ist, aber ich habe ein Alibi. Ich war den ganzen Tag in der Speicherstadt, von morgens bis abends, ohne Barbara. Wir haben geprobt, die Bühne aufgebaut und abends das Kriminalstück aufgeführt."

„Das mag auch stimmen", erwiderte Cem. „Aber der Tag ihres Verschwindens muss nicht zwangsläufig ihr Todestag gewesen sein. Sie könnte genauso gut einen Tag oder eine Woche später ermordet worden sein. So gesehen ist das Alibi keinen Pfifferling wert."

„Warum sollte ich sie töten? Ich habe sie doch geliebt."

Cem erwiderte nichts darauf und schob ihm stattdessen das gleiche Foto zu, das er auch Sabrina gezeigt hatte.

„Kennen Sie den Mann?" Zu Cems Überraschung zögerte Oliver Koch keine Sekunde.

„Das ist Florian Hauser. Er war damals Chef der Werbeagentur, für die Barbara gearbeitet hat. Sie hat mir erzählt, dass er scharf auf sie war, aber sie versicherte mir, dass ich mir keine Sorgen machen müsse."

„Wie lange hat sie für ihn gearbeitet?"

„Ungefähr ein halbes Jahr, dann hatte sie keinen Bock mehr auf diesen Typen."

„Ist irgendetwas zwischen den beiden vorgefallen? Gab es Streit oder Ähnliches?"

„Er war ein Arschloch", antwortete er ohne zu zögern. „Das war alles. Anfangs waren es noch harmlose Werbefotos, die er von Barbara machen wollte. Doch dann wollte er mehr. Er wollte, dass sie immer mehr Dekolleté zeigt. Einmal hat er sie sogar gefragt, ob sie nicht Lust auf ein paar Bikini-Fotos hätte. Als er dann auch noch anfing, sie ständig anzufassen, wurde es Barbara zu blöd."

Cem nahm das Foto wieder an sich. „Haben Sie ihn mal persönlich getroffen?"

Oliver verneinte. „Ich kann mich jedenfalls nicht daran erinnern. Kann ich jetzt gehen?"

„Ja." Cem klappte seinen Notizblock zu und stand auf. „Danke, dass Sie gekommen sind."

* * *

Eine halbe Stunde nachdem sie über die Zentrale von einem Toten in einer Kfz-Werkstatt erfahren hatten, trat Cem über das Absperrband, grüßte per Handzeichen einige Kollegen und lief geradewegs auf Kai Lohmeyer zu.

„Weißt du schon, wer es ist?"

„Nils Petersen, der Inhaber dieser Werkstatt, 29 Jahre alt, verheiratet, eine vierjährige Tochter. Er wurde vermutlich gestern Abend getötet."

„Wie ist das passiert?"

„Er wurde von seiner eigenen Hebebühne zerquetscht", sagte Kai. „Kein schöner Anblick." Er deutete mit dem Kopf ans andere Ende der Werkstatt. „Dahinten wartet sein Kfz-Mechaniker. Ein gewisser Karl Stadler."

Cem schaute in die Richtung und hob die Brauen, als er die dickleibige Gestalt im Halbschatten der Werkstatt entdeckte.

„Hat er die Leiche gefunden?"

„Nein, das war die Ehefrau, Claudia Petersen. Normalerweise wartet sie immer, bis er heimkommt, aber gestern ist sie auf der Couch eingeschlafen. Als sie heute Morgen bemerkte, dass ihr Mann nicht nach Hause gekommen ist, hat sie in der Werkstatt und auf seinem Handy angerufen. Als niemand ans Telefon ging, hat sie sich ein Taxi genommen und ist hierher gefahren."

„Warum ein Taxi?"

„Sie haben nur ein Auto, einen dunkelblauen Ford Mondeo. Und mit dem ist er gestern Abend losgefahren."

„Wo ist sie jetzt?"

„Der Notarzt hat ihr eine Beruhigungsspritze gegeben. Sie ist total am Ende."

„Hast du ihre Aussage schon aufgenommen?"

Kai zog seinen Notizblock aus der Tasche. „Also, Nils Petersen hat gegen 18 Uhr einen Anruf bekommen. Angeblich war es ein Kunde, der sein Auto nach Feierabend vorbeibringen wollte, weil er für eine Woche auf Geschäftsreise müsse. Nils Petersen wollte sich mit diesem Kunden um 19 Uhr treffen. Deshalb ist er noch einmal zur Werkstatt gefahren."

„Kam das öfter vor?"

„Was?"

„Dass er so spät noch Kunden angenommen hat?"

„Seine Frau sagt, dass er in den letzten Wochen sehr viele Aufträge herein bekommen hat. Deshalb blieb er häufig länger in der Werkstatt und hat oft auch am Wochenende gearbeitet. Finanziell ging es ihnen zwar nicht überragend, aber gut. Jedenfalls wesentlich besser als am Anfang. Außerdem behauptet sie, dass ihre Ehe glücklich war."

Cem schaute wieder zum Mechaniker, der wie eine Statue in der Ecke stand. „Was ist mit seiner Aussage?"

„Zum einen bin ich auch erst zwanzig Minuten hier und zum anderen wollte ich das lieber dir überlassen", erwiderte Kai mit einem Lächeln auf den Lippen. „Du bist der Größere von uns beiden."

Cem warf ihm einen kurzen, giftigen Blick zu und ging auf Karl Stadler zu. Der Mann hatte kurzgeschorenes, braunes Haar und roch nach Schweiß. Cem wollte es nicht, aber er konnte nichts dagegen tun. Er musste unentwegt auf Karls Oberarm starren. Dort war ein üppiges Pin-up-Girl eintätowiert. Unter seinem kurzärmligen schwarzen Hemd ragten nur noch ihr praller Hintern und die angewinkelten Beine hervor. Stadler schien seine Blicke zu spüren, denn im nächsten Augenblick zog er den Hemdärmel hoch. Er spannte seine Muskeln und grinste, ohne sein Gegenüber anzusehen. Cem starrte auf ihren Schmollmund, die übernatürlichen Wimpern und die gigantischen Brüste, dann wurde sie wieder vom Hemdstoff verhüllt.

„Cem Kayaoglu, Kripo Stade. Ich würde Ihnen gern

ein paar Fragen stellen."

Karl Stadler stand mit vor der Brust verschränkten Armen vor Cem, als ginge ihn das alles nichts an.

„Wann haben Sie Nils Petersen das letzte Mal gesehen?"

„Gestern in der Werkstatt."

„Wann war das genau?"

„Ich bin gegen halb fünf gegangen."

„Und dann?"

„Was und dann?"

„Wo waren Sie danach?" Cem bezweifelte zwar stark, dass der Bulle vor ihm etwas zur Lösung des Falls beitragen könnte, aber trotzdem musste er seine Aussage aufnehmen.

„In der Stadt."

Obwohl Stadler ihm gehörig auf die Nerven ging, versuchte Cem Ruhe zu bewahren.

„Wären Sie wohl so freundlich, mir einfach zu erzählen, wo Sie genau waren? Wenn es geht, mit Uhrzeit und Adresse."

„Im Fiddler's Green in der Stader Innenstadt. Gegen halb elf bin ich nach Hause gegangen."

„Zeugen?"

„Sie können Jana fragen. Sie arbeitet dort."

„Haben Sie vielleicht auch ihren Nachnamen für mich?"

„Nein. Aber Jana kennt jeder!"

Cem notierte sich den Namen. „Gab es irgendwelche Probleme in der Werkstatt?"

„Was für Probleme?"

„Das war nicht die richtige Antwort auf meine Frage!" Cem zog eine Braue in die Höhe und musterte Stadler scharf.

Der Mann kratzte sich am Ohr. „Keine Ahnung. Von Problemen weiß ich nicht."

„Gab es vielleicht mal Ärger mit einem Kunden? Eine Beschwerde oder Reklamation?"

Stadler schüttelte den Kopf.

„Haben Sie eine Ahnung, mit wem sich Ihr Chef gestern Abend noch getroffen hat?"

„Nee. Ich komme hier morgens her und mache meinen Job. Das ist alles."

„Gut, dann war's das fürs Erste", sagte Cem in ebenso gleichgültigem Ton. „Danke für Ihre Mithilfe."

Cem ließ den Koloss einfach stehen, und ließ sich von einem Kollegen der Spurensicherung die Schutzkleidung geben. Er schlüpfte in den Einweganzug mit Kapuze, in die Schuhüberzieher, zog die Handschuhe und den Mundschutz an.

Auf dem Weg durch die hell ausgeleuchtete Werkstatt traf er auf den Tatortfotografen Udo Berthold. Auf ein freundliches Kopfnicken folgte prompt ein warnender Blick, als Cem ziemlich nah an einem der Nummerntäfelchen vorbeilief.

„Pass auf, wo du hintrittst", mahnte Berthold, aber das darauffolgende Lächeln bedeutete Cem, dass dieser Einwand nicht so ernst gemeint war.

„Bist du schon durch?" fragte Cem.

„Mit der Werkstatt ja, aber das Büro und das Außengelände steht mir noch bevor." Berthold wischte sich mit dem Taschentuch über die Glatze. Obwohl er erst knapp 40 Jahre alt war, gingen ihm schon recht früh die meisten Haare aus. Schließlich sah er keinen Sinn mehr darin, die verbleibenden Haarbüschel zu pflegen und rasierte sich einfach alles ab.

„Hast du das Opfer schon gesehen?", wollte er von Cem wissen.

„Nein, warum?"

Berthold hing sich seine Kamera um den Hals und deutete mit einer knappen Kopfbewegung Richtung Hebebühne, wo die Leiche unter einem weißen Laken lag.

„Ich bin ja einiges gewohnt", sagte er. „Aber der Anblick ist nichts für zartbesaitete Menschen."

„Dann ist das ja genau das Richtige für mich", erwiderte Cem mit einem Hauch von Sarkasmus in der Stimme. Er verabschiedete sich von dem Fotografen und ging in einem weiten Bogen um die Hebebühne herum, wo sich Kai bereits mit Thomas Leitner von der Spurensicherung unterhielt.

„Das war kein normaler Unfall", hörte er Kai sagen. „So viel ist sicher."

„Was verstehst du unter einem ‚normalen' Unfall?", mischte sich Cem ein.

„Ich habe noch nie davon gehört, dass jemand von einer Hebebühne zerquetscht wurde. Selbst wenn das Ding defekt war, würde es niemals einfach so herunterfallen. Er hätte also immer noch genug Zeit gehabt, sich in Sicherheit zu bringen."

„Was heißt das jetzt im Klartext?"

„Würde mich nicht wundern, wenn da jemand nachgeholfen hat!"

Cem schaute sich um, während er Thomas Leitner fragte, ob sie etwas Interessantes bei der Leiche gefunden hätten.

„Alles, was du willst", erwiderte Thomas mit einer weit ausholenden Armbewegung. „Ausweis, Ehering, Uhr, Geldbörse mit 180 Euro, alles da. Und sein Handy haben wir auch sichergestellt."

„Ist es noch brauchbar?" Leitner nickte und reichte es Cem.

„Das Opfer lag nur mit dem Oberkörper unter der Bühne, deshalb blieb das Handy in der Gesäßtasche seiner Jeans unbeschädigt."

Cem schaltete das Gerät ein und als die Aufforderung zur Eingabe des Pin-Codes erschien, zog er die Brauen in die Höhe. „Okay, dann eben nicht." Er ließ sich von Thomas einen Plastikbeutel geben und verstaute das Handy darin.

„Wenn ich mir den Zustand der Leiche ansehe, dann sieht mir das nach purem Hass aus", meldete sich Kai zu Wort. „Wer so etwas tut, will nur eins ... sein Opfer tot sehen! Das erinnert mich an einen Krimi, den ich mal gelesen habe. Aber das war in New York."

„New York?" wiederholte Cem.

„Ja. Eine richtig gute Story. Zwei weitere Leichen, die grausam hingerichtet wurden, und am Ende war's der uneheliche Sohn der Mutter. Zeit seines Lebens wurde er gehänselt und nicht für voll genommen. Irgendwann drehte er durch und begann, sich an jedem Einzelnen zu rächen."

Cem nickte teilnahmslos, während sein Blick zur Hebebühne wanderte.

„Das ist ein Mercedes-Benz 280 SE Coupé", gab Kai zum Besten. „6 Zylinder, 160 PS und stolze 47 Jahre alt. Mit so einem Gefährt bist du bei den Frauen ganz weit vorn." Kai machte eine kurze Pause. „Und weißt du, was das Beste ist?"

„Nein, sag es mir."

„Im Gegensatz zu deiner Karre springt dieses Prachtstück wie auf Kommando an! Dabei ist er fast 35 Jahre älter als deiner."

„Danke für den Hinweis, Kollege." Während sich Kai köstlich über Cems verkniffenen Gesichtsausdruck amüsierte, bemerkten sie nicht, dass die Rechtsmedizinerin Klara Mertens mit vor der Brust verschränkten Armen hinter ihnen stand. Sie räusperte sich. Cem und Kai fuhren fast gleichzeitig herum.

„Wenn zufällig mal keine hübsche Frau in der Nähe ist, dann muss es eben ein tolles Auto sein. Stimmt's, meine Herren?" Klara Mertens ließ den beiden keine Zeit, um sich zu rechtfertigen. „Jedenfalls wäre es schön, wenn Sie sich für einen Moment auf den Fall konzentrieren könnten."

„Ja, natürlich", antworteten Cem und Kai fast im Einklang. „Wir können anfangen."

Die Rechtsmedizinerin ging am Kopfende des Toten in die Knie, griff mit einer Hand zu dem weißen Laken und schaute zu Cem auf: „Sind Sie bereit?" Als Cem wortlos nickte, zog sie das Laken vom Körper des Toten.

„Oh, mein Gott", war alles, was er in diesem Moment von sich geben konnte. Er starrte auf den zertrümmerten Schädel, auf die wirr abstehenden Haare, in denen sich das getrocknete Blut mit der breiigen Hirnmasse vermischt hatte. Von dem Gesicht des Opfers war so gut wie nichts mehr zu erkennen. Wie benommen ließ Cem seinen Blick über das Opfer schweifen. Aus dem gesamten Brustbereich ragten spitze, blutverschmierte Knochenteile heraus. Nur die Arme und der untere Bereich des Körpers waren auf den ersten Blick unversehrt geblieben.

Cem deutete auf die Hebebühne. „War das die Todesursache?"

„Hellseherin bin ich nicht, Herr Kayaoglu", entgegnete sie trocken. „Die Leiche weist erhebliche Brüche und Quetschungen im Brust- und Schulterbereich auf. Zudem ist, wie unschwer zu erkennen ist, die rechte Schädelhälfte vollständig zerstört. Da nur die obere Hälfte des

Körpers unter der Hebebühne lag, konnte ich von der Hüfte abwärts keine sichtbaren Verletzungen erkennen."

Cem ging in die Hocke und betrachtete die rechte Hand des Toten. „Die Fingernägel sind relativ sauber für jemanden, der gerade an alten Autos herumgeschraubt hat. Sieht so aus, als wäre er nicht mehr zum Arbeiten gekommen."

„Vermutlich wollte er gerade anfangen", sagte Klara. „In unmittelbarer Nähe des Toten haben wir eine Taschenlampe sichergestellt." Während sie das sagte, zog sie das Laken wieder über den Kopf des Toten. Dann erhob sie sich.

„Eine Sache allerdings kommt mir seltsam vor", sagte sie mit Blick auf die Leiche.

Cem horchte auf. „Und das wäre?"

„Die Lage des Opfers passt nicht. Wenn ich die Hebebühne auf mich zukommen sehe, würde ich versuchen, zur Seite zu springen, oder meine Arme schützend vor das Gesicht halten. Wenn er das versucht hätte, müssten die Beine unter der Hebebühne liegen und nicht der Oberkörper und die Arme wären auch nicht in der Position, wie wir sie vorgefunden haben." Sie deutete in groben Zügen, wie es hätte ablaufen müssen. „Also für mich sieht das ganz danach aus, als hätte er dort schon gelegen, bevor sich die Hebebühne auf ihn herab gesenkt hat."

Kai tauchte an Cems Seite auf. „Ich kenne mich nicht so gut damit aus, aber normalerweise verhindert die Hydraulik doch, dass die Hebebühne einfach so herabfällt?"

„Das würde zu meiner Theorie passen, Herr Lohmeyer", stimmte die Rechtsmedizinerin zu. „Aber das ist im Moment reine Spekulation. Deshalb würde ich gern die Obduktion abwarten. Danach wissen wir es genau."

„Können Sie schon etwas zum Tatzeitpunkt sagen?"

„So zwischen 19 und 21 Uhr. Vielleicht kann ich es noch auf eine Stunde eingrenzen, wenn ich ihn auf dem Tisch gehabt habe."

„Gut, dann warten wir auf Ihre Ergebnisse, Frau Doktor. Danach sehen wir weiter."

„Das ist eine sehr gute Idee, Herr Kommissar", warf Klara Mertens ein. „Morgen haben Sie den Bericht auf Ihrem Schreibtisch." Cem wartete, bis die Rechtsmedizinerin außer Sichtweite war und wandte sich wieder an Kai.

„Was mag so ein Auto wert sein?"

„Minimum ein Jahresgehalt von dir, brutto versteht sich."

„Nicht schlecht", staunte Cem. „Und so ein Prachtstück steht hier, in so einer kleinen Werkstatt?"

„Laut Aussage seiner Frau hat sich Nils Petersen auf solche Autos spezialisiert. Sie hat mir die Adresse des Besitzers gegeben. Ich werde das überprüfen. "

Cem bemerkte Kais nachdenklichen Gesichtsausdruck. „An was denkst du gerade?"

„Dass der Anruf eine Falle gewesen sein könnte", antwortete Kai. „Und dass es kein Kunde war, der ihn in der Werkstatt treffen wollte, sondern sein Mörder."

„Ja, das sieht alles danach aus." Cem wandte sich ab und schaute zur Hebebühne, die von der Spurensicherung wieder auf einen Meter hochgefahren worden war. An der anderen Seite der Bühne sah er Thomas Leitner mit einer Pipette in der linken und einer Plastiktüte in der anderen Hand auf dem Boden knien. Cem ging geradewegs auf die Werkbank zu und sah einem von Leitners Leuten eine Weile bei der Arbeit zu. Auf der Suche nach Fingerabdrücken bestrichen sie die Stellen mit Rußpulver, das mit einem feinen Zephirpinsel aus

Fieberglasfasern aufgetragen wurde.

„Interessant?"

Cem drehte sich in die Richtung, aus der die Stimme kam. Thomas grinste ihn an. „Wir finden alles, es braucht nur seine Zeit." Er deutete auf eine Vielzahl von beschrifteten Schachteln, Pergamenttüten in allen Größen und kleine Glasgefäße, die auf einem Klapptisch am Rande der Werkbank lagen.

„Jeder Mensch hinterlässt Abdrücke von Schuhsohlen, verliert Haare, Hautschuppen, winzige Speicheltropfen. Schon wenn man nur durch einen Raum geht, hinterlässt man winzige Hautschuppen mit der körpereigenen DNA. Zehntausende Schuppen verliert der Mensch am Tag. Und wenn der Täter dann noch die abgefeuerte Kugel am Tatort hinterlässt, ist es für uns noch besser."

Thomas deutete auf die gegenüberliegende Wand. „Die haben wir soeben gefunden. Die steckte dort im Putz." Er hielt Cem die Tüte mit der Kugel entgegen. „Ich denke, dass die Ballistik keine Probleme haben wird, die Waffe zu bestimmen."

Cem schüttelte den Kopf. „Erst wird er erschossen und dann auch noch von einem Oldtimer zerquetscht. Mehr geht nicht."

„Ja", pflichtete Leitner ihm zu. „Mehr geht wirklich nicht. Wir haben auch den Eintrittswinkel und die Flugbahn der Kugel untersucht. Sie wurde eindeutig aus der Richtung der Hebebühne abgefeuert. Ich schicke die Kugel mit allen Daten gleich in die Rechtsmedizin."

„Wie sieht es mit der Hebebühne aus? War sie in Ordnung?"

„Sie hat zwar schon einige Jahre auf dem Buckel, aber bisher konnten wir keinen technischen Defekt feststellen.

Was immer es war, von allein ist sie jedenfalls nicht heruntergefallen."

Cem beugte sich nach vorn, um einen Blick in das Innere des Wagens zu werfen. Die roten Ledersitze waren wirklich beeindruckend. „Hast du sonst noch verwertbare Spuren gefunden?"

„Wir haben bisher eine Fülle von Fingerabdrücken sichergestellt", sagte Leitner. „In seinem Auto und hier in der Werkstatt. Ich werde sie in meinem Kämmerlein mit denen von Petersen und seiner Frau abgleichen."

„Sag mir Bescheid, wenn die Spuren ausgewertet sind."

„Cem, du bist der Erste, der es erfährt. Versprochen!"

„Gut. Ist das Büro schon freigegeben?"

„Nein, da waren wir noch gar nicht." Er warf einen prüfenden Blick auf Cems Overall, den Schuhüberzieher und die Handschuhe. „Wenn du da rein gehst, pass bitte auf, dass du am Tatort nichts veränderst. Es ist ohnehin schon schwer genug, die ganzen Spuren auseinander zu halten."

„Als ob ich das schon jemals getan habe", protestierte Cem.

„Ich wollte dich nur noch einmal daran erinnern", erwiderte Thomas lächelnd und schloss seinen Koffer. Nachdem sich Cem von Thomas verabschiedet hatte, machte er sich auf den Weg ins Büro. Auf halbem Wege schloss Kai sich ihm an.

„Draußen war auch nichts, was uns weiterhelfen könnte", sagte er. „Da gibt es genauso viele Reifenspuren und Fußabdrücke wie Sand am Meer."

„Hätte mich auch gewundert, wenn es anders wäre", sagte Cem sichtlich frustriert. Als sie das Büro betraten, fiel sein erster Blick auf eine Tageszeitung auf dem Tisch.

„Schau dir das mal an." Ein Foto auf der Titelseite zeigte Barbara Schulte. „Ist das jetzt ein Zufall?"

„Könnte sein", antwortete Kai. „Schließlich liegt diese Zeitung in Tausenden von Haushalten."

„Ja, wahrscheinlich hast du Recht." Cem warf die Zeitung auf den Tisch und schaute sich weiter um. Er zog ein Schubfach mit Dutzenden von Hängetaschen auf. „Lass die Unterlagen bitte auf die Inspektion bringen, sobald die Spurensicherung damit fertig ist. Das gilt auch für den Computer und die Kundenkartei. Vielleicht finden wir ja einen Kunden, der nicht so zufrieden war mit seiner Arbeit."

Er deutete auf die gegenüberliegende Wand, an der ein Regal voller Ordner stand. „Und die da auch."

Erst jetzt bemerkte er, dass es neben der Tür zur Werkstatt noch zwei weitere Ausgänge gab. Der eine führte in eine Art Lagerraum, in dem sich unzählige Ersatzteile befanden, die akribisch nach Automarken sortiert in den Regalen lagen. Da er auf den ersten Blick nichts Ungewöhnliches entdecken konnte, verließ er das Lager, um sich den letzten Raum anzuschauen. Doch diese Tür war verschlossen. Cem rief einen Kollegen der Spurensicherung zu sich, um sich zu erkundigen, ob irgendwo ein Schlüssel aufgetaucht war, der zu dieser Tür passen würde, aber bisher war nichts dergleichen gefunden worden.

„Kai, ist der Schlüsseldienst noch da?"

„Ich glaube schon."

„Gut, sag ihnen, dass sie diese Tür aufmachen sollen." Als Cem mit dem Kopf in die Richtung deutete, war Kai schon wieder verschwunden, und keine zehn Minuten später war die Tür offen. Als Cem den fensterlosen Raum betrat, konnte er zunächst nichts erkennen. Erst als er das Licht einschaltete, sah er ein Auto, das sich in der Mitte des Raumes befand.

Alle Chromteile sowie ein Großteil der Außenleisten an der Karosserie waren abgebaut und die ursprüngliche Farbe bis auf die Grundierung herunter geschliffen. Mit Klebeband und Papier waren alle Oberflächen wie Glas, Fensterrahmen, Türgriffe und Spiegel sorgfältig abgedeckt. Nur an wenigen Stellen konnte man noch die ursprüngliche, schwarze Metallic-Lackierung erkennen. Man brauchte kein Fachmann zu sein, um zu begreifen, dass der Wagen vor ihm bereit war, seine neue Farbe zu bekommen.

„Wenn ich mich nicht täusche, ist das eine Audi A6 Limousine", sagte Kai. „Dieses Teil hier kostet ohne großartige Extras um die 60 000 Euro." Und nachdem er einen raschen Blick in das Innere des Wagens geworfen hatte, fügte er hinzu: „Keine 5000 Kilometer gelaufen und mit allen Extras ausgestattet, die man sich nur vorstellen kann."

„Es kann nur zwei Gründe geben, warum man solch ein Auto neu lackieren lässt", sagte Cem. „Entweder jemand hat so viel Kohle, dass er es sich leisten kann, einen neuen Wagen mal eben umspritzen zu lassen ..."

„Oder die Karre ist schlicht und einfach geklaut worden", ergänzte Kai.

Cem fragte sich in diesem Moment, ob dieses Auto etwas mit dem Tod von Nils Petersen zu tun haben könnte. Hatte er sich mit skrupellosen Leuten angelegt, denen er besser nie begegnet wäre? Es war auf jeden Fall eine Möglichkeit, die er in seine Ermittlungen mit einbeziehen musste. Cem machte sich eine kurze Notiz und wandte sich dann an Kai.

„Ich will Karl Stadler morgen früh um neun auf der Inspektion sehen", wies Cem ihn an.

„Er wird nicht sehr erfreut sein, an einem Samstagmorgen zu uns zu kommen", bemerkte Kai, worauf er sich von Cem eine abfällige Handbewegung einfing.

„Das ist mir egal. Und sage ihm nicht, warum er kommen soll. Ich will nicht, dass er Zeit hat, sich auf die Vernehmung vorzubereiten. Und erkundige dich bitte bei den Kollegen des Diebstahls, ob in letzter Zeit hier in der Gegend ein Audi A6 gestohlen wurde."

Cem verließ das Büro und ging nachdenklich durch die Werkstatt Richtung Ausgang. Ein kalter Windzug fegte über sein Gesicht, als er ins Freie trat. Er blieb stehen, mit den Händen in den Hosentaschen, und starrte hinauf zum mattblauen Himmel, an dem von Zeit zu Zeit zerrissene Wolkenfelder vorbeizogen.

Diese beiden Fälle gingen ihm ganz schön an die Nieren. Sie waren im Fall Barbara Schulte kaum vorangekommen, und jetzt kam auch noch ein zweiter Mord hinzu. Irgendetwas musste er sich jetzt einfallen lassen, und zwar so schnell wie möglich.

Kapitel 14

An diesem Morgen stiegen Ilka und Antonio noch einmal die steilen Stufen hinauf und folgten dem Pfad, der zu der alten Kapelle führte. Sie lag umsäumt von Zypressen und knorrigen Pinien direkt an der schroff abfallenden Küste Liguriens. Ilka ging über wild wuchernde Disteln auf den Abgrund zu und beugte sich weit über das Geländer. Die schwarzen Flanken der Felsen fielen ins Meer. Sie waren kaum zu erkennen, lagen dunkel und rauschend im Schatten der Sonne.

„Ein wunderschöner Anblick", sagte sie leise.

„Ja, das ist es." Antonio trat neben sie und folgte ihrem Blick. „Darf ich dich etwas fragen?"

„Ja, natürlich."

„Warum bist du eigentlich Polizistin geworden?" Sie lächelte, ohne ihren Blick vom Horizont zu nehmen.

„Hast du Zeit?"

„Für dich immer." Sie drehte sich zu ihm um.

„Eigentlich wollte ich das gar nicht. Jedenfalls nicht zu jener Zeit in Berlin. Wenn die anderen Mädchen nach der Schule zum Cottbusser Platz zogen, ging ich nach Hause und verkroch mich stundenlang in der Bibliothek. Ich las Bücher, die vom Leben in fernen Ländern berichteten: Rom, London, San Francisco, Rio de Janeiro ..., egal, was ich in die Finger bekam. Ich verschlang einfach alles, und ich träumte davon, eines Tages die Welt zu bereisen. Von da an wollte ich Reiseleiterin werden, um all das zu sehen, was ich nur aus Büchern und meinen Träumen kannte. Ich habe mir sogar ein Praktikum in einem Reisebüro gesucht, aber dort haben sie mir sehr schnell klar gemacht, dass ich ohne ein Studium für Hotel- und Tourismusmanagement und das Beherrschen von mindestens zwei Fremdsprachen keine Chance hätte, einen zukunftssicheren und vor allem einen einigermaßen gutbezahlten Job zu bekommen."

Sie hielt kurz inne, bevor sie fortfuhr: „Eines Abends bin ich zum Görlitzer Park gegangen, kurz nachdem ich meinen Traum von der weiten Welt begraben hatte. Mir ging es an diesem Abend nicht besonders gut. Ich hatte keinen Plan, wie es in meinem Leben weitergehen sollte.

Ich habe dort endlose Stunden verbracht und mir vorgestellt, dass plötzlich wie aus dem Nichts ein Zug erscheint und mich fortbringen würde. Das war natürlich Blödsinn, weil der Görlitzer Bahnhof längst abgerissen war, wegen der Mauer, die sie ganz in der Nähe gebaut hatten."

Ilka wandte ihr Gesicht wieder dem Meer zu und lauschte dem fernen Rauschen der Brandung. „Und dann passierte es. Ich musste mit ansehen, wie drei Männer über eine junge Frau hergefallen sind. Diese Schweine haben ihr aufgelauert, sie zu Boden gerissen und haben sich wie Bestien auf sie gestürzt. Ich konnte nichts tun. Ich rannte, so schnell ich konnte, zu der nächsten Telefonzelle und rief die Polizei. Als sie kamen, war es bereits zu spät. Soweit ich weiß, sind die Täter nie gefasst worden."

Ilka stützte sich mit den Händen auf dem Geländer ab und schaute gedankenverloren aufs Meer. „Ich konnte nächtelang nicht schlafen, weil ich die Bilder nicht los wurde und weil ich daran denken musste, dass mir das Gleiche hätte passieren können. Seit diesem Tag wollte ich Polizistin werden, damit solche Schweine nicht länger ungestraft davonkommen."

Antonio legte seinen Arm um ihre Schulter. „Was ist aus der Frau geworden?"

„Sie hat es nicht geschafft. Sie starb noch in der Nacht an ihren inneren Verletzungen. Ich habe die ganze Nacht durchgeheult und mich immer wieder gefragt, ob ich alles getan habe, um ihr zur helfen."

Antonio legte seinen Arm um ihre Schulter, und zog sie fest an sich. „Du hast alles richtig gemacht. Was hätte es gebracht, wenn du das nächste Opfer gewesen wärst?"

Ilka stieß einen tiefen Seufzer aus. „Ja, das weiß ich jetzt, aber damals hat mich das ganz schön mitgenommen."

Ilka strich mit ihrer Hand über seine Wange. „Gilt dein Angebot noch?"

„Welches Angebot?"

„Dass wir nach Hause fahren."

„Ja, natürlich."

„Und du meinst wirklich, dass es eine gute Idee ist, wenn Sina noch ein paar Tage hier bleibt?"

„Sí", kam es prompt zurück. „Hast du nicht gesehen, wie sie gestrahlt hat, als wir ihr davon erzählt haben?"

„Ja, natürlich habe ich das", entgegnete Ilka. „Ich wäre in ihrem Alter auch vor Freude geplatzt, wenn ich allein Urlaub hätte machen können."

„Meine Eltern würden sich jedenfalls sehr freuen."

„Und du versprichst mir, dass deine Mutter auf sie aufpasst und diesen Ricco im Auge behält?"

„Soweit es in ihrer Macht steht, ja!"

„Hoffentlich ist ihre Macht groß genug."

„Ich denke schon ..."

Sie lächelte verschmitzt. „Wann können wir fahren?"

„Wann du willst, mein Schatz."

„Sehr gut." Sie lächelte, als wäre eine zentnerschwere Last von ihren Schultern genommen worden. „Dann lass uns zurück gehen und die letzten Stunden genießen."

* * *

Kaum waren sie im Haus der Monticellis angekommen, trat Ilka wieder auf den Balkon und genoss den fantastischen Ausblick, an dem sie sich einfach nicht satt sehen konnte. Sie schaute über die Dächer Vernazzas, die unter der Mittagssonne zu schmelzen schienen, dann zum Meer. Ihr Blick wanderte über die Weinberge zum Hafen. Plötzlich hielt sie inne.

„Da ist Sina!", rief sie Antonio zu. „Zusammen mit diesem Jungen!"

„Er ist ein guter Junge", versuchte Antonio sie zu beruhigen und hielt sein Handy in die Höhe. „Nur ein Anruf, dann bin ich wieder bei dir, okay?"

Ilka nickte, ihren Blick immer noch auf die beiden gerichtet. Ricco hob Sina hoch und setzte sie auf die Hafenmauer.

Unwillkürlich musste Ilka daran denken, wann sie das erste Mal mit einem Jungen zusammen gewesen war. Und in diesem Moment wurde ihr klar, dass sie ihm kurz vor ihrem fünfzehnten Geburtstag begegnet war. Er hieß Aleksander, aber alle nannten ihn nur Alex. Obwohl es bereits eine gefühlte Ewigkeit her gewesen war, waren die Erinnerungen an diese Zeit noch immer so präsent, als wäre es erst vor Kurzem geschehen. Alex war die erste große Liebe ihres Lebens. Die erste Liebe war immer etwas Bleibendes, etwas, das ewig in Erinnerung bleibt. Alex war schon achtzehn, fuhr einen Opel Manta und war ein cooler Typ.

Ilkas Eltern hatten das natürlich ein wenig anders gesehen, aber schließlich sahen sie ein, dass sie die Beziehung zwischen Ilka und Alex nicht verhindern konnten. Der Anblick von Sina und Ricco an der Hafenmauer riss sie aus den Erinnerungen. Wie konnte sie ihrer Tochter etwas verbieten, das ihr damals erlaubt wurde? Trotzdem fühlte sie sich nicht wohl bei dem Gedanken. Aber wahrscheinlich hatte Antonio Recht, und dieses Gefühl beruhte einfach nur auf der banalen Tatsache, dass es einer Mutter immer schwer fiel, loszulassen.

Antonio hatte sein Gespräch beendet und kehrte auf den Balkon zurück. „Immer noch auf Beobachtungsposten?"

„Das Blöde an der Sache ist, dass ich früher genauso ein verrücktes Huhn war wie meine Tochter jetzt. Und jetzt stehe ich hier und lasse Sina nicht aus den Augen."

Antonio nahm sie in die Arme und drückte sie fest an sich. „Wie wäre es dann, wenn wir uns zur Abwechslung mal um uns kümmern und die beiden allein lassen?"

Sie wandte ihren Blick ab, vom tiefblauen Meer, dem Hafen und ihrer Tochter Sina, die immer noch Arm in Arm mit Ricco an der Kaimauer stand.

„Und ... an was hattest du da gedacht?"

Er schaute ihr direkt in die Augen. Eine leichte Windböe wehte über das Meer zu ihnen. Sie ging vom Balkon ins Zimmer, drehte sich mit einem Lächeln zu ihm um und streifte die dünnen Träger ihres weißen Sommerkleides über die Schulter. Ihr Mund öffnete sich leicht. Er war so berauscht von dem Zauber dieses Moments, dass er sich keinen Zentimeter von der Stelle rührte. Ihr Duft war allgegenwärtig. Seine Blicke erkundeten ihren Körper wie ein fremdes Land, das er gerade erobert hatte. Stimmfetzen drangen vom Hafen herauf, Gelächter, das Knattern einer Vespa, doch all das nahmen sie nicht wahr.

„Komm her", hörte er sie sagen und bewegte sich wie in Trance auf sie zu. Sie ließen sich zusammen aufs Bett fallen. Er spürte, wie sein Herz raste. Er sah das glitzernde Meer in ihren Augen, die Sommersprossen auf ihrer Nase und war hin und weg. Ihr Gesicht hatte die weichen Züge eines Engels. Durch die Ritzen der grünen Holzrollläden drang das gedämpfte Licht herein und warf blasse Streifen an die Wand über dem Bett. Er strich mit einem Finger über ihre Haut. Die feinen Härchen an ihren Armen richteten sich schlagartig auf.

Seine Finger umkreisten ihre Brustwarzen, zeichneten kleine Figuren auf ihre Haut. Er sah, wie sich der weiche Flaum zwischen ihren Beinen hob und senkte. Er spürte ein berauschendes Gefühl, das ewig hätte andauern können.

Sie küsste ihn, und während sie das tat, berührte ihre Hand die seine. Sie umklammerte die Finger und führte sie zwischen ihre Schenkel.

„Liebe mich", flüsterte sie ihm ins Ohr. „Ich möchte es. Hier und jetzt."

Antonio spürte, wie die Hitze in ihm aufstieg. Er war ihr so nah, dass er ihre fein gesprenkelte Iris erkennen konnte.

„Wann immer du willst", gab er zurück, und während sie sich liebten, spürte er mit jedem ihrer Atemzüge, wie eine unsichtbare Welle ihren schönen Körper durchflutete. Ein Ausdruck tiefster Zufriedenheit legte sich auf sein Gesicht.

* * *

Als Cem das unscheinbare Reihenendhaus in der Nähe des Stader Bahnhofs erreichte, hatte er ein ungutes Gefühl. Eine junge Frau zu befragen, deren Mann vor wenigen Stunden ermordet worden war, gehörte wahrlich nicht zu den angenehmen Aufgaben. Über dem Klingelknopf befand sich ein aus braunem Ton getöpfertes Schild:

Willkommen bei Nils, Claudia und Maria.

Als sich die Tür öffnete, schaute er in die rot geweinten Augen einer schönen Frau. Claudia Petersen war komplett in schwarz gekleidet: Hose, T-Shirt und Strickjacke, ihre dunkelbraunen Haare hatte sie zu einem Zopf geflochten.

„Cem Kayaoglu, Kripo Stade."

„Ja, ich habe Sie erwartet. Kommen Sie rein." Sie trat einen Schritt zur Seite, um ihn vorbei zu lassen.

„Wissen Sie schon, wer es getan hat?"

Cem schüttelte den Kopf. „Nein, leider noch nicht, Aber wir sind erst am Anfang unserer Ermittlungen." Sie führte ihn ins Wohnzimmer und bot ihm einen Platz am Esstisch an.

„Möchten Sie auch einen Kaffee?"

„Ja, gern." Claudia Petersen ging in die Küche, die durch eine Glasschiebetür vom Wohnzimmer abgetrennt war.

„Warum, Herr Kommissar?", fragte sie, während sie den Kaffee zubereitete. „Können Sie mir das sagen? Mein Mann hat doch niemandem etwas getan."

Cem kam ihr ein paar Schritte entgegen, lehnte sich an den Türrahmen und schaute sie an. Er entdeckte ein paar Sommersprossen auf ihrer Nase und ein kleines Muttermal links über der Oberlippe.

„Frau Petersen." Er bemühte sich, ruhig zu klingen. „Denken Sie bitte noch einmal nach. Steckte Ihr Mann in irgendwelchen Schwierigkeiten ... hatte er Ärger mit einem Kunden?"

Sie blickte nur kurz zu ihm hin, doch in diesem Moment bildete sich eine senkrechte Falte zwischen ihren wunderschönen Augen.

„Nein, nicht dass ich wüsste." Sie reichte ihm den Kaffee. „Möchten Sie Zucker oder Milch?"

Cem verneinte. „Ihr Mann hat gegen 18 Uhr einen Anruf erhalten. Hat er Ihnen gesagt, worum es ging und mit wem er gesprochen hat?"

„Er sagte, dass ein Kunde noch ein Auto vorbeibringen wollte, bevor er auf Geschäftsreise gehen würde. Aber einen Namen hat er nicht erwähnt."

In diesem Moment fiel Cem das Handy ein, das sie am Tatort sichergestellt hatten.

„Frau Petersen. Kennen Sie zufällig den Pin-Code für das Handy Ihres Mannes?"

„2410."

„Hat die Zahlenkombination eine besondere Bedeutung?"

„Das ist der Tag, an dem wir erfuhren, dass ich schwanger war." Ein feuchter Schimmer legte sich auf ihre Augen. „Wir haben uns wahnsinnig auf das Baby gefreut."

Cem schrieb sich die Nummer in sein Notizbuch und fuhr mit der Vernehmung fort. „Ist Ihr Mann direkt nach diesem Anruf losgefahren?"

„Ja. Er wollte noch ein paar Dinge in der Werkstatt erledigen und sich gegen 19 Uhr mit ihm treffen."

„Kam es öfter vor, dass er mit Kunden so spät einen Termin vereinbart hat?" fragte Cem.

„Nein, eigentlich nicht", antwortete sie. „Aber so genau weiß ich das nicht. Er kam öfter spät abends nach Hause, weil er jeden Auftrag pünktlich erledigen wollte." Sie ließ ein Stück Zucker in ihren Kaffee fallen und rührte gedankenverloren um.

„Mein Mann hat lange um diese Werkstatt gekämpft. Er hat nie aufgehört, für unsere Zukunft zu kämpfen. Er hat sich auf alte Autos spezialisiert, weil er glaubte, dass es in dieser Region kaum Konkurrenz geben würde. Und er hat es geschafft. Seit einigen Monaten haben wir

Aufträge wie noch nie. Wir konnten es uns sogar leisten, einen Kfz-Mechaniker einzustellen, Karl Stadler. Seitdem hatte Nils wenigstens ein bisschen mehr Zeit für uns.

Aber alles, was direkt mit den Kunden zu tun hatte, hat er doch lieber selbst gemacht. Karl ist einer der besten Kfz-Mechaniker, den es weit und breit gibt. Darum hat ihn Nils ja auch eingestellt. Karl ist absolut zuverlässig und korrekt, aber er macht halt auf manche Kunden keinen vertrauenerweckenden Eindruck."

Sofort hatte Cem wieder dieses Pin-up-Girl mit den gigantischen Brüsten vor Augen. Claudia Petersens Blick schweifte hinaus in den Garten, wo ihre Tochter im Sandkasten spielte. Sie legte den Löffel beiseite und trank einen Schluck Kaffee. Dabei wirkte sie abwesend, als wären ihre Gedanken an einem fernen Ort.

„Frau Petersen, es kann nicht alles heile Welt gewesen sein." Er war sich nicht sicher, ob sie ihm die ganze Wahrheit erzählt hatte. „Es muss einen Grund geben, warum jemand Ihren Mann umgebracht hat, ein Motiv, wie Wut, Hass, Verzweiflung ... irgendetwas gibt es immer."

Allmählich verlor er die Geduld. Er bemühte sich, die Schärfe aus seinen Worten zu nehmen, doch dieses Mal gelang es ihm nicht. „Und wenn es diesen Grund nicht geben würde, wäre Ihr Mann jetzt noch am Leben. Denken Sie bitte nach!"

„Ich habe wirklich keine Ahnung, wer das getan haben könnte."

„Frau Petersen, Sie haben sich doch um die Buchhaltung Ihres Mannes gekümmert, stimmt das?"

Sie nickte, ohne einen Ton von sich zu geben.

„Also waren Sie auch häufiger in der Werkstatt."

„Zwei Tage in der Woche, manchmal auch drei."

Cem machte sich eine Notiz. Er wollte ein wenig Zeit

gewinnen, um die richtigen Worte zu finden. Doch dann entschied er sich, in die Offensive zu gehen. Für seinen Geschmack spielte sie ein wenig zu intensiv die liebende Ehefrau. Dieser Eindruck veranlasste ihn, mehr Druck auf sie auszuüben. Er zog ein Foto aus der Innentasche seines Sakkos und legte es vor sie auf den Tresen.

„Erkennen Sie etwas auf diesem Foto?"

„Ja, das ist unsere Lackierhalle hinter der Werkstatt." In ihren Augen blitzte Misstrauen auf. „Warum fragen Sie mich das?"

Cem tippte mit dem Zeigefinger auf das Auto in der Mitte des Fotos.

„Weil dieser Wagen vor einer Woche als gestohlen gemeldet wurde." Er machte eine kurze Pause, bevor er hinzufügte: „Da hatte er noch eine schwarze Metallic-Lackierung. Allerdings war davon nicht mehr viel zu erkennen, als wir ihn in der Werkstatt Ihres Mannes entdeckt haben."

Claudia Petersen zog angesichts der versteckten Anschuldigung eine Augenbraue hoch.

„Was wollen Sie damit andeuten?"

„Nichts", erwiderte er ruhig. „Ich will nur den Mörder Ihres Mannes finden. Und wenn er in illegale Geschäfte verwickelt war, dann könnte das eine Spur zu dem Täter sein. Und deshalb würde ich gern von Ihnen wissen, ob Sie eine Ahnung haben, in welche Sache Ihr Mann hineingeraten sein könnte." Cem trank einen Schluck Kaffee, bevor er ihr die nächste Frage stellte.

„Wenn das ein offizieller Auftrag war, hätte er doch auch in den Büchern stehen müssen, oder nicht?"

„Ja. Aber ich habe natürlich nur die Aufträge verbucht, die mir Nils gegeben hat. Ich war bei den Kundenbesprechungen und Auftragsannahmen selten dabei."

„Also wussten Sie nicht, dass Ihr Mann gestohlene Autos umlackiert?"

Sie schüttelte den Kopf.

„Wäre es denkbar, dass der Kfz-Mechaniker etwas damit zu tun haben könnte?"

„Karl?"

„Ja."

„Nein, nicht Karl. Er ist eine Seele von Mensch, auch wenn er das nicht immer so rüberbringen kann."

„Sind Sie sich da ganz sicher?", hakte Cem nach.

„Absolut. Für Karl lege ich meine Hand ins Feuer."

„Ich muss noch einmal auf die gestohlenen Autos zurückkommen. Sie wussten also nicht, wer seine Auftraggeber waren und wer die Autos zur Werkstatt gebracht hat?"

Wieder Kopfschütteln. Cem beließ es zunächst dabei. Er holte ein weiteres Foto hervor, das Barbara Schulte mit einer Gruppe von Leuten zeigte.

„Erkennen Sie jemanden?"

„Ja, das ist Florian Hauser. Er und Nils waren mal dicke Freunde, aber das ist schon eine Weile her."

„Warum sind sie es nicht mehr?", fragte Cem nach. „Hatten sie Streit?"

„Weiß ich nicht", sagte sie. „Ehrlich. Nils sagte nur, dass er keine Lust mehr hätte, um die Häuser zu ziehen und dass er jetzt ganz für mich und unser Kind da sein wollte. Außerdem hat er damals jede freie Minute in der Werkstatt verbracht. Als er sie gekauft hatte, war sie in einem miserablen Zustand. Er hatte einfach keine Zeit mehr für seine alten Freunde."

„Wann war das genau?", wollte Cem wissen.

„Zu der Zeit, als ich schwanger geworden bin." Sie dachte kurz nach. „Ich weiß es noch genau, weil es mir während der Schwangerschaft gesundheitlich nicht so gut ging und ich froh war, dass Nils für mich da war."

Cem horchte auf. Er musste sofort an Sabrina denken, an den Unfall, bei dem ihre Mutter ums Leben kam. Es passte genau in die Zeit. War das etwa auch nur ein Zufall? Genauso, wie die Zeitung mit Barbaras Foto in der Werkstatt? Für Cems Geschmack waren es ein paar Zufälle zu viel. Er musste unbedingt mit diesem Florian Hauser reden. Irgendwo musste es eine Verbindung geben, etwas, das alle miteinander verband.

„Frau Petersen, kennen Sie eine Frau namens Sabrina Erdmann?"

Sie reagierte nicht auf seine Frage. Ihr verlorener Blick schweifte davon, und es schien so, als würde sie Cem kaum noch wahrnehmen.

„Frau Petersen", wiederholte er. „Kennen Sie Sabrina Erdmann?"

„Nein", sagte sie. „Den Namen habe ich nie gehört."

„Und was ist mit der Frau auf dem Foto? Kennen Sie die?"

„Nein, wer ist das?"

Cem hielt inne, dachte kurz daran, es für sich zu behalten, doch dann entschied er sich dagegen.

„Das ist die Frau, deren sterbliche Überreste am Samstagmorgen im Wald gefunden wurden. Sie wurde vor zwei Jahren ermordet. Haben Sie nichts darüber in der Zeitung gelesen?"

„Nein, habe ich nicht." Claudia trank ihren Kaffee aus und stellte die leere Tasse in die Spüle.

„Das Tageblatt mit Barbara Schultes Foto lag auf dem Schreibtisch Ihres Mannes. Mit der Titelseite nach oben."

Claudia Petersen nahm die Nachricht hin, ohne eine

sichtbare Reaktion zu zeigen. „Wissen Sie eigentlich, in wie vielen Haushalten diese Zeitung liegt?"

Cem gab ihr keine Antwort darauf. Er nahm seine Tasse und schaute sie von der Seite an. Er spürte, dass sie log. Er wusste nur noch nicht, warum.

„Gut, Frau Petersen, das wäre es fürs Erste. Bitte melden Sie sich bei mir, falls Ihnen doch noch etwas einfallen sollte." Er stellte seine Tasse ab, bedankte sich für den Kaffee und verließ das Haus.

Kaum hatte er sich hinter das Steuer gesetzt, klingelte das Handy.

„Kai hier. Cem, wann bist du wieder im Büro?"

„Heute nicht mehr. Ich war gerade bei Claudia Petersen. Irgendetwas stimmt da nicht. Wir müssen dringend mit diesem Florian Hauser sprechen. Kannst du ihn für Montagmorgen auf die Inspektion bestellen?"

„Klar, mache ich."

„Und überprüfe bitte die Anrufe auf Petersens Handy. Der Pin-Code ist 2410."

„Auch das wird erledigt. Und was hast du jetzt vor?"

„Ich werde zu Alim fahren."

„Zu deinem Gemüsehändler?", fragte Kai ungläubig.

„Ja, zu meinem Gemüsehändler", bestätigte Cem. „Er hat mir versprochen, eine Flasche Raki bereitzuhalten, falls ich Probleme habe. Und wenn zwei Morde kein Problem sind, was dann?"

Kapitel 15

Samstag, 24. Oktober

Als Cem am Samstagmorgen gegen acht aufwachte, war ihm immer noch speiübel. Dass Alim ihm nicht irgendeinen Raki, sondern mit dem Tekirdag Gold einen der besten Rakis der Türkei servierte, machte die Sache auch nicht besser. In seinem Kopf hämmerte es unaufhörlich. Er konnte sich weder daran erinnern, wie viele Gläser er getrunken hatte, noch wie spät es gewesen war, als er endlich im Bett gelegen hatte. Er wusste nur, dass es ein verdammt schwerer Tag werden würde.

Es kostete ihn einige Überwindung, überhaupt aufzustehen. Er fühlte sich einfach nur elend. Die kalte Dusche brachte ein wenig Linderung, der starke Kaffee, den er an diesem Morgen dem Tee vorzog, half auch ein wenig, aber ein dumpfes Pochen im Kopf war geblieben.

Cem beließ es bei dem Kaffee, da er immer noch keinerlei Appetit verspürte. Alims neue Flamme Meliha hatte sich nicht davon abbringen lassen, den ganzen Abend eine Köstlichkeit nach der anderen auf den Tisch zu stellen: Zucchini-Puffer, Pizza, Kebap-Reis, schwarze, in Knoblauch eingelegte Oliven und zum krönenden Abschluss eine gebackene Poğaça, ein mit Schafskäse gefüllter Hefeteig in Form eines Halbmondes.

Es war nicht zu übersehen, dass es für Alim mal wieder die ganz große Liebe war, und es blieb abzuwarten, wie lange seine Euphorie dieses Mal anhalten würde. An diesem Abend hatte er jedenfalls keine Gelegenheit ausgelassen, sie anzuhimmeln und ihr zu sagen, wie hinreißend sie aussah. Die Krönung des Abends war jedoch der goldene Kettenanhänger mit einer Perle in Form eines blauen Glasauges gewesen, den er ihr vor Cems Augen auf theatralische Weise geschenkt hatte. Der Boncuk werde sie auf ewig vor bösen Blicken schützen, hatte er ihr mit säuselnder Stimme erzählt, als wüsste er nicht, dass jedes Kind in der Türkei die Bedeutung des Boncuks kannte.

Cem zog die Vorhänge auf, öffnete das Fenster und kniff die Augen zusammen, weil die Sonne ihm direkt ins Gesicht schien. Am liebsten wäre er auf direktem Weg wieder ins Bett gegangen, doch solange, wie er Ilka vertrat und den Fall nicht gelöst hatte, war an einen freien Tag nicht zu denken. Ein Blick auf die Uhr verriet ihm, dass er sich beeilen musste, um pünktlich im Büro zu sein. Er zog sich rasch an, nahm noch einen letzten Schluck Kaffee, dann machte er sich auf den Weg.

* * *

Als Karl Stadler pünktlich um neun Uhr in den Vernehmungsraum gebracht wurde, füllte er fast den kompletten Türrahmen aus. Cem bat ihn, sich zu setzen. Stadler trug noch immer das kurzärmlige schwarze Hemd, und der dicke Hintern des Pin-up-Girls auf seinem Oberarm war auch wieder da. Entweder hatte er dieselben Klamotten an wie am Tag zuvor, oder er hatte mehrere Exemplare davon. Dem Geruch nach zu urteilen war es eher die erste Variante. Er roch extrem nach Schweiß und Zigaretten.

„Warum bin ich hier?“, war das Erste, was er von sich gab. „Ich habe Ihnen doch gestern schon alles gesagt.“

„Haben Sie das wirklich?“

„Waren Sie nicht bei Jana im ‚Fiddler’s‘?“

„Doch, das waren wir.“ Cem goss zwei Gläser Wasser ein und schob eins davon Stadler entgegen.

„Dann wissen Sie ja, dass ich ein Alibi habe“, sagte Stadler, griff zum Glas und trank es in einem Zug aus. Auf dem Display von Cems Handys erschien Kais Nummer. Er entschuldigte sich und verließ den Vernehmungsraum.

„Volltreffer, Cem!", hörte er Kai sagen. „Vor einer Woche wurde eine schwarze Audi A6 Limousine als gestohlen gemeldet. Der Besitzer hat ausgesagt, dass er den Wagen abends auf einem Parkplatz in der Nähe des Burggrabens abgestellt hat, und als er drei Stunden später zurückkam, war der Wagen verschwunden. Wir haben die Fahrgestellnummer überprüft. Es handelt sich tatsächlich um das Fahrzeug, das wir in Petersens Werkstatt sichergestellt haben." Cem bedankte sich und kehrte in den Raum zurück.

„Es geht hier nicht um Ihr Alibi, Herr Stadler", führte Cem die Vernehmung fort. „Ich glaube Ihnen, dass Sie nichts mit dem Mord zu tun haben."

„Um was geht es dann?"

„Um den Audi A6, den Sie gerade neu lackieren." In Stadlers Gesicht war keine Regung zu erkennen.

„Was soll damit sein?"

„Wussten Sie nicht, dass der Wagen vor einer Woche gestohlen wurde?"

„Nein, wusste ich nicht."

„Ist das Ihr Ernst?" Cem lehnte sich zurück und schaute sein Gegenüber mit vor der Brust verschränkten Armen an. Er wartete einige Sekunden, um Stadler die Chance zu geben, seine Antwort zu korrigieren, doch der schwieg.

Allmählich ging ihm der Kerl fürchterlich auf die Nerven. Er stand auf, trat hinter den Stuhl und stützte seine Hände auf die Rückenlehne.

„Da steht plötzlich ein ziemlich neuer Audi in der Lackierwerkstatt, und Sie schleifen die makellose schwarze Metallicfarbe einfach so ab, ohne zu hinterfragen, warum?"

Stadler stieß einen undefinierbaren Laut aus. „Natürlich habe ich mich gewundert. Wenn ich mir so eine Karre leisten könnte, wäre mir die Farbe egal. Das können Sie mir glauben. Aber es gibt genug Leute mit einem Haufen Kohle, denen das egal ist."

„Aber trotzdem macht man sich doch Gedanken, weshalb man etwas tut oder tun soll, oder nicht?" Cem machte eine kurze Pause, bevor er hinzufügte: „Das ist für mich schwer nachzuvollziehen, Herr Stadler. Und wenn ich es nicht kann, dann kann es der Richter erst recht nicht."

Karl Stadler wurde sichtlich nervöser. Er fuhr sich mit beiden Händen übers Gesicht, wobei die Ärmel seines T-Shirts nach oben rutschten und die gigantischen Brüste des Pin-up-Girls wieder freilegten.

„Nils hat mir gesagt, dass der Kunde es so haben will und gut dafür bezahlt", begann er sich zu rechtfertigen. „Und damit war die Sache für mich erledigt. Der Rest ist Sache vom Chef."

„Kam das häufiger vor, dass Sie ein Auto neu lackieren mussten?" Stadler zuckte mit den Schultern.

„Nicht oft. Einmal im Monat vielleicht."

„Wissen Sie, wer die Autos zur Werkstatt gebracht und wieder abgeholt hat?" Er schüttelte heftig den Kopf.

„Nein. Wenn ich morgens zur Arbeit kam, standen die Autos schon auf dem Parkplatz hinter der Lackierhalle, und dort habe ich sie nach dem Lackieren auch wieder abgestellt."

„Sie haben also niemals jemanden mit den Autos wegfahren sehen?"

„Nein, nie."

Cem konnte nicht beurteilen, ob Stadler bluffte oder ob er tatsächlich nur stumpf nach Anweisung arbeitete, ohne jemals etwas zu hinterfragen. Er tendierte zu der zweiten Variante, aber seine langjährige Erfahrung als Kommissar hatte ihn gelehrt, dass er in alle Richtungen offen bleiben musste, egal, wie offensichtlich ein Fall auch erscheinen möge. Aber konnte ein Mensch tatsächlich so naiv sein und nicht mitbekommen, welche krummen Dinger in der Werkstatt abliefen?

Cem schaute in das verschwitzte, von Bartstoppeln übersäte Gesicht und kam zu dem Entschluss, dass es bei Stadler durchaus so gewesen sein könnte. Obwohl der Hüne vor ihm wahrscheinlich nur einen Schlag benötigen würde, um einen normalen, durchschnittlichen Mann ins Jenseits zu befördern, traute er Karl und seinem Pin-up-Girl einfach keinen kaltblütigen Mord zu. Eine unüberlegte Handlung aus Jähzorn vielleicht, eine Handlung aus dem Affekt, aber keinen Mord, der durch einen gezielten Schuss in die Stirn verübt und schließlich beendet wurde, indem man zur Sicherheit noch eine Hebebühne auf das Opfer herabsenkte.

Cem setzte sich wieder, faltete seine Hände auf dem Tisch und sah ihm geradewegs in die Augen. Sein Gegenüber blinzelte nervös. Seine Hände zitterten, während sich die Finger ineinander krampften.

„Herr Stadler, ist das wirklich alles, was Sie mir zu sagen haben?"

Er hielt Cems Blick nicht länger stand und drehte seinen Kopf zur Seite. „Ich sage jetzt nichts mehr", fauchte er zurück. „Ich will einen Anwalt."

Cem entschloss sich, Stadler noch ein wenig schmoren zu lassen und verließ wortlos den Vernehmungsraum. Doch sein Bauchgefühl sagte ihm, dass Stadler wirklich nicht wusste oder nicht wissen wollte, dass der Wagen gestohlen wurde. Das Handy klingelte. Er starrte auf das

Display und konnte die Nummer im ersten Moment nicht zuordnen. Dann dämmerte es ihm.

„Oh, nein, bitte nicht das“, schoss es ihm durch den Kopf. Doch ihm blieb nichts anderes übrig, als das Gespräch anzunehmen.

„Hallo, Frau Doktor ... Gleich? Ja ... ja, natürlich.“ Cem beendete das Gespräch und starrte frustriert vor sich hin. Erst die durchzechte Nacht mit Alim, dann dieser Kerl von Kfz-Mechaniker, und jetzt noch ein Besuch in der Rechtsmedizin; das war schlicht und einfach ein Albtraum. Aber es half alles nichts. Cem wusste nur zu gut, dass es kein freies Wochenende für sie gab, solange die Ermittlungen nicht abgeschlossen waren. Als ihm auf dem Flur Kai über den Weg lief, sagte er nur: „Wenn du zufällig am Vernehmungsraum vorbeikommst, kannst du Stadler sagen, dass er gehen kann.“ Dann verließ er die Inspektion.

* * *

Kaum hatte Cem den gekachelten Raum der Rechtsmedizin betreten, hätte er ihn am liebsten sofort wieder verlassen. Es roch stark nach Reinigungsmitteln und nach etwas, das er nicht definieren konnte. Es war der denkbar schlechteste Ort, um sich von dem gestrigen Abend mit Alim und den unzähligen Raki zu erholen.

Klara Mertens stand im weißen Kittel vor dem Seziertisch und hatte ihre Brille in die Haare geschoben. Als sie ihn kommen sah, schaltete sie ihr Diktiergerät ab und legte es auf den Beistelltisch, der am Kopfende des Toten stand. Dort lagen sorgfältig aneinandergereiht Meißel, Zangen, Scheren, Latexhandschuhe und diverse Kleinteile.

„Guten Morgen, Herr Kommissar“, begrüßte sie ihn

und deutete zum Tisch. „Ich erkläre Ihnen gern detailliert, wofür ich die einzelnen Werkzeuge brauche."

„Oh nein." Er hob rasch die Hände in die Höhe. „Das ist wirklich nicht nötig."

„Man muss sich davon freimachen", sagte sie. „Wenn man das alles hier an sich ranlässt, hat man verloren. Dann macht es einen kaputt." Klara Mertens ging zu ihrem Schreibtisch, schlug den Obduktionsbericht auf und fügte ein paar handschriftliche Notizen hinzu.

„Aber auch mir gelingt das nicht immer. Ich musste einmal ein Mädchen obduzieren. Sie war gerade mal 11 Jahre alt. Sie ist vom Balkon im 5. Stock direkt auf die Straße gefallen. Zeugen haben später von einer heftigen Auseinandersetzung der Eltern berichtet, und deshalb hat die Staatsanwaltschaft eine Obduktion angeordnet, um Fremdverschulden auszuschließen."

„Und was haben Sie festgestellt, Frau Doktor?" Er war so überrascht von ihrer Redseligkeit, dass er für Momente sogar das Pochen in seinem Kopf vergaß.

Die Rechtsmedizinerin zuckte mit den Schultern.

„Nichts, was darauf hindeuten würde, dass das Mädchen gestoßen wurde. Es war einfach ein schrecklicher Unfall. Aber es hat mich damals sehr viel Überwindung gekostet, überhaupt mit der Untersuchung zu beginnen. Egal, für wie kühl und gefühllos Sie mich halten mögen, so etwas geht auch mir ganz schön an die Nieren. Ich brauchte eine ganze Weile, bis ich das verarbeitet hatte."

„Ich halte Sie nicht für kühl und gefühllos", sagte er nach einer Weile des Nachdenkens. „Sie machen tagtäglich einen Job, den nur wenige so machen könnten."

„Sie können ja richtig charmant sein, Herr Kommissar", antwortete sie, während der Hauch eines Lächelns ihre Mundwinkel umspielte.

„Das kann ich nur bestätigen", hörte er Franziskas Stimme aus dem Hintergrund.

Erst jetzt bemerkte Cem Klara Mertens' Assistentin, die kurz hinter einem Regal voller Akten hervorlugte. Sie trug noch Mundschutz und Handschuhe und war gerade dabei, die letzte Probe zu beschriften und einzusortieren. Als sie damit fertig war, zog sie sich den Mundschutz nach unten und schaute mit strahlend blauen Augen zu Cem.

„Das Wiedersehen hatte ich mir irgendwie anders vorgestellt", sagte sie und neigte ihren Kopf zum Obduktionstisch. „Das ist wirklich kein schöner Anblick."

„Wer hier liegt, sieht selten gut aus", gab Klara zu bedenken. „Und die Hebebühne, unter der er lag, macht es nicht besser."

Sie warf Cem einen kurzen Blick zu, bevor sie fortfuhr: „Ich habe den Kopf des Toten soweit es mir möglich war gesäubert und alle relevanten Stellen freigelegt. Die rechte Schädelhälfte konnte ich natürlich nicht wieder in die Ursprungsform bringen. Dafür waren die Verletzungen einfach zu stark."

Sie griff zum Laken, hielt dann aber inne. „Alles in Ordnung, Herr Kommissar?"

Cem fing Franziskas Blick auf. Sie schüttelte leicht mit dem Kopf, was ihm bedeutete, es nicht zu tun.

„Danke, Frau Doktor. Aber lassen Sie das Laken bitte da, wo es ist. Das muss ich mir kein zweites Mal antun. Sagen Sie mir einfach nur, was Sie festgestellt haben." Er dachte mit Grauen an den Moment in der Werkstatt, als Nils Petersen mit zertrümmertem Schädel vor ihnen lag. Der Anblick war das Schlimmste, was ihm je widerfahren war.

Klara Mertens lächelte milde. „Kann ich gut verstehen, Herr Kommissar. Ich würde es auch nicht tun, wenn ich es nicht unbedingt müsste." Sie bedeutete ihm, am Schreibtisch Platz zu nehmen.

„Also, die Schädeldecke weist mehrere Brüche auf. Das Gleiche gilt für die Halswirbel, die Wirbelsäule und den gesamten Brustbereich. Aber wie die sichergestellte Kugel bereits vermuten ließ, sind diese Verletzungen post mortem entstanden, also nach Eintritt des Todes. Am Tatort selbst war es aufgrund der bekannten Umstände nicht sofort sichtbar, aber nachdem ich die Schädeldecke freigelegt hatte, ist es eindeutig."

Klara schlug die nächste Seite des Berichts auf, überflog rasch die Zeilen und fuhr fort: „Es war ein Schuss mitten in die Stirn aus nächster Nähe. Die Kugel trat aus dem Hinterkopf wieder aus. Der Täter muss direkt vor ihm gestanden haben. Kaliber 9 mm hat sich auch bestätigt und die Tatzeit auch ... zwischen 19 und 20 Uhr, plus minus einer halben Stunde. Er war definitiv schon tot, als der Täter die Hebebühne herunter gelassen hat."

„Dann wurde er also tatsächlich erst erschossen und dann ..."

„Ja", fuhr ihm Klara ins Wort. „Da wollte jemand auf Nummer sicher gehen."

„Irgendwelche Abwehrspuren ... ich meine, soweit man das noch erkennen kann?"

Klara schüttelte den Kopf. „Sie haben es am Tatort ja schon an seinen Händen gesehen. Nirgendwo konnte ich Hinweise auf Kampfspuren erkennen. Die toxikologische Untersuchung ergab einen Blutalkohol von 0,1 Promille. Also nicht erwähnenswert. Seine Organe waren alle in Ordnung, und auch der Mageninhalt und das Blut haben nichts Nennenswertes ergeben. Kurzum, er war kerngesund."

„Genützt hat ihm das auch nicht", erwiderte Cem und

verabschiedete sich von der Rechtsmedizinerin. Während er das Gebäude verließ, klingelte sein Handy.

„Hallo, Ilka. Wie geht's dir?"

„Gut, ich hoffe Euch auch."

„Naja, ich würde jetzt auch lieber mit einem Glas Rotwein in der Sonne sitzen und aufs Meer schauen."

„Das Meer kann ich dir nicht bieten, aber einen Rotwein hätte ich." Cem verstand kein Wort.

„Da komme ich jetzt nicht mit."

„Ich bin in Harsefeld, Cem. Wir sind früher gefahren und ohne Stau durchgekommen. Hast du Zeit?"

Cem brauchte einen Moment für die Antwort. „Okay, ich bin in einer Stunde bei dir."

Kapitel 16

„Komm rein, schön, dich zu sehen."

„Ja, finde ich auch."

Cem trat ein und umarmte Ilka, als wäre sie eine gute Freundin, die er lange nicht mehr gesehen hatte.

„Ich war doch nur eine Woche weg", sagte sie lächelnd.

„Die Woche hat immerhin gereicht, um sich zwei Morde einzufangen." Cem reichte ihr einen großen braunen Umschlag.

„Was ist das?"

„Ich war noch kurz im Büro und habe ein paar Unterlagen geholt. Du kannst es doch gar nicht erwarten, mehr über unsere Fälle zu erfahren, oder?"

Ilka lächelte. „Um ehrlich zu sein, bin ich schon neugierig, wie weit Ihr seid."

Er folgte ihr ins Wohnzimmer und setzte sich auf einen Hocker am Küchentresen. Sie stellte zwei Gläser auf den Tresen, doch als sie den Wein einschenken wollte, hielt Cem die Hand über sein Glas.

„Für mich bitte nicht. Ich setze heute mal aus."

„Bis du krank?" fragte Ilka, während sie ihr Glas füllte.

„Zum einen bin ich mit dem Auto da und obendrein war ich gestern bei Alim."

„Deinem Gemüsehändler?"

Cem nickte. „Ab und zu trinken wir mal ein Glas zusammen, und gestern war es mal wieder so weit."

Ilka holte aus der Küche ein Glas Wasser und reichte es ihm. Er trank es in einem Zug aus und gab es ihr zurück.

„Kann ich noch eins haben?"

Ilka nahm die Flasche aus dem Kühlschrank und reichte sie ihm. „War wohl doch mehr als nur ein Glas, oder?"

Cem winkte mit einer flüchtigen Handbewegung ab.

„Lassen wir das. Erzähl mir lieber von deinem Urlaub. Wie war's?"

„Vernazza ist wirklich toll. Die bunten Häuser, die Piazza und das glitzernde Meer ... das alles ist traumhaft, aber es ist auch schön, wieder hier zu sein."

Cem deutete auf ihr Rotweinglas. „Aber du bist noch immer im Urlaubsmodus, stimmt's?"

„Ich bin normalerweise erst Montag wieder im Dienst. Schon vergessen?"

Cem erwiderte ihr Lächeln und betrachtete mit leicht zusammengekniffenen Augen ihr Gesicht, als würde er nach etwas Besonderem suchen.

„Ist irgendetwas mit mir?", fragte sie, als er nicht aufhören wollte, sie anzustarren.

„Kann es sein, dass du zu oft in der Sonne warst?"

„Ich war schließlich in Ligurien. Und da scheint nun mal die Sonne ein wenig häufiger als hier. Warum fragst du?"

„Weil die Sommersprossen auf deiner Nase wieder da sind."

„So?" Ilka stemmte die Hände in die Hüfte. „Und was ist dir noch aufgefallen?"

„Nichts."

„Gut." Sie knuffte ihm aus Spaß in die Seite. „Dann können wir uns ja jetzt über die Morde unterhalten."

Ilka holte die Unterlagen aus dem Umschlag und verteilte sie auf dem Wohnzimmertisch.

„Sag mal, wo ist eigentlich Sina?", fragte er, während er ihr half, die Fotos zu ordnen.

„Sie ist noch für ein paar Tage in Vernazza geblieben. Antonios Eltern kümmern sich um sie." Ilka zögerte einen Moment, bevor sie hinzufügte: „Soweit das bei einem 15-jährigen Teenager überhaupt möglich ist."

Cem trank einen Schluck Wasser, während er in der Akte von Barbara Schulte blätterte. „Ich sage es ja nicht gern, aber das sieht mir nicht nach einer akribischen Ermittlung aus."

„Wie kommst du darauf?"

„Da verschwindet eine junge Frau spurlos, und alles, was ich in der Akte finde, sind ein paar nichtssagende Protokolle. Jetzt haben wir den Fall auf dem Tisch und zwei Jahre verloren."

„Was hätten die Kollegen denn tun sollen?", gab Ilka zu bedenken. „Es gab keine Leiche, keine Zeugen, nicht einmal den kleinsten Hinweis auf ein Verbrechen. Was steht denn noch in der Akte?"

„Vernehmungsprotokolle von Eltern, Freund und Ex, dem Chef der Werbeagentur und ihrer Freundin Sabrina Erdmann. Nichts Auffälliges bei den Telefonverbindungen und Kontobewegungen der Toten. Ihr Foto wurde drei Tage nach ihrem Verschwinden an die Presse gegeben. Anscheinend hat sie niemand mehr gesehen, nachdem sie das Elternhaus morgens verlassen hat."

„Vielleicht wollte sie ja nicht erkannt werden", spekulierte Ilka. „Sonnenbrille, Baseball-Kappe und Zopf, und schon erkennt sie niemand."

„Wenn es tatsächlich so war", sagte Cem. „Bleibt immer noch die Frage, was sie in Hamburg wollte und wo sie ihrem Mörder begegnet ist."

Ilka stieß einen Seufzer aus. „Okay, dann lass uns anfangen. Was wissen wir bisher?"

„Barbara Schulte wurde am Morgen des 23. August 2013 gegen 8 Uhr das letzte Mal gesehen und tauchte am Montag als Skelett wieder auf. Sie starb vermutlich durch einen Schlag auf den Kopf."

„Also Mord?", schlussfolgerte Ilka.

„Ja“, bestätigte Cem. „Davon können wir ausgehen. Aber es wird schwierig werden, den Täter nach so langer Zeit noch zu überführen. Ihr damaliger Freund Oliver Koch ist wohl raus aus der Nummer. Er war die ganze Woche bei einem Krimi-Dinner in Hamburg.“

Ilka zog die Brauen in die Höhe. „Was macht man eine ganze Woche bei einem Krimi-Dinner?“

„Warst du noch nie bei so einem Event?“

„Nein, das Vergnügen hatte ich noch nicht.“

„Dann sollten wir uns das mal für die nächste Betriebsfeier vormerken“, warf Cem mit einem frechen Grinsen ein. „Wäre nur blöd, wenn wir als echte Kripobeamte den Fall nicht lösen würden.“ Er deutete auf Ilkas Laptop auf dem Tisch. „Kann ich den mal benutzen?“

„Klar.“

Cem schaltete das Gerät ein, rief die Webseite des Veranstalters auf und wartete, bis Ilka an seine Seite trat.

„Also, Oliver gehörte zum Ensemble. Der Abend besteht aus einem Fünf-Gänge-Menü, dazwischen führt die Gruppe das Krimistück auf, legt falsche Fährten, und zwischen den Gängen kann das Publikum Fragen stellen und Beweisstücke sichten, um den Fall zu lösen. Fast wie im echten Leben.“

„Okay, das habe ich verstanden. Und wer ist der Nächste?“

„Die Nächste“, verbesserte Cem. „Sabrina Erdmann, ihre beste Freundin, sitzt seit einem Autounfall vor fünf Jahren im Rollstuhl. Oliver war übrigens früher mit Sabrina zusammen, bevor er sich Barbara geangelt hat.“

„Er hat mit Sabrina Schluss gemacht, um sich an die beste Freundin ranzumachen?“, fragte Ilka nach.

Cem nickte. „Ja, so war's. Aber angeblich war die Beziehung schon lange beendet, bevor es mit Barbara anfing.

Dann ist da noch Mike Heinze, der Ex von Barbara. Er war in der Toskana, als sie verschwand. Angeblich gab es da noch jemanden, der Barbara nahe stand, aber diesen geheimnisvollen Lover haben wir noch nicht gefunden. Und zum Schluss wäre da noch Florian Hauser. Er leitet eine Werbeagentur, für die Barbara Schulte hin und wieder gearbeitet hat. Wir haben ihn für Montagmorgen zu uns bestellt. Das war's. Mehr kann ich dir nicht bieten. Wir kennen ja noch nicht mal eine genaue Tatzeit. Sie könnte einen Tag, eine Woche oder vielleicht noch länger nach ihrem Verschwinden umgebracht worden sein. Das ist im Nachhinein nicht mehr festzustellen."

„Damit sind auch alle Alibis mehr oder weniger hinfällig", resümierte Ilka. „Was ist mit den Eltern?"

„Sonja und Klaus Schulte. Sonja ist in psychischer Behandlung, und ihr Mann ist auch ziemlich am Ende."

Ilka runzelte die Stirn. „Das ist wirklich nicht viel."

„Nein." Cem schob sein leeres Glas in ihre Richtung. „Wenn du noch ein Wasser für mich hast, sage ich dir, wie es in dem anderen Fall aussieht. Und danach verrate ich dir, was ich denke."

„Bin gespannt. Schieß los." Während Ilka sein Glas füllte, begann Cem zu erzählen.

„Nils Petersen bekam gegen 18 Uhr einen Anruf, fuhr in die Werkstatt und wurde wenig später aus nächster Nähe erschossen, mitten in die Stirn. Aber anscheinend war das dem Täter noch nicht genug. Danach wurde Petersen noch von der Hebebühne zerquetscht, auf der das Mercedes-Benz 280 SE Coupé stand, an dem er gerade gearbeitet hat. Das war quasi sein letzter Auftrag. Wir haben einen Haufen Spuren, aber die Spusi ist noch dabei, sie auszuwerten. Außerdem haben wir in der angrenzenden Lackierhalle eine schwarze Audi A6 Limousine gefunden.

Die Farbe war, mal ein paar wenige Stellen ausgenommen, bereits bis auf die Grundierung heruntergeschliffen."

„Und was ist so besonders daran?"

„Das Auto wurde vor einer Woche in Stade als gestohlen gemeldet und war noch ziemlich neuwertig. Ich habe den Kfz-Mechaniker von Nils Petersen vernommen. Ein schauriger Typ, aber ich glaube nicht, dass er etwas mit dem Mord zu tun hat."

„Was sagt die Frau des Opfers?"

„Laut ihrer Aussage gibt es nicht den geringsten Grund, ihren Mann umzubringen. Es gab keine Probleme in der Ehe, das Geschäft lief gut und auch sonst war alles in bester Ordnung."

„Und doch hat ihn jemand angerufen, in die Werkstatt bestellt und erschossen", entgegnete Ilka.

„Ja, so sieht es aus. Wir versuchen auf jeden Fall, den Anruf nachzuverfolgen, aber wenn es ein Prepaidhandy war, können wir das auch vergessen."

„Ich glaube, ich muss mal für ein paar Minuten raus", sagte sie. „Kommst du mit?"

Ohne seine Antwort abzuwarten, stand sie auf, nahm ihr Glas und ging auf die Terrasse. Sie zündete sich eine Zigarette an und blies den Rauch in den wolkenverhangenen Himmel. „Jetzt ist nicht nur das Meer weg, sondern die Sonne auch."

Cem trat an ihre Seite. „Hast du auch eine für mich?"

„Klar." Sie reichte ihm die Schachtel und das Feuerzeug. „Und jetzt erzähle mir, was du denkst."

Cems Blick wanderte über das Tal in die Ferne, zum Wald, der in der Dämmerung wie eine schwarze, unüberwindbare Mauer wirkte.

„Ich werde das Gefühl nicht los", begann er leise, „dass alle Fälle irgendwie miteinander zu tun haben." Er wandte sich zu ihr. „Der Autounfall, die Morde an Barbara Schulte und Nils Petersen ... irgendwie muss es da eine Verbindung geben. Im Büro der Werkstatt lag auf dem Schreibtisch eine Zeitung mit dem Foto von Barbara Schulte. Vielleicht ein Zufall, aber daran glaube ich nicht. Mich würde nicht wundern, wenn das fehlende Verbindungsglied Florian Hauser ist."

„Wie kommst du darauf?"

Cem schaute ihr geradewegs in die Augen.

„Barbara und Sabrina waren beste Freundinnen. Und Barbara hat für Hausers Werbeagentur gearbeitet. Das ist das eine. Auf der anderen Seite waren Nils Petersen und eben dieser Florian Hauser früher mal dicke Freunde. Doch die Freundschaft endete, als Claudia Petersen schwanger wurde. Angeblich wollte er nur noch für seine Frau und sein Kind da sein."

„Wann war das genau?", wollte Ilka wissen.

„Das war Oktober 2010 und das passt zeitlich zu dem Autounfall, bei dem Sabrinas Mutter starb." Sein Blick kreuzte den von Ilka. In ihren Augen las er, dass sie das Gleiche dachte.

„Dann könnte Florian Hauser tatsächlich unser Mann sein", sagten sie beinahe im Gleichklang.

Cem trank den Rest von seinem Wasser aus. „Du siehst müde aus. Ich glaube, ich mache mich mal auf den Weg."

Ein Lächeln umspielte ihre Lippen. „Ja, wir waren fast fünfzehn Stunden unterwegs."

„Okay, schlaf gut."

* * *

Als Ilka am späten Sonntagmorgen aufwachte, hatte sie sich schon innerlich auf einen ereignislosen Tag eingestellt. Sina war noch in Vernazza, Antonio im Eiscafé, und ihre Mutter würde erst Mitte nächster Woche aus dem Urlaub zurückkehren. Nach einer wohltuenden Dusche und einem ausgiebigen Frühstück überlegte Ilka mit einem Cappuccino in der Hand, was sie als Nächstes tun könnte oder auch nicht. Schließlich war Sonntag. Mitten in ihre Gedanken hinein rief Cem an und fragte, ob sie nicht Lust hätte, am Nachmittag zu ihm zu kommen. Alim wäre auch da.

„Und wie ich ihn kenne, bringt er wieder haufenweise Lokum und Baklava mit!" Hatte Ilka bis dahin noch gezweifelt, ob sie die Einladung annehmen sollte, war es jetzt um sie geschehen. Sie liebte dieses klebrig-süße Zeug. Sie sagte zu.

* * *

Cem wohnte nur ein paar Gehminuten vom Schwedenspeicher entfernt. Es war eine etwas zu klein ausgefallene 2-Zimmer-Wohnung im zweiten Stock eines Mehrfamilienhauses. Obwohl sie schon einige Jahre mit Cem zusammenarbeitete, war es tatsächlich das erste Mal, dass sie seine Wohnung betrat.

„Schön, dass du da bist", begrüßte er sie. „Und genieße die Zeit bei mir. Vielleicht ist es dein erster und letzter Besuch in dieser Wohnung."

„Ziehst du um?"

„Ja, kann man so sagen. Ich habe mich endgültig entschieden, mit Anna zusammenzuziehen."

„Weiß sie schon von ihrem Glück?"

„Wir haben gestern Abend lange telefoniert", sagte Cem. „Sobald sie von ihrem Lehrgang zurück ist, wollen wir uns auf die Suche machen."

„Das freut mich für Euch", sagte sie.
„Na, was sagst du zu meinem kleinen Reich?"
„Hm", war das erste, das er von ihr vernahm. Cems Wohnung war so eingerichtet, wie sie sich das von einem Junggesellen erwartet hätte: breite Ledercouch, Tisch, eine fette Stereoanlage und ein Fernseher, der für die Ausmaße des Wohnzimmers ein, zwei Nummern zu groß erschien. Die Küche war eher klein, aber nach Cems eigenen Aussagen waren seine Kochkünste ohnehin nicht erwähnenswert.
Sie sah sich noch eine Weile um und sagte dann: „Um ehrlich zu sein, hätte ich etwas mehr Orientalisches erwartet."
„Was hast du denn erwartet?"
„Ich weiß nicht, vielleicht eine Shisha, bestickte Kissen, um auf dem Boden zu sitzen, einen handgeknüpften Teppich ... du weißt schon, was ich meine."
„Nee, weiß ich nicht."
„Naja, ich hätte gedacht, dass du ein paar Dinge in deiner Wohnung hättest, die dich an deine türkische Heimat erinnern."
Ein Lächeln stahl sich in sein Gesicht. „Du hast in deiner Aufzählung nur noch Atatürk in einem vergoldeten Bilderrahmen und die kleinen Häkeldeckchen der türkischen Mütter vergessen. Dann wäre es perfekt."
Bevor Ilka antworten konnte, klingelte es an der Haustür.
Cem staunte nicht schlecht. Alim hatte sich so richtig fein gemacht. Er trug ein weißes Hemd, das sogar gebügelt war, eine schwarze Hose, und er hatte sich rasiert, was selten genug vorkam. Cem stieß einen anerkennenden Pfiff aus.
„Wow! Das Outfit haben wir wohl deiner neuen Herzdame zu verdanken, oder?"

„Ich weiß gar nicht, worüber du redest", sagte Alim so gleichgültig wie möglich.

„Hoffentlich hast du mit Meliha mehr Glück als beim letzten Mal", sagte Cem und dachte dabei mit Grauen an die aufgetakelte Blondine, die sich Alim vor einigen Monaten geangelt hatte. Sie war bestimmt zehn Jahre älter als er, und Cem hätte wetten können, dass die aufgeklebten Wimpern und künstlichen Fingernägel bestimmt nicht das Einzige waren, das an ihr unecht war. Nach ein paar Wochen hatte Alim schließlich seinen Fehler eingesehen und sie zum Teufel gejagt.

„Dieses Mal ist es etwas anderes", sagte Alim mit einer beeindruckenden Ernsthaftigkeit.

„Warum hast du Meliha nicht mitgebracht?"

„Sie ist bei ihrer Mutter. Die Dame hat sich den Fuß verstaucht." Er wandte sich mit einer eleganten Drehung zu Ilka und begrüßte sie mit einem Küsschen links und einem Küsschen rechts.

„Es ist mir eine Ehre, Sie kennenzulernen, Frau Kommissarin."

„Ich bin Ilka", sagte sie. „Die Ehre ist ganz auf meiner Seite."

„Okay, du kannst mich Alim nennen. Das ist für dich." Er reichte ihr eine Tüte mit Lokum. „Aber pass auf, die Dinger machen süchtig."

„Ich weiß", erwiderte Ilka mit einem Lächeln. „Danke, Alim." Kaum hatte sie die Tüte in der Hand, nahm sie ein Stück Rosengelee heraus und schob es sich in den Mund. Danach leckte sie sich genüsslich die Kokosflocken von den Fingern. „Das Zeug ist einfach nur verdammt lecker."

„Wenn du so weiter machst, wirst du noch eine von uns", scherzte Alim.

„Was meinst du mit ‚eine von uns'?", fragte Ilka mit gespielter Entrüstung, doch Alim grinste sie nur frech an.

„Es kann nie schaden, wenn man sich mit anderen Kulturen auseinandersetzt."

„Ich bin in Berlin-Kreuzberg geboren und aufgewachsen", unterbrach ihn Ilka. „Ich lebte mitten in diesem Viertel, das viele auch Klein-Istanbul nennen, die vielleicht größte Ansammlung von Türken diesseits des Bosporus."

„Und? Hast du dich da wohl gefühlt?"

„Ich weiß nicht, was ich darauf antworten soll", sagte Ilka. „Für mich sieht Integration zwar anders aus, aber das muss jeder für sich selbst beantworten."

Alim nickte zustimmend. „Ja, irgendwie hast du Recht. Sie verschanzen sich in ihrem Viertel, den türkischen Straßenzügen Kreuzbergs, und versuchen so, ihre Kultur und die Tradition zu bewahren. Die meisten sprechen auch heute noch kein Wort Deutsch. Sie wollen es nicht, weil sie es nicht brauchen und es niemand von ihnen verlangt. Niemand braucht in Kreuzberg die deutsche Sprache lernen.

Aber ehrlich gesagt möchte ich so nicht leben. Ich möchte nicht ein Leben hinter unsichtbaren Mauern führen, die alle westlichen Einflüsse von mir fern halten. Ich habe noch nie eine Moschee von innen gesehen, obwohl es einige in Berlin gibt und spreche perfekt Deutsch. Und darauf bin ich stolz."

Während Cem drei Gläser mit Granatapfeltee füllte und an den Tisch brachte, fragte Alim, ob sich Ilka noch an ihren ersten Fall als Kripobeamtin in Berlin-Kreuzberg erinnern könne.

„Den werde ich nie vergessen", begann Ilka zu erzählen. „Der Junge war erst 17, als wir ihn auf einem verlassenen

Industriegelände fanden. Es waren wie so oft Drogen im Spiel. Die miesen Typen, die das Zeug verkaufen, machen vor niemandem Halt. Sie treiben sich sogar an den Schulen herum, um nach neuen Kunden Ausschau zu halten. Der Junge war einer von denen, die entweder zu schwach oder sich der Gefahr nicht bewusst waren.

Das letzte Mal, als man ihn lebend sah, hauste er unter einer Brücke. Das einzige, was er noch besaß, war eine Matratze, zwei fleckige Decken und einen Gaskocher, mehr nicht! Und den ganzen Tag donnerten die Züge der Linie 1 über ihn hinweg."

Ilka biss sich auf die Lippen. „Ein Freund hat später ausgesagt, dass er ihn immer wieder gefragt hat, warum er sein Leben wegschmeißt, warum er jede Hilfe ablehnen würde, doch er hat seinen Freund überhaupt nicht mehr wahrgenommen! Er war völlig weggetreten, und am Ende starb er an einer Überdosis."

Ilka stand auf und sah Cem an. „Wer weiß, wie viele es in den letzten Jahren noch erwischt hat. Sie sterben jeden Tag ein bisschen mehr, und viele von ihnen bekommen es nicht einmal mit. Einfach nur schrecklich."

„Und was hatte die Kripo damit zu tun?" fragte Alim.

„Wir wurden gerufen, weil ihm jemand gewaltsam das Zeug in die Venen gespritzt hatte."

„Habt Ihr den Täter gefasst?"

„Ja, ein kleiner Dealer, selbst abhängig. Der Junge hatte ihn erkannt und wollte ihn erpressen. Das war sein Todesurteil."

„Und leider wird er nicht der Letzte sein", gab Cem zu bedenken. Dann verschwand er für einige Minuten in der Küche und kam wenig später mit einem großen Teller türkischer Spezialitäten zurück; Schafskäse in Weinblättern, mit Käse gefüllte Champignons, Joghurt mit klein geschnittenen Gurken, Salz und Pfeffer sowie Zitronensaft und Olivenöl, und natürlich durfte auch Ekmek, das türkische Brot, nicht fehlen.

„Das sieht toll aus", sagte Ilka. „Was davon ist von dir?"

„Alles", antwortete Cem nicht ohne Stolz. „Ich stand gefühlt den ganzen Tag in meiner winzigen Küche. Ich hoffe, es schmeckt Euch."

Während sie aßen, erzählte Alim von seiner Zeit in Istanbul. Er hatte ein knappes Jahr dort gelebt, war jeden Tag über die Hängebrücke von Ortaköy nach Beylerbeyi hin und her gependelt, bis er das allabendliche Verkehrschaos nicht mehr ertragen konnte.

Bis vor Kurzem hatte sich Ilka immer gewünscht, einmal die Stadt am Bosporus zu sehen. Sie wollte unbedingt über die Hängebrücke fahren, die Europa und Asien verbindet, wollte die Hagia Sophia und die Blaue Moschee sehen. Doch je länger sie Alim zuhörte, desto weniger mochte sie diese Stadt.

Sie hörte nur von überquellenden Busbahnhöfen, stundenlangen Staus und schier endlosen Menschenströmen. Berlin oder Hamburg waren anders, auch riesengroß, aber im Vergleich zu Istanbul überschaubar, mit klaren Grenzen und Regeln, in denen man sich sicher bewegen konnte. Istanbul dagegen schien das pure Chaos zu sein!

„Trotz allem", schloss Alim schließlich, „ist Istanbul eine der beeindruckendsten Metropolen, die ich kenne. Du musst dich nur darauf einlassen, auf dieses Chaos, diesen Wahnsinn und dieses unglaubliche Gewusel. Wenn dir das gelingt, ist es eine wunderschöne Stadt."

„Ich werde es mir überlegen", sagte Ilka und schaute dabei auf ihre Uhr. „Seid mir nicht böse, aber es wird Zeit für mich."

Sie verabschiedete sich von Alim wie am Anfang mit einem Küsschen links und einem Küsschen rechts und wandte sich dann an Cem.

„Danke für die Einladung. War schön, mal hier zu sein. Bis morgen."

„Ja, bis morgen."

Kapitel 17

Montag, 26. Oktober
Der Erste, dem Ilka am Montagmorgen begegnete, war Patrick Dannenberg.

„Hallo, Ilka, schön dass du wieder da bist", sagte Dannenberg. Er wollte zur Begrüßung aufstehen, was ihm jedoch nur mit einem Stöhnen gelang. Er reichte ihr die rechte Hand, während die andere nach seiner Bandscheibe tastete.

„Wird Zeit, dass du dich mal untersuchen lässt", riet sie ihm nicht zum ersten Mal. „Irgendwann kommst du gar nicht mehr aus deinem Sessel. Willst du das?"

Er verzog das Gesicht vor Schmerzen. „Nein, natürlich nicht."

„Und warum gehst du dann nicht zum Arzt? Du solltest das wirklich nicht länger hinauszögern."

Dannenberg winkte genervt ab. „Können wir mal über etwas anderes reden als meine kaputten Knochen?"

Das könnte dir so passen, dachte sich Ilka im Stillen und bohrte weiter in der Wunde.

„Wovor hast du eigentlich Angst, Patrick? Das sie dich gleich auf den OP-Tisch legen und komplett zerlegen?" Er warf ihr einen mürrischen Blick durch seine runden Brillengläser zu.

„Und wenn es so wäre?"

„Patrick, über 90 Prozent aller Bandscheibenvorfälle können auf konservative Weise behandelt werden, also ohne Operation. In den meisten Fällen helfen schon das Spritzen von Schmerzmitteln, Kranken- und Rückengymnastik. Aber wenn du so weitermachst, wird es zu dauerhaften Schädigungen und Lähmungen kommen. Und dann landest du wirklich auf dem OP-Tisch."

Dannenberg hatte offenbar keine Lust mehr, darüber zu reden.

„Es wird schon wieder", stieß er hervor, doch Ilka ließ sich nicht beirren.

„Entweder du holst dir jetzt einen Arzttermin und lässt dich mal durchchecken, oder ich werde mit deiner Frau reden."

Patrick ließ ein wenig Zeit verstreichen, dann wandte er sich abrupt ab. Doch bevor er zu der Akte greifen konnte, die auf dem Schreibtisch lag, schoss wieder ein stechender Schmerz durch seinen Körper. Ihm blieb fast die Luft weg. Ilka warf ihm ein mitleidvolles Lächeln zu.

„Arzttermin oder Ehefrau? Noch hast du freie Auswahl."

Patrick strich sich mit den Fingerspitzen über die Stirn. „Du bist ganz schön hartnäckig, weißt du das?"

„Das ist mein Job, schon vergessen?" Ilka ging zur Tür, öffnete sie und wandte sich noch einmal an Patrick. „Du bist verdammt gut als Chef, und ich will nicht, dass jemand anderes die Leitung der Kripo übernimmt, nur weil du zu stur bist, um zum Arzt zu gehen." Dann verließ sie das Büro, ohne eine Antwort von Patrick Dannenberg abzuwarten.

Als sie Augenblicke später das Büro betrat, saß Cem bereits hinter seinem Schreibtisch und telefonierte, während Kai gerade dabei war, Kaffee zu kochen.

„Kannst du mir das kurz mailen? Prima, danke, bis später." Er legte auf und machte sich eine kurze Notiz.

„Guten Morgen, Frau Oberkommissarin."

„Guten Morgen, Herr Kommissar. Neuigkeiten?"

„Und mich begrüßt keiner?"

Cem und Ilka drehten sich gleichzeitig zu ihrem Kollegen, der mit beleidigter Miene zu ihnen schaute.

Ilka ging auf ihn zu und tätschelte seine Schulter. „Entschuldigung, Kai. War nicht meine Absicht. Hast du was Neues für mich?"

„Ich habe die Anrufe von Petersens Handy überprüft. Seine Frau hat tatsächlich am Freitagmorgen mehrmals versucht, ihn zu erreichen. Außerdem hat er zwei Anrufe bekommen, einmal am Mittwoch um 17:22 Uhr und dann noch einmal am Donnerstag um 18:03 Uhr. Leider kamen die Anrufe von einem Prepaidhandy. Aber das Beste kommt jetzt. Ihr werdet nicht glauben, mit wem er in der letzten Woche zweimal telefoniert hat."

„Na, sag's schon", drängte Ilka.

„Mit Florian Hauser!"

„Sehr gut", frohlockte sie. „Bin mal gespannt, was er dazu sagt."

„Wo wir gerade dabei sind", mischte sich Kai ein. „Florian Hauser wartet bereits draußen. Ich werde mich jetzt mal um die Alibis der Familien Erdmann und Schulte kümmern."

Cem wartete, bis Kai durch die Tür verschwunden war und deutete dann mit dem Kopf in Richtung Vernehmungszimmer.

„Willst du das übernehmen?"

„Nein, mach du das. Du bist viel näher am Fall als ich."

* * *

Während Cem durch die Tür verschwand, gesellte sich Ilka zu Patrick Dannenberg, der im Nebenraum bereits auf sie wartete. Er schaute kurz zu ihr hin, bevor er sich wieder der gespiegelten Glasscheibe zuwandte.

„Ziemlich mysteriös das Ganze, nicht wahr?"

„Ja", stimmte Ilka zu. „Die Buxtehuder Kollegen haben die Ermittlungen damals ziemlich schnell eingestellt.

Selbst wenn sie davon ausgingen, dass der Tag ihres Verschwindens auch ihr Todestag war, dann blieb immer noch die Frage, wo sie ermordet wurde. Es gab ja nicht mal eine Leiche. Die Kollegen konnten damals ja nicht ahnen, dass der Mörder sein Opfer ausgerechnet in einem Harsefelder Waldstück verscharrt hat. Also konzentrierte sich ihre Suche hauptsächlich auf das Gebiet zwischen ihrem Wohnort Buxtehude und Hamburg, dort wo sie nach Aussage ihres Vaters an jenem Tag hinwollte." Ilka schaltete den Lautsprecher ein, um der Vernehmung zu folgen.

Der Mann, der Cem gegenüber saß, war Ende zwanzig, schlank und trug einen grauen Hugo Boss-Anzug, ein blaues Oberhemd und schwarze Slipper. Er war frisch rasiert und hatte die kurzen braunen Haare mit ein wenig Gel fixiert. Florian Hauser wirkte auf Cem wie ein erfolgreicher Geschäftsmann, der auch bei Frauen gut ankam.

Cem schlug die Akte auf und schaltete das Aufnahmegerät an.

„Herr Hauser, Nils Petersen wurde am Freitagmorgen tot in seiner Werkstatt aufgefunden."

„Ja, ich habe es in der Zeitung gelesen. Schreckliche Sache."

„Hatten Sie in den letzten Tagen oder Wochen Kontakt mit ihm?"

Hauser schüttelte den Kopf. „Nein, wir hatten schon seit Jahren keinen Kontakt mehr."

„Aber Sie waren mal dicke Freunde, oder?"

„Ja", sagte er schließlich. „Das waren wir. Wir sind gemeinsam zur Schule gegangen und waren in derselben Clique. Aber das ist lange her."

„Warum ist die Freundschaft damals in die Brüche gegangen?", wollte Cem wissen. „Gab es Streit zwischen Ihnen?"

„Nein. Wir hatten nur unterschiedliche Vorstellungen vom Leben. Ich habe studiert und Nils hat eine Ausbildung begonnen. Später hatte ich alle Hände voll zu tun, um meine Agentur aufzubauen, und Nils erging es mit seiner Werkstatt nicht anders. Ich träumte immer von einer Werbeagentur, er von seiner eigenen Kfz-Werkstatt. Das war der Anfang vom Ende.

Nils hat sich dann eine ziemlich heruntergekommene Werkstatt gekauft und jede freie Minute in die Renovierung gesteckt. Als dann seine Frau Claudia schwanger wurde, war es ganz vorbei."

Florian Hauser schien sich unter Kontrolle zu haben. Jedenfalls konnte Cem keine Reaktion in seinem Gesicht erkennen, die darauf hindeuten würde, dass er nervös war.

„Sie haben also Nils Petersen seit dieser Zeit nie wieder gesehen. Ist das richtig?"

Florian Hauser zögerte. Er kniff die Augen zusammen, vermied es, Cem anzusehen.

„Wir haben uns ab und zu in der Stadt gesehen", gab er schließlich zu. „So groß ist Stade nun auch wieder nicht. Aber außer einem kurzen Smalltalk war da nichts."

Cem nahm den E-Mail-Ausdruck aus der Akte und legte ihn vor Florian Hauser auf den Tisch.

„Das sind die Verbindungsnachweise von Nils Petersens Handy. Sie haben in der letzte Woche zweimal miteinander telefoniert."

Hauser schien für einen Augenblick irritiert. Er hielt Cems Blick nur ein paar Atemzüge lang stand. Dann senkte er seine Lider und schaute vor sich auf den Tisch.

„Warum haben Sie mir das nicht gleich gesagt?"

„Ich habe es nicht für wichtig gehalten."

„Worüber haben Sie gesprochen?"

„Er hat mich gefragt, ob ich eine Werbebroschüre für

ihn entwerfen könnte. Er wollte sich vor allem auf ältere Autos bis hin zu Oldtimern spezialisieren. Außerdem sollte ich ihm helfen, seine Webseite zu optimieren."

„Und was haben Sie ihm gesagt?"

„Warum nicht? Davon lebe ich. Wir wollten uns zusammensetzen, sobald ich meine aktuellen Aufträge beendet habe."

„Was für einen Eindruck machte er auf Sie? Wirkte er nervös oder hat er sich irgendwie seltsam verhalten?"

„Nein, weder noch", erwiderte Hauser, ohne zu überlegen. „Er klang eher euphorisch. Er sagte mir, dass er so viele Aufträge hätte wie noch nie und dass es jetzt an der Zeit wäre, auch im Internet präsent zu sein. Und dabei sollte ich ihm helfen."

„Wo waren Sie am Donnerstagabend zwischen 19 und 21 Uhr?"

„Ich war den ganzen Abend bei einem Kunden in Stade. Ich habe dort eine neue Werbekampagne vorgestellt. Das Ganze dauerte bis kurz vor 23 Uhr."

Florian Hauser nahm seine Geldbörse aus der Jackentasche, zog eine Visitenkarte heraus und reichte sie Cem. „Das können Sie gern überprüfen."

„Das werden wir." Cem nahm die Karte an sich. „Mal eine andere Frage, Herr Hauser. Wie gut kannten Sie eigentlich Barbara Schulte?"

„Sie hat damals ein paarmal für meine Agentur gearbeitet."

„Hatten Sie eine engere Beziehung zu ihr?"

„Nein, wir haben zusammen gearbeitet und uns ab und zu auf einer Party getroffen, aber mehr als belangloses Gerede war da nicht."

„Und Sie haben nicht versucht, sie näher kennenzulernen?"

„Nein." Hauser verdrehte die Augen. „Wie oft soll ich Ihnen das noch sagen?" Doch Cem dachte nicht daran, locker zu lassen.

„Sie war eine sehr schöne junge Frau, Herr Hauser."

„Es gibt viele schöne Frauen", erwiderte er. „Wenn ich mit jeder etwas anfangen würde, hätte ich viel zu tun."

„Und Sie haben sie nicht bedrängt oder versucht, ihr näher zu kommen?"

Florian Hauser sprang auf und stützte die Hände auf den Tisch. „Wer sagt das?"

„Das spielt jetzt keine Rolle", erwiderte Cem. „Und jetzt setzen Sie sich wieder hin."

Hauser folgte Cems Aufforderung. Er verschränkte die Arme vor der Brust und starrte an Cem vorbei zu der kahlen Wand.

„Natürlich kommt man sich näher, wenn man eng zusammen arbeitet", sagte er nach einer Weile. „Das ist doch ganz normal."

„Normal ist es nur, wenn es beide wollen", fuhr Cem ihn an. „Und Barbara wollte nicht!"

„Ich habe es dann ja auch gelassen", verteidigte sich Hauser, aber es klang mehr nach einem hilflosen Versuch, diesen Teil der Vernehmung zu beenden.

Cem warf einen Blick in seine Akte, dann fixierte er wieder sein Gegenüber. „Barbara Schulte verschwand am Morgen des 23. August 2013. Angeblich wollte sie zum Shoppen nach Hamburg. Danach hat sie niemand mehr gesehen. Haben Sie irgendeine Ahnung, was damals passiert sein könnte?"

„Nein, aber das habe ich damals Ihren Kollegen doch schon alles erzählt."

„Ja", stimmte Cem ihm zu. „Aber damals gab es noch keine Leiche."

„Es tut mir wahnsinnig leid, was mit ihr passiert ist, aber ich weiß nicht, wie ich Ihnen weiterhelfen könnte."

Cem löste seinen Blick von Hauser und blätterte in der Akte. Es war nicht so, dass er bewusst nach etwas suchte. Er wollte nur etwas Zeit gewinnen, um die nächste Frage zu stellen. Er wusste nur zu gut, dass sie nicht den geringsten Beweis hatten. Genau genommen hatten sie nichts, außer der Tatsache, dass er Nils und Barbara kannte.

„Sagt Ihnen der Name Sabrina Erdmann etwas?"

„Nein", sagte er etwas zu schnell für Cems Empfinden.

„Sie war Barbara Schultes beste Freundin."

„Kann sein, dass Barbara mal von ihr erzählt hat, aber das alles ist schon so lange her."

„Wussten Sie, dass Sabrina Erdmann seit einem Autounfall vor fünf Jahren im Rollstuhl sitzt? Querschnittsgelähmt?"

„Nein, davon weiß ich nichts."

Cem verschränkte seine Hände hinter dem Kopf und dehnte seinen Oberkörper zu einem Hohlkreuz, um die Verspannung in seinen Gliedern zu lösen.

„Kommen wir noch einmal auf Nils Petersen zurück. Laut Aussage von seiner Frau Claudia ging die Freundschaft zwischen Ihnen und Nils Petersen im Oktober 2010 in die Brüche."

„Kann sein", wich Hauser aus. „So genau weiß ich das nicht mehr."

„Claudia Petersen erinnert sich jedenfalls ziemlich genau daran, weil sie zu dieser Zeit von ihrer Schwangerschaft erfahren hatte."

„Wenn sie es sagt, wird es wohl so gewesen sein", erwiderte Hauser gereizt. „Warum ist das so wichtig?"

„Weil genau zu der Zeit Ihre Freundschaft in die

Brüche ging, als dieser Autounfall passierte, bei dem Sabrinas Mutter starb und Sabrina selbst schwer verletzt wurde."

Cem richtete sich auf. „Nils Petersen ist ermordet worden. Er war mal Ihr bester Freund, Barbara wurde ebenfalls ermordet. Sie hat für Sie gearbeitet, und dann dieser Autounfall, bei dem Barbaras beste Freundin verunglückte. Ist es wirklich nur ein Zufall, dass Ihr Name irgendwie immer damit in Verbindung zu bringen ist?"

Hauser sah ihn argwöhnisch an. „Wie meinen Sie das?"

„So, wie ich es sage", erwiderte Cem. „Ist es nicht seltsam, dass Sie und Nils Petersen jahrelang nicht miteinander reden, und plötzlich, als die Leiche von Barbara gefunden wird, ruft er Sie zweimal an? Mag ja sein, dass die Sache mit dem Auftrag stimmt, aber ausgerechnet jetzt?"

„Ich weiß es nicht«, wiederholte er, diesmal deutlich leiser. „Wirklich."

Cem beugte sich vor, um seinem Gegenüber die ganze Aufmerksamkeit zu widmen. „Herr Hansen, bitte denken Sie noch einmal ganz genau nach. Hat es sich tatsächlich so abgespielt?"

„Wenn ich es Ihnen doch sage", fuhr er Cem an. „Warum glauben Sie mir eigentlich nicht?"

„Weil ich kein guter Polizist wäre, wenn ich nicht alles hinterfragen würde. Verstehen Sie das, oder muss ich noch deutlicher werden?" Hauser antwortete nicht, aber an seinen nervös blinzelnden Augen konnte Cem erkennen, dass er es verstanden hatte. Als ob das noch nicht reichen würde, fügte Cem hinzu: „Das bin ich den Opfern, den Angehörigen und all jenen schuldig, die zu Unrecht verdächtigt werden."

Patrick Dannenberg, der zusammen mit Ilka der

Vernehmung gefolgt war, verschwand kurz und kehrte mit zwei Bechern Kaffee zurück.

„Könnte das unser Mann sein?", fragte er Ilka mit Blick auf Florian Hauser.

Ilka hob unschlüssig die Schultern. „Nur weil Nils Petersen mal sein bester Freund war und Barbara Schulte für ihn gearbeitet hat, muss er sie ja nicht zwangsläufig umgebracht haben. Außerdem fehlt mir immer noch die Verbindung zwischen ihm, Nils, Sabrina und Barbara. Es scheint so, als gäbe es etwas, dass sie verbindet, aber noch habe ich keinen Schimmer, was es sein könnte."

Sie nippte an dem heißen Kaffee. „Gut, das mit den beiden Anrufen ist schon seltsam, vor allen Dingen nach so langer Zeit, aber ich glaube kaum, dass er uns ein falsches Alibi präsentiert. So blöd ist er nicht."

„Hm", war alles, was Dannenberg darauf erwidern konnte. Sie wandten ihr Augenmerk wieder Cem zu, der in diesem Moment die Akte schloss und aufstand.

„Kann ich jetzt gehen?", fragte Florian Hauser.

„Ja, Sie können gehen."

* * *

Kaum hatte Ilka ihr Büro betreten, als das Telefon auch schon klingelte. Als sie den Hörer abnahm, stockte ihr der Atem, als sie hörte, wer es war: ihr Ex-Mann Tobias!

„Hallo, Ilka. Tobias hier. Können wir uns sehen?"

Ilka wusste nicht, was sie darauf antworten sollte.

„Warum?", war alles, was sie hervorbrachte.

„Ich möchte mit dir bereden, wie wir das mit Sina regeln können."

Ilka hätte am liebsten den Hörer aufgelegt. Sie hatte schlicht und einfach Angst, ihn zu sehen, sich damit auseinanderzusetzen, wie es weitergehen würde. Dennoch sagte sie: „Okay. Wann?"

„In einer Stunde im Altstadtcafé?"

Sie schaute kurz auf die Uhr. „Ja, bis gleich."

* * *

Tobias wartete bereits in einer Nische des Cafés auf Ilka. Als er sie sah, stand er auf und reichte ihr die Hand.

„Schön, dass du gekommen bist."

„Hatte ich eine andere Wahl?" In dem Moment, in dem sie die Worte ausgesprochen hatte, bereute sie es auch schon.

„Tut mir leid", sagte sie schnell, bevor er reagieren konnte. „War nicht so gemeint."

Ilka setzte sich ihm gegenüber und bestellte einen Tee und ein Stück Apfelkuchen. „Du wolltest mit mir über Sina reden?"

„Ja." Er bemühte sich um ein Lächeln. „Ich weiß, dass ich damals vieles hätte anders machen müssen, und ich will mich auch nicht wieder in dein Leben einmischen. Ich möchte nur Sina ab und zu sehen." Er machte eine kurze Pause und fügte dann hinzu: „Es war doch nicht alles schlecht, was wir zusammen erlebt haben, oder?"

„Nein, natürlich nicht." Die zaghaften Erinnerungen zauberten ein schmales Lächeln auf ihr Gesicht. „Sonst hätte ich dich wohl nicht geheiratet."

„Und Sina gäbe es auch nicht", fügte er hinzu. „Frieden?"

Ilka zögerte. Allein das Wort ‚Frieden' verwirrte sie. Natürlich wollte sie nichts lieber als das, aber war Tobias auch in der Lage, sich an Abmachungen zu halten?

„So einfach ist das nicht", widersprach sie schließlich.

„Und wie stellst du dir das überhaupt vor? Das mit Sina?"

Sie stocherte mit der Gabel im Kuchen herum, legte sie kurz beiseite, nippte an ihrem Tee und nahm die Gabel wieder in die Hand. Sie musste irgendetwas tun, das sie von ihren durcheinander wirbelnden Gedanken ablenkte.

Sie hoffte auf einen genialen Geistesblitz, der wieder Ordnung in ihr Leben bringen würde. Auch wenn er jetzt so tat, als würde er vieles bereuen, verband sie mit seiner Anwesenheit eine Zeit in ihrem Leben, die sie am liebsten für immer vergessen wollte.

Es war weiß Gott nicht alles schlecht gewesen, aber es war aus und vorbei. Sie wollte ihr Leben für sich behalten und in diesem Leben war einfach kein Platz mehr für ihn. Warum konnte er sie nicht in Ruhe lassen? So wie in den letzten Jahren, die er als Arzt in einem Flüchtlingslager in Peschawar, nahe der afghanischen Grenze verbracht hatte.

Ilka hatte sich mittlerweile damit abgefunden, dass er sich wieder mehr um Sina kümmern wollte. Aber wie würde er reagieren, wenn die plötzliche Nähe zum Problem werden würde, wenn sie unterschiedlicher Auffassung wären, was Sinas Erziehung betraf? Sie wusste es nicht. Sie war sich seit Monaten bewusst darüber, dass diese Entscheidung früher oder später anstand. Und jetzt rückte der Zeitpunkt immer näher.

Tobias streckte die Hand aus und berührte ihren Arm.

„Wie ich mir das vorstelle?", fragte er zögernd. „Ich weiß es nicht. Ich weiß nur, dass ich Sina regelmäßig sehen möchte." Er dachte kurz nach. „Am liebsten schon heute."

„Sie ist nicht da", kam es wie aus der Pistole geschossen zurück.

Tobias zog die Stirn kraus.

„Du versteckst sie doch nicht vor mir, oder?"

Ilka warf ihm einen trotzigen Blick zu. „Nein, warum sollte ich?"

„Keine Ahnung. Sag du es mir." Tobias schob den leeren Kuchenteller ein Stück von sich und versuchte ihren Blick aufzufangen. „Immer, wenn ich sie sehen will, ist sie entweder bei einer Freundin, bei deiner Mutter oder im Kino. Und wo ist sie heute?"

„In Vernazza", sagte sie ohne darüber nachzudenken, wie er die Nachricht auffassen würde.

Tobias begriff nicht sofort. „Sie ist wo?"

„Sie ist noch ein paar Tage in Ligurien geblieben", erklärte Ilka. „Sie hat ja noch bis Mittwoch Schulferien."

„Du lässt unsere Tochter allein in Italien?" Er sah ihr geradewegs in die Augen. „Sie ist erst 15, Ilka."

„Ich weiß selbst, wie alt unsere Tochter ist. Und allein ist sie dort auch nicht."

Dann erzählte sie ihm notgedrungen von Antonio, seinen Eltern und wie sehr sich Sina darüber gefreut hatte, noch ein paar Tage bei ihnen bleiben zu können. Nur den Jungen namens Ricco ließ sie lieber unerwähnt, um Tobias nicht vollständig aus der Fassung zu bringen.

Für einige Sekunden saßen sie sich schweigend gegenüber. Sie sah, wie Tobias die Lippen aufeinanderpresste und darüber nachdachte, was er als Nächstes tun sollte. Schließlich winkte er die Bedienung heran und reichte ihr einen 20-Euro-Schein.

„Der Rest ist für Sie", sagte er, stand auf und wandte sich ein letztes Mal an Ilka. „Ruf mich bitte an, wenn Sina wieder da ist. Meine Nummer hast du ja."

Dann verließ er das Café, ohne Ilkas Reaktion abzuwarten.

Kapitel 18

Am frühen Nachmittag stieß Kai Lohmeyer wieder zu ihnen.

„Habt Ihr kurz Zeit?"

„Klar", sagte Ilka. „Ich hoffe, du hast eine gute Nachricht."

„Genaugenommen sind es sogar drei, aber ob die so gut sind, weiß ich nicht." Kai goss sich einen Kaffee ein, setzte sich an den Schreibtisch und schlug seinen Notizblock auf.

„Also, fangen wir bei Nils Petersen an. Die Prüfung seiner Finanzen hat nichts ergeben. Er war zwar nicht reich, aber in den letzten Monaten lief die Werkstatt sehr gut. Er hatte genug Aufträge, um locker über die Runden zu kommen. Keine Vorstrafen oder sonstige Verfehlungen. Auch auf seinem Computer haben wir nichts Erwähnenswertes gefunden."

Ilka trat ans Fenster, verschränkte die Arme vor der Brust und starrte hinaus. Anscheinend gab es keinen Grund, ihn umzubringen, und trotzdem war er tot.

„Und was ist mit der zweiten Nachricht?" fragte sie.

„Die Auswertung der Ballistik hat einen Treffer ergeben", sagte Kai. „Nils Petersen wurde durch einen Schuss aus einer Makarow getötet."

„Kein Zweifel?"

„Nein. Wie Ihr ja wisst, hinterlässt jedes Projektil individuelle Spuren, mikroskopisch kleine Rillen und Kratzer, die es zwangsläufig abbekommt, wenn es durch den Waffenlauf geschossen wird. Wenn du so willst, sind das die ballistischen Fingerabdrücke. Die mikroskopischen Vergleichsuntersuchungen mit den vorhandenen Daten haben ergeben, dass es sich um eine Makarow PB handeln muss. Das ist die schallgedämpfte Version." Cem warf ihm einen ‚Danke, es reicht'-Blick zu, doch Kai plapperte weiter munter drauf los.

„Die Waffe ist komplett aus Stahl gefräst und verschießt eine speziell geschaffene 9-Millimeter-Patrone. In sehr vielen Ländern war sie die Standardwaffe der Polizei und der Armee. Vor allem in den osteuropäischen Ländern. Bis vor ein paar Jahren war die Makarow sogar noch die Dienstwaffe der Polizei in Brandenburg, Mecklenburg-Vorpommern, Sachsen-Anhalt und Thüringen. Dann hat man begonnen, sie gegen eine ..."

„Das reicht jetzt", fuhr Ilka ihm ins Wort, ohne ihren Blick von der Baumgruppe am Rand des Parkplatzes zu nehmen. „Das hilft uns auch nicht weiter. Vermutlich kann man die Waffen überall auf dem Schwarzmarkt kaufen. Und jetzt zu Nummer drei."

Kai hielt einen braunen Umschlag in die Höhe. „Das hat die Spusi in Petersens Büro gefunden, in einem kleinen Fach unterhalb des Schreibtisches." Er legte den Umschlag vor Ilka auf den Tisch. „Das sind knapp 15 000 Euro, alles in Hundert-Euro-Scheinen."

Cem machte große Augen. „Dann ist das vermutlich das Geld, das er für seine illegalen Arbeiten kassiert hat."

„Ja", pflichtete Ilka ihm bei. „Deshalb konnten wir auch keine auffälligen Kontobewegungen feststellen und dann wusste seine Frau vielleicht doch nichts von den Machenschaften ihres Mannes. Kai, hast du die Alibis überprüft?"

„Klaus Schulte war den ganzen Abend bei seiner Frau wegen ihrer Depressionen. Ich habe mit dem behandelnden Arzt gesprochen. Er hat Schulte geraten, seine Frau in eine Klinik zu bringen, weil die Gefahr bestünde, dass sie sich etwas antut."

„Ich habe außerdem die ganze Nachbarschaft abgeklappert. Die meisten waren älter, ab sechzig aufwärts. Von denen hat niemand etwas gesehen oder gehört."

„Und was ist mit den anderen?" fragte Cem.

„Welche anderen?"

„Du hast gesagt, dass die meisten älter waren. Und was war mit den Jüngeren?"

„Ach so, dass meinst du. Auch Fehlanzeige. Zum einen war das ein übernächtigter Teenager in T-Shirt und Jogginghose, der völlig im Stress war, das nächtliche Party-Chaos zu beseitigen, bevor seine Eltern aus dem Urlaub kommen würden und zum anderen ein junges Ehepaar mit einem permanent schreienden Baby. Aber im Endeffekt hat niemand etwas Ungewöhnliches bemerkt." Kai blätterte eine Seite weiter.

„Und Wolfgang Erdmann war bei seiner Tochter Sabrina. Er ist dort erst gegen 23 Uhr wieder losgefahren. Gegen 20:30 Uhr haben sie zwei große Pizzen bestellt. Ich habe das überprüft. Die Handynummer von Wolfgang Erdmann ist beim Pizza-Service hinterlegt. Die beiden bestellen seit Monaten das Gleiche, immer donnerstags und immer um die gleiche Zeit. Und genau das haben sie auch an dem Abend gemacht."

„Ich bin gegen halb sieben gegangen", wandte Cem ein. „Sie wollte sich noch kurz hinlegen." Er machte eine kurze Pause. „Ihr Vater kommt sie jeden Donnerstag besuchen. Das ist so eine Art Ritual zwischen den beiden."

Kai klappte den Notizblock zu und warf ihn auf den Schreibtisch.

„Ich habe übrigens auch die Telefonverbindungsnachweise der Familien überprüft. Nichts deutet darauf hin, dass sie sich gekannt haben oder dass einer von ihnen mit Nils Petersen oder Florian Hauser telefoniert hat."

Es klopfte, und als sich im nächsten Moment die Tür öffnete, erhellte sich Cems Miene schlagartig.

„Das ist ja eine Überraschung", rief Cem und sprang auf. „Warten Sie, ich helfe Ihnen." Er nahm der Polizistin den Karton voller Ordner ab und stellte ihn auf dem Schreibtisch ab.

„Einer steht noch draußen", sagte sie mit einem Lächeln, das Cem dahinschmelzen ließ.

„Jetzt haben wir uns schon so oft gesehen", sagte Cem mit dem zweiten Karton in der Hand. „Und ich kenne immer noch nicht Ihren Namen." Sie hatte ihre langen blonden Haare wie schon bei den letzten Einsätzen an den Fischteichen und am Elbufer zu einem Pferdeschwanz zusammengebunden.

„Lisa Reinhardt", sagte sie. „Und Sie?"

„Cem Kayaoglu", erwiderte er. „Schön, Sie kennenzulernen."

Ilka räusperte sich. „Darf ich kurz stören?"

„Oh, ja natürlich", sagte Lisa. „Ich muss sowieso los." Sie warf Cem einen letzten Blick zu, bevor sie das Büro verließ.

„Ich dachte, du stehst auf Frauen mit langen, schwarzen Haaren." Ilka konnte sich diesen Seitenhieb auf Anna nicht verkneifen. „Lisa passt doch gar nicht in dein Beuteschema."

„Was für ein Beuteschema?" fragte Cem mit gespielter Ahnungslosigkeit. „Das war ein ganz normaler Small Talk zwischen Kollegen."

Ein Lächeln glitt über ihr Gesicht. „So, wie du sie angesehen hast, war das ja wohl eindeutig mehr."

„Nur, weil ich nach ihrem Namen gefragt habe?"

„Nein, nur, wie du es getan hast." Ilka knuffte ihn in die Seite und wandte sich an Kai.

„Wo machen wir jetzt weiter?“

„Keine Ahnung“, gab der von sich. „Hast du eine Idee?“

„Ja, die habe ich.“

„Und die wäre?“

„Dass jetzt ein guter Zeitpunkt ist, zum Friseur zu gehen.“ Ilka schob eine Strähne beiseite, die ihr ins Gesicht gefallen war.

„Warum gerade jetzt?“ fragte Cem.

„Ich habe mal ein Buch gelesen, in dem eine junge Frau die Enge ihrer eigenen Wohnung nicht mehr ertragen konnte. Sie hatte das Gefühl, als würden sich die Wände auf sie zu bewegen. Sie musste raus, sofort, bevor sie von den Wänden zerdrückt würde.“

Cem zog die Stirn kraus. „Wie heißt das Buch?“

„Habe ich vergessen“, gestand Ilka. „Aber genauso fühle ich mich im Moment. Ich muss hier raus! Erinnert Ihr Euch noch an unseren letzten Fall? An die ganzen Ordner vom Bauunternehmer Wilkens?“

„Klar“, sagte Cem. „War ziemlich nervig, das alles durchzusehen, aber immerhin war dein Rotwein nicht schlecht.“

Ilka nickte zum Zeichen der Bestätigung. „Genau das meine ich. Was haltet Ihr davon, wenn ich Euch mal wieder auf eine Runde Antipasti und Rotwein einlade?“

„Es ist Montag, schon vergessen?“, warf Kai ein.

Ilka zog die Schultern hoch. „Irgendwann müssen wir ja die ganzen Überstunden abbauen“, sagte sie. „Warum also nicht morgen früh!“ Ilka nahm ihre Jacke von der Stuhllehne und warf sie über die Schulter. „Ich ruf unseren Chef an, dass wir eine Nachtschicht einlegen und morgen später kommen.“

„Wenn das so ist, dann bin ich dabei“, sagte Cem.

„Okay, ich auch“, stimmte Kai zu.

„Gut, dann treffen wir uns um 18 Uhr bei mir."

Cem schaute sie verdutzt an. Es war noch nicht einmal 15 Uhr. „Wo gehst du jetzt hin?"

Ilka grinste ihn frech an. „Zum Friseur! Das habe ich dir doch gesagt!"

* * *

Als Cem und Kai die Bauernkate am Rande des Auetals betraten, wartete Ilka bereits mit drei Antipasti-Tellern auf sie.

„Schönen Gruß von Antonio", sagte sie mit einer Armbewegung zum Tisch. „Brot und Dip gibt es auch."

„Du siehst mindestens zehn Jahre jünger aus", meinte Cem mit Blick auf ihre neue Frisur.

„Danke." Auf dem Weg ins Wohnzimmer blieb Ilka kurz vor dem Garderobenspiegel stehen und betrachtete ihre glänzenden schwarzen Haare, die bis zum Nacken reichten. Zehn Jahre vielleicht nicht, dachte sie sich, aber zwei oder drei bestimmt. Mit einem Lächeln auf den Lippen holte sie den Wein aus der Küche, füllte die Gläser und prostete ihren Kollegen zu.

„Auf einen erfolgreichen Abend!"

Doch die nächsten zwei Stunden waren alles andere als das. Claudia Petersen hatte alle Rechnungen und Aufträge, die sie von ihrem Mann bekommen hatte, akribisch abgeheftet. Dazu kamen noch unzählige Kostenvoranschläge, Materialbestellungen und diverse andere Unterlagen.

„Ich glaube, ich habe etwas", rief Ilka in die Stille hinein. „Ich habe hier eine Rechnung über 345 Euro für Reparaturarbeiten an einem VW T1 Bulli, Baujahr 1959."

„Was ist so toll daran?", fragte Cem. „Ich meine, außer dem Wagen selbst."

Ilka reichte ihm die Rechnung. „Das Tolle daran ist, dass dieser Wagen einem gewissen Klaus Schulte gehört."

Cem hob die Augenbrauen. „Dann hat er mich angelogen. Als ich ihm das Foto zeigte, hat er weder Hauser noch Petersen erkannt. Jedenfalls hat er das behauptet. Aber warum hat er gelogen?"

Kai räusperte sich. „Okay, Schulte hat einen Oldtimer und bringt ihn in eine Werkstatt, die sich auf Oldtimer spezialisiert hat. So weit ist das nichts Ungewöhnliches."

„Aber warum hat er ihn dann auf dem Foto nicht wieder erkannt?" hakte Cem nach.

„Von wann ist die Rechnung?" fragte Kai, ohne Cem eine Antwort zu geben.

„August 2015", sagte Cem.

Kai stützte die Ellenbogen auf den Tisch und legte seinen Kopf in die Hände. „Das war zwei Monate, bevor wir die Leiche seiner Tochter gefunden haben. Im Moment würde ich sagen, dass es ein Zufall war, dass er sich gerade diese Werkstatt ausgesucht hat."

„Okay", meinte Ilka. „Lass uns erst mal weitermachen. Vielleicht finden wir ja noch mehr."

Eine weitere Stunde verging, in der sie nichts Erwähnenswertes gefunden hatten. Cem griff sich die nächste Hängetasche und legte den Inhalt auf den Tisch.

„Wenn das so weitergeht, sitzen wir hier noch bis zum Morgengrauen", sagte er sichtlich genervt, während Ilka und Kai schweigend ihre Papierstapel durchschauten. Er entschied sich als Erstes für einen braunen DIN-A4-Umschlag. Plötzlich erstarrten seine Gesichtszüge.

„Das glaube ich jetzt nicht!", stieß er hervor. „Schaut Euch das mal an." Er legte eine Reihe von sauber ausgeschnittenen Zeitungsartikeln vor sich hin, schaute dann im Wechsel zu den anderen beiden.

„Das ist ja ein Ding", staunte Kai und Ilka pflichtete ihm mit einem Kopfnicken bei. Ihre Blicke huschten über die Artikel, die Bilder der vermissten Barbara Schulte und das Autowrack der Erdmanns am Straßenrand.

„Warum bewahrt jemand alles über den Unfall und Barbaras Verschwinden auf?", fragte Cem in die Runde.

„Weil er daran beteiligt war", schlussfolgerte Ilka. „Alles andere macht keinen Sinn."

„Oder weil er wusste, wer es war", fügte Kai hinzu.

Cem fuhr sich mit der Hand über das Kinn. „Beides ist möglich, nur kann er uns leider nicht mehr sagen, wie es wirklich war. Aber immerhin haben wir jetzt die Verbindung zwischen unseren Fällen."

Ilka ging in die Küche und kehrte mit der Flasche Wein an den Tisch zurück. „Ich habe zwar keine Ahnung, was der Autounfall, Barbaras Tod und der Mord an Nils Petersen miteinander zu tun haben, aber anscheinend gibt es etwas, das alle drei Fälle verbindet. Nur was?"

Ilka nahm die letzte Peperoni von ihrem Teller und steckte sie nachdenklich in den Mund. „Mal angenommen, Nils Petersen hat den Wagen gefahren, der die Erdmanns von der Straße gedrängt hat. Barbara sieht ihre beste Freundin jeden Tag im Rollstuhl sitzen und versucht alles, um das Schwein zu finden, das ihr das angetan hat. Schließlich spürt sie ihn auf und stellt ihn zur Rede. Was wäre dann wohl als Nächstes passiert?"

„Das hätte er nicht zulassen können", sagte Kai. „Also brachte er sie um und verscharrte die Leiche im Wald."

„Klingt plausibel", stimmte Cem zu. „Aber wer hat

dann Petersen umgebracht? Und was ist mit Florian Hauser? Petersen und er waren damals dicke Kumpels. Was ist, wenn sie beide im Auto saßen und den Unfall verschuldet haben? Vielleicht ist deshalb ihre Freundschaft in die Brüche gegangen. Vom Zeitpunkt her kommt das jedenfalls hin."

Ilka nippte an ihrem Wein. „Aber Hauser hat nichts mit Petersens Tod zu tun. Ein halbes Dutzend Leute haben bestätigt, dass er zur Tatzeit seine neue Werbekampagne vorgestellt hat."

„Und dann ist da noch Klaus Schulte", meldete sich Cem wieder zu Wort. „Schließlich hat er gelogen, als er mir versicherte, niemanden auf dem Foto zu kennen. Aber wie wir jetzt wissen, kannte er zumindest Nils Petersen. Was ist, wenn er herausgefunden hat, wer für den Tod seiner Tochter verantwortlich ist?"

Kai schüttelte den Kopf. „Aber er war den ganzen Abend bei seiner Frau. Ihr Zustand hat sich nach der Todesnachricht weiter verschlechtert. Der Arzt hat mir bestätigt, dass man sie keine Sekunde allein lassen darf. Vielleicht hat er Petersen ja tatsächlich nicht erkannt."

Ilkas Blick wanderte durch die blauen Sprossenfenster hinaus in die Dunkelheit. Für einen Moment musste sie daran denken, dass sie schon seit Wochen nichts mehr da draußen getan hatte. Mit einem Seufzer zwang sie sich, wieder an den Job zu denken. Ilka schaute Kai mit verwirrtem Blick an.

„Also, wenn ich das mal zusammenfassen darf. Wir haben eine Menge Theorien und Vermutungen, dazu eine ganze Reihe von Personen, die es vielleicht hätten sein können, aber wir haben nicht einen Beweis, noch nicht einmal einen Ansatz davon."

„Und nun?"

Ilka hob unschlüssig die Schultern. „Keine Ahnung, aber irgendetwas müssen wir uns einfallen lassen. Aber nicht mehr heute. Lasst uns morgen weitermachen."

* * *

Es war kurz nach zehn, als Claudia Petersen die Tür des Kinderzimmers leise öffnete. Ein Lächeln huschte über ihr Gesicht, als ihr Blick auf ihre schlafende Tochter fiel. Sie schloss vorsichtig die Tür, ging hinab ins Wohnzimmer und legte sich auf die Couch. Sie schaute zu dem eingerahmten Foto auf der Anrichte. Tränen schossen ihr in die Augen, als sie Nils und Maria sah, wie sich ihre Nasenspitzen berührten und sie sich strahlend in die Augen sahen. Das Foto war auf ihrer letzten gemeinsamen Urlaubsreise entstanden, auf einem traumhaften Weingut in der Toskana.

Sie schloss die Augen und ließ sich in Gedanken zurücktreiben. Sie konnte sie in diesem Moment förmlich vor sich sehen: die Sonnenblumen, die sich zum Sonnenlicht drehten, die Olivenhaine und all die schönen Stunden auf der Terrasse dieses wunderschönen Anwesens.

Claudia massierte mit den Fingerspitzen ihre pochenden Schläfen. Es wäre nicht die erste Nacht, in der sie nicht schlafen konnte, aber so schlimm wie heute war es schon lange nicht mehr. Sie zog die Vorhänge auf und öffnete das Fenster. Kalte Luft strömte ins Wohnzimmer und mit ihr trieb der Wind den Regen in ihr Gesicht. Sie fühlte jeden einzelnen Tropfen, aber sie hörte nicht auf, in die dunkle Nacht zu starren.

Der Himmel war schwarz wie Kohle, aber sie wusste genau, in welche Richtung sie sehen musste. Sie hatte vor langer Zeit für ihre Mutter einen Stern im Himmel ausgesucht und sich vorgestellt, dass sie dort wäre. Claudia vermisste ihre Mutter. Sie vermisste die vertrauten Gespräche und die Zweisamkeit an den Abenden, die sie ganz für sich hatten. Sie konnten über alles reden, sich austauschen und gegenseitig Trost spenden, falls es nötig war. Doch seit dem Krebstod ihrer Mutter war alles anders.

Aber dann trat Nils in ihr Leben und alles bekam plötzlich wieder einen Sinn. Er konnte zuhören, war für sie da, wann immer sie ihn brauchte. Irgendwann wurde mehr daraus. Sie liebte ihn wirklich und sie wollte mit ihm alt werden. Es war nur eine Nacht, eine verdammte Nacht, in der sie die Kontrolle über sich verlor. Sie hatte sich mit dem besten Freund ihres Mannes eingelassen.

Maria kam neun Monate später auf die Welt. Sie versprachen sich, Stillschweigen über diese Nacht zu bewahren, und somit war Maria Nils' Tochter. Vier Jahre waren vergangen, Jahre, in denen sich Nils rührend um Maria gekümmert hatte. Er hatte alle Brücken hinter sich eingerissen, um für seine Familie da zu sein. Und jetzt war er nicht mehr bei ihnen.

Claudia Petersen ging hinaus auf die Terrasse. Sie ging in jeder Nacht hinaus, um zu ihrer Mutter hinaufzuschauen. Sie sah lieber zu ihr auf, als dass sie an ihr Grab ging. Man sagt, dass die Seelen der Toten in den Himmel aufsteigen. Sie war irgendwo da oben. Sie wusste es!

Die Türklingel riss sie aus ihren Gedanken. Sie lief durch das Wohnzimmer zur Haustür, öffnete sie und starrte in Florian Hausers Gesicht. Es wirkte fahl, als hätte er seit Tagen nicht geschlafen. Er sah schrecklich aus und schien sich auch so zu fühlen.

„Darf ich reinkommen?“

Claudia zögerte, dann trat sie einen Schritt zur Seite und ließ ihn vorbei.

„Was willst du?", fragte sie auf dem Weg ins Wohnzimmer.

„Weißt du, wer es war? Das mit Nils?"

„Nein." Sie griff nach der angebrochenen Flasche Wein unter dem Tisch, füllte ihr Glas und schaute ihn an. „Warum fragst du?"

„Ich habe einen Anruf bekommen", sagte er mit zitternder Stimme.

„Von wem?" Sie setzte sich und griff zu dem Medaillon ihrer Mutter, das an einer Goldkette um ihren Hals hing.

„Keine Ahnung. Er fragte nur, ob ich wisse, was meinem Freund zugestoßen wäre, und dass ich als Nächstes an der Reihe wäre. Dann legte er auf."

Er hielt inne und presste die Lippen aufeinander.

„Warum?", flüsterte sie kaum hörbar. „Ich verstehe das nicht. Nils hat doch niemandem etwas getan."

Florian Hauser starrte vor sich auf den Boden. Immer wieder kehrten die Bilder zurück, das gleißende Licht, die panische Angst, es doch nicht zu schaffen. Er dachte darüber nach, wie viel er Claudia erzählen sollte.

„Keiner wusste davon, nur Nils und ich", sagte er mit stockender Stimme, und dann erzählte er ihr, was an jenem Herbstabend vor fünf Jahren geschehen war.

„An dem Abend hat es in Strömen geregnet. Wir hatten einen langen Tag hinter uns und wollten so schnell wie möglich nach Hause. Vor uns sahen wir diesen Wagen. Er fuhr viel langsamer als wir. Nils zögerte kurz, doch dann setzte er den Blinker und überholte. Als wir auf gleicher Höhe waren, tauchten plötzlich Scheinwerfer über der Kuppe auf. Nils trat aufs Gaspedal und schaffte es gerade noch, vor dem Wagen auf die rechte Spur zu wechseln.

Es war verdammt knapp. Wir haben erst am nächsten Tag aus der Zeitung von dem Unfall erfahren."

„Ihr wart das?", wiederholte sie tonlos. Ihre Finger krampften sich um das Glas, immer fester, bis die Knöchel weiß wurden und das Glas zersprang. Sie verspürte keinen Schmerz, nur das warme Blut, das über ihre Hand lief und auf den Teppich tropfte. Florian lief in die Küche, kam mit einem Handtuch zurück und wickelte es um die Wunde.

„Ihr habt nicht bemerkt, dass der Wagen hinter Euch von der Straße abgekommen und gegen einen Baum geprallt ist?"

Florian schüttelte vehement den Kopf.

„Nein, ehrlich nicht. Wir waren einfach nur heilfroh, dass wir es noch geschafft hatten."

„Ihr habt mich angelogen", sagte sie, während sich ihre Augen mit Tränen füllten. „Ihr habt mich all die Jahre hintergangen." Er biss sich auf die Unterlippe, versuchte nach ihrer Hand zu greifen, doch sie zog sie weg.

„Wir konnten es niemandem sagen", versuchte er sich zu rechtfertigen. „Sonst wäre alles, was wir uns aufgebaut haben, verloren gewesen." Er versuchte ihren Blick aufzufangen.

„Wie geht es Maria?"

„Gut."

„Kann ich sie sehen?"

„Sie schläft", sagte Claudia. „Es ist schon spät."

„Ich möchte sie nur sehen. Ich bin auch leise."

„Wir haben etwas abgemacht, damals, und Nils' Tod wird nichts daran ändern."

„Sie ist trotzdem meine Tochter. Das kannst du nicht leugnen."

„Das will ich auch nicht", erwiderte Claudia. „Aber Maria hat gerade ihren Vater verloren, und das war Nils für sie. Ich möchte einfach nicht, dass du es noch schlimmer machst, als es ohnehin schon für sie ist. Es ist besser, wenn wir alles so lassen, wie es war."

Florian fasste ihr an den Arm. „Claudia, ich will sie sehen, und ich habe das Recht dazu."

Sie verzog das Gesicht. „Du tust mir weh, Florian. Lass mich los!"

Er ließ von ihr ab, zog eine Schachtel Zigaretten aus der Tasche und zündete sich eine an.

„Weißt du eigentlich, wie es einem geht, wenn man weiß, dass die eigene Tochter nur ein paar Kilometer entfernt aufwächst und man sie nicht sehen darf?"

Er wischte sich mit beiden Händen über die Haare, blies die Wangen auf und stieß die Luft hörbar aus. „Claudia, ich habe mich all die Jahre an unsere Abmachung gehalten. Ich habe dich nie zu etwas gedrängt oder dich auf irgendeine Art belästigt. Aber jetzt, wo Nils nicht mehr da ist, ..."

„Lass es!", schnitt sie ihm das Wort ab und öffnete die Tür. „Ich möchte, dass du jetzt gehst." In ihrem Inneren brodelte es.

Er trat einen Schritt auf sie zu. „Ich gehe erst, wenn ich meine Tochter gesehen habe." Er funkelte sie zornig an. Es lag etwas Bedrohendes in seinen Worten, das ihr Angst machte.

„Geht's dir noch gut?" Sie schnappte nach Luft. „Nils ist gerade ein paar Tage tot, und jetzt kommst du um die Ecke und willst plötzlich den fürsorglichen Vater spielen."

Er nahm einen tiefen Zug und blies den Rauch in die Luft. „Wie willst du das allein schaffen?", fragte er. „Du kannst dich nicht gleichzeitig um Maria kümmern und nebenbei die Werkstatt weiterführen. Wie stellst du dir das vor?"

Claudia zuckte mit den Schultern. „Darüber habe ich mir noch keine Gedanken gemacht“, schwindelte sie ihn an.

In Wirklichkeit hatte sie nicht den Hauch einer Ahnung, wie es weitergehen sollte. Allein mit Kalle konnte sie die Werkstatt nicht am Leben erhalten. Kalle war ein exzellenter Kfz-Mechaniker, aber einen Betrieb wie diesen zu führen würde ihn hoffnungslos überfordern. Ohne die Einnahmen stand sie vor dem Nichts.

Doch über all das wollte sie jetzt nicht mit Florian reden. Einen Augenblick war es still zwischen ihnen, dann sagte sie leise, aber mit einer unglaublichen Kälte in der Stimme:

„Ich möchte, dass du jetzt gehst. Bitte.“

Kapitel 19

Dienstag, 27. Oktober

Kaum war Ilka am späten Morgen in der Inspektion angekommen, hielt ihr Cem auch schon die Schlagzeile des Tageblatts vor die Nase und tippte mit dem Finger auf einen Artikel. Er trug die fett gedruckte Überschrift:

‚Mörder von Nils P. immer noch auf freiem Fuß!

Kripo Stade ratlos?‘

Darunter war in normaler Schrift zu lesen:

Nach dem kaltblütigen Mord an Nils P., dem Inhaber einer Kfz-Werkstatt, tappt die Kriminalpolizei immer noch im Dunkeln. Bislang gibt es keinerlei Hinweise auf den Täter, der sein Opfer auf brutalste Weise mit einem gezielten Schuss in die Stirn tötete.

Auch die Suche nach dem Mörder von Barbara S., die nach über zwei Jahren in einem Waldstück bei Harsefeld tot aufgefunden wurde, verlief bislang erfolglos. Auf Anfrage des Tageblatts gab die Kripo Stade lediglich bekannt, dass sie mit Nachdruck und in alle Richtungen ermitteln würden. Es gäbe zwar erste Spuren, doch es wäre noch zu früh, an die Öffentlichkeit zu treten.

Auf die Frage, ob die beiden Mordfälle miteinander zu tun haben könnten, hieß es lediglich, dass es zum jetzigen Zeitpunkt keinen Hinweis darauf gäbe, dass es sich um ein und denselben Täter handeln könnte und dass mit Rücksicht auf das laufende Ermittlungsverfahren derzeit keine weiteren Auskünfte erteilt werden können.

Doch die Zeit drängt. Solange der Täter nicht gefasst ist, ist es nicht auszuschließen, dass er ein weiteres Mal zuschlägt.

* * *

In dem Artikel prangerte der Redakteur weiter ziemlich eindeutig die erfolglosen Ermittlungen der Polizei und die fragwürdigen Indizien an. Ilka stellte sich gerade ihren Chef Patrick Dannenberg hinter seinem Schreibtisch vor, wie er mit jeder Zeile immer tiefer in seinen breiten Ledersessel rutschte und eine Schweißperle nach der anderen auf seiner Stirn erschien.

„Es ist immer das Gleiche“, stöhnte Cem. „Die schreiben irgendeinen Blödsinn, ohne die geringste Ahnung zu haben, was wirklich abläuft. Hauptsache die Auflage stimmt!“

Ilka starrte noch immer auf den Artikel. Es war ekelhaft, mit ansehen zu müssen, mit welcher Sensationsgier die Presse zu Werke ging. Aber im Grunde genommen hatten sie tatsächlich nichts, was diesen Fall nur annähernd aufklären könnte. Sie faltete die Zeitung wieder zusammen, warf sie von sich und setzte sich an ihren Schreibtisch.

„Jetzt wird es Zeit, dass wir den Täter endlich fassen.“ Sie schlug die Akte auf und studierte noch einmal alle Fakten, die sie gestern herausgefunden hatten. Sie hatte keine Ahnung, wie viel Zeit vergangen war, als sie das Klicken des Wasserkochers vernahm. Sie sah zu Cem, der gerade die Gläser zu einem Drittel mit starkem, schwarzem Tee füllte und heißes Wasser nachgoss. Dann brachte er eines der Gläser an ihren Tisch, ließ einen Zuckerwürfel hineinfallen und reichte ihr einen Löffel zum Umrühren.

„Danke, Cem“, sagte sie mit einem Lächeln. „Dein Tee ist wirklich der Beste, den ich je getrunken habe.“

„Ja, aber noch besser wäre er, wenn ich einen Samowar hätte. Dann könnte ich dir den perfekten türkischen Tee servieren. Meinst du, ich könnte unseren Chef danach fragen?“

„Du willst ihn tatsächlich fragen, ob er dir einen Samowar fürs Büro genehmigt?“ Ilka konnte sich ein Grinsen nicht verkneifen. „Das ist nicht dein Ernst.“

„Warum nicht?“ Cem zuckte mit den Schultern. „Eine Kaffeemaschine wird doch auch bewilligt, oder etwa nicht?“

„Damit würde ich lieber warten, bis wir unseren Fall abgeschlossen haben. Ich glaube kaum, dass er nach diesem Artikel bereit ist, dir einen türkischen Samowar zu spendieren.“

Ilka versuchte sich Dannenbergs Gesicht vorzustellen, wenn Cem ihm sein Anliegen präsentierte. „Bitte sag mir Bescheid, wenn du unseren Chef fragst, okay? Ich möchte gern dabei sein.“

„Du machst dich lustig über mich“, protestierte Cem.

Ilka hob abwehrend die Hände. „Oh, nein, das würde ich niemals tun.“ Sie machte eine kurze Pause und fügte dann hinzu: „Sagst du mir trotzdem Bescheid?“

In diesem Moment sprang die Tür auf. „Ilka, du sollst mal kurz zum Chef kommen!“, rief Kai ihr entgegen. „Scheint ziemlich dringend zu sein.“

„Das musste ja so kommen“, sagte Ilka seufzend.

Patrick Dannenbergs Tür stand bereits offen. Als er sie sah, winkte er sie ohne ein Wort zu sagen zu sich.

„Schön, dass du auch mal zum Dienst erscheinst“, fuhr er sie an. „Wo warst du? Und deine Kollegen natürlich.“

„Wir haben beinahe bis Mitternacht sämtliche Unterlagen aus der Werkstatt durchgewühlt“, verteidigte sich Ilka.

Patrick rümpfte die Nase. „Und was ist dabei rausgekommen?“

„Nicht viel“, stellte Ilka nüchtern fest. „Wir sind sicher, dass der Unfall, Barbaras Tod und der Mord an Petersen miteinander zu tun haben, aber wir haben noch nichts gefunden, was die drei Fälle miteinander verbindet."

„Lassen wir mal den Unfall und den Mord an der jungen Frau beiseite", meinte Dannenberg immer noch ungehalten über die fehlenden Erkenntnisse. „Das liegt ja schon eine ganze Weile zurück. Aber verstehe ich das richtig, dass ihr auch noch keinen blassen Schimmer habt, wer Nils Petersen umgebracht hat?"

„Nicht wirklich", gestand sie. „Klaus Schulte hat seine depressive Frau betreut, sein bester Kumpel Hauser hat gleich ein halbes Dutzend Zeugen für ein Alibi und seine Frau Claudia hat zwar kein Alibi, weil sie zu Hause bei ihrer Tochter war, aber es gibt keinen ersichtlichen Grund, warum sie ihren Mann umgebracht haben sollte. Und Karl Stadler, seinen Mechaniker, kann ich auch ausschließen. Er war zur Tatzeit in einer irischen Kneipe."

Dannenberg stöhnte auf. „Also suchen wir den großen Unbekannten?"

„Ja", sagte Ilka. „Derjenige, der ihn gegen 19 Uhr in die Werkstatt bestellt hat, ist vermutlich sein Mörder."

Dannenberg lockerte seine Krawatte und deutete auf die Titelseite des Tageblatts, das vor ihm auf dem Schreibtisch lag.

„Was hältst du davon?"

„Das übliche Geschmiere, wenn wir den Täter nicht innerhalb von Stunden präsentieren", wiegelte Ilka ab. „Wer hat den Journalisten überhaupt etwas gesagt? Meine Leute waren es jedenfalls nicht."

„Das habe ich veranlasst." Patrick warf Ilka einen schuldbewussten Blick zu. „Ich habe unserem Pressesprecher gesagt, dass er eine kurze Mitteilung über den Stand der Ermittlungen rausgeben soll. Das war alles."

„Sie hätten diesen Artikel sowieso geschrieben“, tröstete sie ihn. „Egal, ob mit oder ohne Pressemitteilung.“

Patrick strich sich mit der flachen Hand übers Gesicht. „Ja, vermutlich. Und jetzt seht zu, dass Ihr endlich etwas Brauchbares findet!“

Das ließ sich Ilka nicht zweimal sagen und machte auf dem Absatz kehrt.

* * *

Im Wartebereich vor ihrem Büro saß eine junge Frau, die nicht älter als 30 war. Ilka schaute in ihr starres Gesicht.

„Kann ich Ihnen helfen?“

Die Frau wandte sich mit einem verwirrten Blick an Ilka. „Ja, ich möchte zu Kommissar Kayaoglu. Es ist dringend.“

„Kommen Sie.“ Ilka führte die Frau ins Büro. „Cem, da möchte dich jemand sprechen.“

„Frau Petersen?“ Cem war sichtlich überrascht, sie zu sehen. Auch dieses Mal war Claudia Petersen wieder in schwarz erschienen; knielanger Rock, Bluse und Blazer. Ihre dunkelbraunen schulterlangen Haare trug sie offen. Ein paar Strähnen hatten sich in der Goldkette verfangen, an dem das Amulett ihrer Mutter hing. Er bot ihr einen Stuhl an.

„Wie kann ich Ihnen helfen?“

„Florian Hauser war gestern Abend bei mir“, sagte sie ohne Umschweife.

„Wann war das?“

„Kurz nach zehn.“

„Und was wollte er?“

„Er hat einen Anruf bekommen … von einem Mann, genau wie Nils.“ Sie fuhr sich mit den Händen übers Gesicht. Ein feuchter Schleier legte sich auf ihre Augen.

„Was hat dieser Mann gesagt?“

„Er fragte Florian, ob er wisse, was Nils zugestoßen sei und dass er als Nächstes an der Reihe wäre. Dann hat er aufgelegt.“ Cem goss ihr ein Glas Wasser ein und reichte es ihr. „Was hat er Ihnen noch erzählt?“

Ihre Hände tasteten nach dem Medaillon um ihren Hals.

„Der Unfall damals, als die Mutter von Sabrina ums Leben kam …“ Ihre Stimme stockte. „Florian behauptet, dass Nils hinter dem Steuer saß, dass er den Wagen gefahren hat, der die Erdmanns von der Straße gedrängt hat, und dass sie erst am nächsten Tag aus der Zeitung erfahren haben, was wirklich passiert ist.“

„Wie ist das genau passiert?“

„Florian sagte, dass es an diesem Abend heftig geregnet hat und sie den Wagen der Erdmanns überholen wollten, weil dieser ziemlich langsam fuhr. Dann tauchte auf der Kuppe plötzlich ein anderes Auto auf. Nils hat Gas gegeben und konnte im letzten Moment den Zusammenstoß noch vermeiden.“

„Und sie haben nicht mitbekommen, wie der Wagen der Erdmanns gegen den Baum geprallt ist?“, fragte Cem ungläubig.

„Florian schwört, dass sie nichts davon bemerkt hätten.“

Cem und Ilka warfen sich einen flüchtigen Blick zu.

„Hat Ihr Mann mal den Namen Barbara Schulte erwähnt?“

„Ist das nicht die junge Frau, die vor ein paar Tagen im Wald gefunden wurde?“

„Ja“, sagte Cem. „Genau die.“

„Nein, den Namen hat er nie erwähnt.“ Für einen Moment blickte sie ihm verwundert in die Augen.

„Warum fragen Sie?“ Cem zog ein paar Zeitungsausschnitte aus dem Umschlag und legte sie auf den Tisch.

„Weil Ihr Mann nicht nur alle Artikel des Unfalls gesammelt hat, sondern auch die, die mit dem Verschwinden der jungen Frau zu tun haben. Können Sie sich das erklären?“

Claudia Petersen starrte ihn wie ein verängstigtes Reh an.

„Nein, davon hat er mir nichts gesagt.“ Ihre Lippen zitterten. „Ich wusste nichts davon. Wirklich nicht.“

Es gab keinen ersichtlichen Grund, an Claudias Worten zu zweifeln, und trotzdem wurde mit jeder Sekunde klarer, dass die beiden Fälle etwas miteinander zu tun hatten.

„Warum kam Florian Hauser zu Ihnen, Frau Petersen? War es wirklich nur dieser Anruf?“

„Was wollen Sie hören, Herr Kommissar?“

Cem spürte die Bitterkeit in ihren Worten. „Die Wahrheit“, sagte er. „Mehr nicht.“

Claudia Petersen trank einen Schluck Wasser. „Vielleicht war ich die Einzige, der er noch vertraute.“

Cem beugte sich vor, legte seine Ellenbogen auf den Tisch.

„Haben Sie mir nicht gesagt, dass Sie sich seit fünf Jahren nicht mehr gesehen haben, und zwar seit Ihrer Schwangerschaft?“

„Ja.“

„Und dann steht er plötzlich vor Ihrer Tür und erzählt Ihnen, dass er bedroht wird?“

Claudia schaute zu Ilka, die sich während des gesamten Gesprächs im Hintergrund gehalten hatte. Dann wandte sie sich wieder an Cem.

„Florian Hauser ist der Vater meiner Tochter Maria“, sagte sie kaum hörbar. „Es war nur eine Nacht. Ich weiß auch nicht, warum es passiert ist, aber ich kann es nicht ungeschehen machen."

„Dann kam er also wegen Maria zu Ihnen."

„Ja, auch", druckste sie herum. „Er hat gefragt, wie es Maria geht und wie es weitergehen soll, jetzt, wo Nils nicht mehr da ist."

„Und was haben Sie gesagt?", wollte Cem wissen.

„Ich habe ihm gesagt, dass sie schläft und dass ich im Moment allein sein möchte."

„Und dann?"

„Dann ist er gegangen."

„Wusste Ihr Mann davon?", mischte sich Ilka ein.

„Nein." Sie krampfte die Hände ineinander. „Für ihn war Maria seine Tochter. Das war der Deal zwischen Florian und mir, und daran hat er sich bis gestern auch gehalten."

„Und Sie natürlich auch", fügte Cem mit leicht ironischem Tonfall hinzu.

„Ja, ich natürlich auch."

Cem sah zu Ilka. „Kann ich dich kurz sprechen?" Sie verließen das Büro.

„Wir müssen uns diesen Hauser vorknöpfen!", sagte Cem. „Er hat uns längst nicht alles erzählt!" Cem holte tief Luft. „Außerdem hätte ich da noch eine andere Vermutung."

„Und die wäre?"

„Wenn der Mörder herausgefunden hat, dass Nils Petersen und Florian Hauser damals gemeinsam im Auto saßen, dann könnte Hauser tatsächlich der Nächste sein!"

Ilka nickte zögernd. „Ja, das könnte sein. Aber nur aufgrund dieser Vermutung kriegen wir keinen Polizeischutz für ihn. Es würde mich aber trotzdem interessieren, was er uns noch alles verschwiegen hat."

„Gut, dann lass uns fahren.“ Sie wollten gerade ins Büro zurückkehren, als Ilka einen Anruf von den Kollegen der Kriminaltechnik bekam.

„Hallo, Thomas, was gibt es?“ Sie lauschte für einen Moment seinen Worten. „Wirklich? Das passt perfekt. Sie ist gerade hier. Danke.“ Ilka unterbrach das Gespräch und schaute mit einem Lächeln zu Cem.

„Die Spurensicherung hat Fingerabdrücke auf dem Umschlag sichergestellt, in dem Nils Petersen die Zeitungsartikel aufbewahrte. Und jetzt rate mal, von wem die sind?“

„Claudia Petersen?“

„Bingo!“

„Also wusste sie doch etwas davon“, stieß Cem hervor. „Dann wollen wir mal hören, wie sie uns das erklärt.“

Ilka und Cem nahmen wieder gegenüber von Claudia Petersen Platz.

„Vor ein paar Minuten haben Sie uns erzählt, dass Sie nichts von dem Umschlag mit den Zeitungsartikeln wussten.“ Cem beugte sich vor und sah ihr scharf in die Augen. „Bleiben Sie bei dieser Aussage?“

„Ja. Warum fragen Sie das?“

„Weil Sie uns nicht die Wahrheit gesagt haben“, erklärte Ilka ruhig. „Und wer uns anlügt, der sitzt irgendwann nicht hier im Büro, sondern im Vernehmungsraum.“

„Ich habe nicht gelogen“, verteidigte sich Claudia Petersen. Ilka deutete mit dem Finger auf den Umschlag, der immer noch neben ihr auf der Akte lag.

„Auf diesem Umschlag, in dem Ihr Mann die Zeitungsartikel von dem Unfall und von Barbara Schultes Verschwinden aufbewahrt hatte, wurden Ihre Fingerabdrücke gefunden. Wir haben es gerade erfahren. Wie erklären Sie sich das?“

Claudia Petersen antwortete nicht. Sie starrte auf das Blatt Papier, während ihre rechte Hand wie ferngesteuert zu dem Medaillon ihrer Mutter griff.

Ilka ließ nicht locker. „Bei der ersten Vernehmung haben Sie meinem Kollegen gesagt, dass Sie Sabrina Erdmann und Barbara Schulte nicht kennen. Als Sie zu uns auf die Inspektion kamen, haben Sie behauptet, dass Sie den Umschlag noch nie gesehen haben. Wenn das so ist, wie kommen dann Ihre Fingerabdrücke auf den Umschlag?"

„Okay, ich gebe zu, dass ich den Umschlag in der Hand hatte. Ich habe ihn zufällig entdeckt. Normalerweise mache ich die Buchhaltung von zu Hause aus, wegen Maria. Aber an einem Abend nahm ich sie mit zur Werkstatt, weil sie sehen wollte, wo Papa arbeitet. Während Nils noch einen Ölwechsel machen musste, zeigte ich ihr ein wenig die Werkstatt und das Büro. Sie war so fasziniert von dem Aquarium, das Nils als Bildschirmschoner auf dem Monitor hatte, dass ich die Zeit nutzte, um ein paar Unterlagen einzusortieren. Dabei entdeckte ich den Umschlag." Sie holte tief Luft. „Auf den Fotos sind ja weder Nils noch Florian zu sehen. Natürlich fand ich das seltsam, dass er so etwas aufbewahrt, aber ich habe bis zum Schluss gebetet, dass er nichts damit zu tun hat."

„Haben Sie Ihren Mann darauf angesprochen?"

„Nein."

„Warum nicht?"

„Ich habe schon lange gewusst, dass irgendetwas nicht stimmt. Damals am Unfallabend und auch danach wirkte Nils ungewohnt nervös und gereizt. Genauso wie am Tag, als Barbara Schulte verschwand und an dem Tag, als Barbaras Leiche gefunden wurde. Nils konnte sich noch nie gut verstellen. Trotzdem hatte ich Angst, unsere

Familie zu zerstören. Deshalb habe ich darauf gehofft, dass er es mir selbst sagen würde."

Sie biss sich auf die Lippen und starrte dabei auf den Tisch, nur um Cem und Ilka nicht ansehen zu müssen.

„Er hat alles für mich und Maria getan, er hat sich eine Existenz aufgebaut, um uns ein schönes Leben zu ermöglichen. Und jetzt ist er tot, und ich stehe vor dem Nichts." Sie atmete tief ein und stieß die Luft hörbar aus. Ihre Augen glänzten, als würde sie im nächsten Moment in Tränen ausbrechen.

„Vielen Dank, dass Sie hergekommen sind, Frau Petersen", sagte Cem. „Aber wir müssen jetzt zu einem Einsatz."

Kai, der gerade das Büro betrat, lief ihnen direkt in die Arme.

„Gut, dass du kommst", sagte Ilka. „Wir fahren zu Florian Hauser. Kannst du dir nochmal Klaus Schulte vornehmen? Ich möchte wissen, warum er Nils Petersen auf dem Foto nicht wiedererkannt hat und warum er sich gerade diese Werkstatt ausgesucht hat. Und prüfe noch mal, wann er das letzte Mal wohin gefahren ist. Und vergiss die Nachbarn nicht! Vielleicht ist denen etwas aufgefallen. Wir sehen uns später!"

Kapitel 20

Die Ampel vor ihnen sprang auf Rot. Cem hielt und schaute Ilka von der Seite an.

„Wie sieht es eigentlich mit dir und deinem Ex aus? Habt Ihr Euch geeinigt?"

„Worüber geeinigt?"

„Na, du weißt schon … wegen Sina." Ilka antwortete nicht sofort. Am liebsten hätte sie das Thema gleich wieder gewechselt. Sie hatte einfach keine Lust, darüber zu reden, weder mit Cem noch mit sonst irgendjemandem. Sie drehte ihren Kopf zu ihm um.

„Es ist immer noch ein schwebendes Verfahren."

„Also keine Einigung in Sicht?"

„Nein."

„Wird es nicht allmählich Zeit, den Streit zu beenden?"

„Wir streiten nicht", korrigierte sie ihn. „Wir haben nur unterschiedliche Ansichten zu diesem Thema, das ist alles."

Ilka wandte ihren Blick wieder nach vorn und deutete mit dem Finger auf die Ampel.

„Du kannst jetzt losfahren. Es ist Grün!" Während Cem anfuhr, hoffte Ilka, dass sich das Thema damit erledigt hatte, aber sie hätte wissen müssen, dass sich Cem nicht damit begnügen würde.

„Du würdest dich wesentlich besser fühlen, wenn du ihm erlauben würdest, Sina regelmäßig zu sehen", meinte Cem, während er die B 73 Richtung Innenstadt verließ. „Sina ist alt genug, um selbst zu entscheiden, wie oft sie ihren Vater sehen will, und sie wird dich deshalb nicht weniger lieb haben. Denk doch mal nach. Du bist in einer glücklichen Beziehung, hast einen guten Job und eine tolle Tochter. Warum machst du dir das Leben schwerer als es ist?"

„Es sind andere, die mir das Leben schwer machen", verteidigte sie sich. „In diesem speziellen Fall Tobias. Er war nicht da, als Sina und ich ihn brauchten und jetzt kommen wir sehr gut ohne ihn klar."

„Sieht Sina das auch so?" fragte Cem bewusst provozierend, aber eine Antwort darauf bekam er nicht. Ilkas Blick war stur nach vorn auf die Straße gerichtet, doch die leicht zusammengezogenen Augenbrauen verrieten ihm, dass sie angestrengt darüber nachdachte.

„Was auch immer passiert ist", sagte er schließlich. „Er bleibt Sinas Vater, egal, wie lange er weg war. Deshalb werdet Ihr eine Lösung finden müssen."

Ilka biss sich auf die Unterlippe. Sie musste sich eingestehen, dass Cem Recht hatte, und so, wie er es sagte, klang es nicht nur glaubhaft, sondern absolut überzeugend. Cems Worte klangen so simpel, dass sie sich in diesem Moment fragte, warum sie sich bisher vehement geweigert hatte, einen Kompromiss mit Tobias einzugehen. Sie warf ihm einen Seitenblick zu.

„Danke, Cem."

„Wofür?"

„Dass du nicht aufgehört hast, mich zu nerven. Ich glaube, ich weiß jetzt, was ich tun muss."

* * *

Als Ilka und Cem knapp fünfzehn Minuten später die Werbeagentur am Rand der Altstadt betraten, wurden sie bereits von Florian Hauser erwartet.

„Ich habe mir gedacht, dass Sie kommen", sagte er mit einem gezwungenen Lächeln. Er zog sein graues Sakko aus und hängte es an den Garderobenständer.

„Setzen Sie sich bitte." Er deutete auf zwei mit weißem Leder bezogene Bürostühle.

„Ich möchte gleich zur Sache kommen", begann Ilka ohne zu zögern und nahm Platz. „Sie waren gestern Abend bei Claudia Petersen. Warum haben Sie sie aufgesucht?"

„Hat sie Ihnen das nicht erzählt?"

„Schon, aber wir würden es gern von Ihnen hören."

„Ich musste mit jemandem reden", sagte er. „Ich habe es nicht länger ausgehalten."

Ilka zog die Stirn kraus. „Und da fiel Ihnen ausgerechnet Frau Petersen ein, die Sie mehr als fünf Jahre nicht gesehen haben?"

„Natürlich habe ich sie ab und zu gesehen, genau wie Nils. Aber nie zusammen, und wir haben nie mehr als ein paar Worte gewechselt. Stade ist keine Weltstadt. Da läuft man sich immer mal wieder über den Weg."

„War das nie ein Problem für Sie oder Frau Petersen?" Für Ilka klang das alles nach zu viel heile Welt. „Mich persönlich würde es wahnsinnig machen, ständig dem Vater meines Kindes über den Weg zu laufen und zu Hause so zu tun, als wäre man eine glückliche Familie. Also ich könnte das nicht."

„Claudia schon", entgegnete er kurz angebunden. „Wie gesagt, wir haben uns arrangiert."

„Lassen wir das einfach mal so stehen", mischte sich Cem ein. „Aber warum haben Sie Frau Petersen ausgerechnet nach dem Mord an ihrem Ehemann aufgesucht?"

„Das wissen Sie doch schon alles", entgegnete er sichtlich genervt. „Ich bekam einen Anruf, in dem ich bedroht wurde. Ich wollte von Claudia wissen, ob Nils auch so einen Anruf bekommen hatte."

„Und Sie wollten Maria sehen", ergänzte Ilka.

„Ja, warum nicht? Sie ist meine Tochter und jetzt wo Nils tot ist, gibt es keinen Grund mehr, das zu verheimlichen. Ich wollte Maria sehen. Das war der eigentliche Grund, warum ich zu ihr gefahren bin."

„Und wie hat Frau Petersen darauf reagiert?"

Er zuckte mit den Achseln. „Sie hat sich fürchterlich aufgeregt und mich aufgefordert, zu gehen."

„Und was geschah dann?" fragte Ilka nach.

„Nichts. Ich habe noch eine Weile versucht, sie umzustimmen, aber sie ließ einfach nicht mit sich reden. Und dann bin ich gegangen."

Ilka beschloss, in die Offensive zu gehen. „Stimmt es, dass Sie zusammen mit Nils Petersen den Unfall verursacht haben, bei dem Miriam Erdmann ums Leben kam?" Er senkte seinen Blick zu Boden und rieb sich mit den Fingerspitzen über die Stirn.

„Nils ist gefahren, aber ich hätte es verhindern müssen. Wir waren in Hamburg, ein alter Studienfreund von mir hatte seinen Junggesellenabschied gefeiert. Nils kannte ihn auch von irgendwo her. Er wollte fahren, weil Claudia es nicht mochte, wenn er zu viel trank. Ich weiß bis heute nicht, warum wir nicht einfach ein Taxi genommen haben. Die Scheißkarre hätten wir am nächsten Tag immer noch holen können." Er schaute Ilka direkt in die Augen, als könnte sie ihm erklären, wieso das alles geschehen konnte.

„Was hätte ich denn machen sollen? Es tut mir wahnsinnig leid, was damals passiert ist, aber ich kann es nicht mehr rückgängig machen. Wir haben es erst am nächsten Tag erfahren."

„Und dann haben Sie beschlossen zu schweigen."

Er nickte. „Ja. Wir hielten es für besser, wenn wir uns eine Weile nicht sehen. Jedenfalls so lange, bis Gras über die Sache gewachsen ist." Cem konnte nicht fassen, was er gerade gehört hatte.

„Für Sabrina Erdmann wird niemals Gras über die Sache wachsen", sagte er in einem ungewohnt scharfen Ton. „Sie wird ein Leben lang im Rollstuhl sitzen, ganz zu schweigen von der Tatsache, dass ihre Mutter bei diesem Unfall starb. Also, noch mal von vorn: Sie haben jahrelang kaum Kontakt zu Ihrem alten Kumpel, aber kurz vor seinem Tod telefonieren Sie zweimal mit ihm. Worum ging es in den beiden Telefonaten wirklich? Doch nicht um eine Werbebroschüre oder einen Internetauftritt?"

Hauser zündete sich eine Zigarette an und nahm einen tiefen Zug. Cem bemerkte, wie sich die Gesichtszüge seines Gegenübers mehr und mehr verhärteten.

„Nils war ziemlich aufgebracht, er wollte sich mit mir treffen, aber er hat nicht gesagt, worum es ging."

„Er hat noch nicht einmal eine Andeutung gemacht?"

„Nein, ehrlich nicht."

„Wäre es möglich, dass Nils irgendwie erfahren hat, dass seine Tochter Maria in Wirklichkeit Ihr Kind ist?"

„Nein, Nils wusste nichts davon. Claudia wollte Nils nicht verlassen, und ich war noch nicht bereit für ein Kind."

„Dann war also das der wirkliche Grund, warum Ihre Freundschaft in die Brüche ging?"

Hauser wiegte den Kopf hin und her. „Ja und Nein. Claudias Schwangerschaft kam zeitlich mit dem Unfall hin, ja, das stimmt. Und als wir beschlossen, uns eine Weile nicht zu sehen, war ich ganz froh darüber, Claudia nicht ständig über den Weg zu laufen."

Ilka konnte nicht einschätzen, was sie von Hausers Aussagen halten sollte. War das alles nur ein abgekartetes Spiel und log er, was das Zeug hielt, oder war es tatsächlich die Wahrheit? Sie tendierte eher zur ersten Variante.

„Und Sie bleiben auch dabei, dass Sie Barbara Schulte

nicht näher kannten und Sie auch nicht versucht haben, ihr näherzukommen?"

Er nickte kaum wahrnehmbar.

„Ich habe Ihnen beim letzten Mal schon gesagt, dass sie ein paar Mal für mich gearbeitet hat, das ist alles. Wir haben einige kurze Werbefilme fürs Kino gedreht, einige Fotos für Plakate geschossen, und das war's. Sie war gut, keine Frage. Sie hatte etwas Natürliches an sich. Und das mochten die Leute. Aber mehr war da nicht."

„Gut", sagte Ilka. „Nehmen wir mal an, dass es wirklich so war. Können Sie mir dann vielleicht erklären, warum Nils Petersen alle Zeitungsartikel vom Autounfall und Barbaras Verschwinden aufbewahrt hatte?"

„Nein, keine Ahnung. Wirklich nicht."

„Es scheint so, als hätte es für Nils Petersen eine Verbindung zwischen dem Unfall und Barbaras Verschwinden gegeben. Warum hätte er sonst die Zeitungsartikel aufbewahren sollen?"

„Ich kann es Ihnen wirklich nicht sagen. Mir gegenüber hat er die Artikel nie erwähnt."

Ilka erhob sich.

„Herr Hauser, es könnte sein, dass der Mann, der Nils Petersen umgebracht hat, es auch auf Sie abgesehen hat."

Seine Augen verengten sich schlagartig. „Was wollen Sie damit andeuten?"

„Ich würde die Drohung, die Sie am Telefon bekommen haben, ernst nehmen", sagte Ilka nach einem kurzen Zögern. „Ich bitte Sie deshalb, vorsichtig zu sein." Sie reichte ihm ihre Karte.

Wie in Trance nahm er die Karte an sich. „Glauben Sie wirklich, dass die Drohung ernst gemeint war?"

„Ja", erwiderte sie ohne nachzudenken. „Ich werde die Kollegen von der Streife bitten, die Gegend hier genauer zu beobachten. Und falls Sie die Agentur heute Abend verlassen sollten, melden Sie sich bitte. Die Nummer haben Sie ja.“ Sie deutete auf die Karte, die er immer noch in seiner zittrigen Hand hielt.

„Und wenn Ihnen irgendetwas auffällt, rufen Sie mich bitte sofort an.“

* * *

Nachdem sich Ilka von Cem verabschiedet hatte, lenkte sie ihren Fiat auf die Harsefelder Straße. Sie wollte einfach nur nach Hause. Während der Fahrt dachte Ilka an Florian Hauser.

Allein die Vorstellung, dass der Täter es auch auf ihn abgesehen haben könnte, machte ihr Angst. Aber was hätte sie tun sollen? Sie würde niemals das Personal bekommen, um Hauser nur aufgrund eines Anrufs rund um die Uhr zu beschatten. Vielleicht wäre die Sachlage anders gewesen, wenn er mit offenen Karten gespielt hätte, denn sie war sich sicher, dass er log. Nur beweisen konnte sie es nicht. Was hatte Barbara Schulte wirklich mit den beiden zu tun? Es musste einen Zusammenhang zwischen dem Unfall und ihrem Verschwinden geben. Nur so war es zu erklären, dass Petersen die Zeitungsartikel aufbewahrt hatte. Warum rief er Hauser nach so langer Zeit an? Und das gleich zweimal? In diesem Moment meldete sich Kai über die Freisprechanlage.

„Hallo, Kai. Was gibt es?“

„Ich war bei Klaus Schulte“, begann er. „Er sagt, dass er Petersen nur einmal gesehen hat, vor zwei Monaten, als er seinen VW Bulli in die Werkstatt brachte. Deswegen hat er ihn auf dem Foto auch nicht erkannt. Und die Werkstatt hat er angeblich im Internet gefunden. Ich habe das überprüft, und die Werkstatt ist tatsächlich eine der wenigen in unserer Region, die sich auf Oldtimer spezialisiert hat."

„Hast du dich in der Nachbarschaft mal umgehört?", fragte Ilka.

„Klar", kam es prompt zurück. „Den Mercedes bewegt er nur einmal am Tag, und zwar morgens, um seine Frau zum Arzt oder zur Therapie zu fahren. Das hat mir eine ältere Dame bestätigt, die schräg gegenüber wohnt."

„Und was ist mit dem Bulli?"

„Den hat er zwei Straßen weiter in einer angemieteten Garage stehen. Aber den hat er nur einmal im August gefahren, um ihn in die Werkstatt zu bringen. Ich habe den Tachostand mit der Kilometerangabe auf der Rechnung verglichen. Das stimmt."

„Hast du auch mit Sonja Schulte gesprochen?"

Kai verneinte. „Er sagte, dass sie noch einen Arzttermin hätte und er sie in einer Stunde abholen würde."

„Dann müsste sie jetzt doch zu Hause sein, oder?"

„Ich denke schon", antwortete Kai. „Soll ich noch mal hinfahren?"

„Nein, das würde ich gern selbst machen", sagte Ilka. „Ich fahre gleich zu ihr. Bis morgen!"

Endlich tauchte das Harsefelder Ortsschild vor ihr auf. Sie hatte sich eigentlich nach einer heißen Dusche und einem Glas Wein gesehnt, aber den Besuch bei Sonja Schulte wollte sie nicht länger aufschieben. Sie fuhr erst gar nicht nach Hause, sondern rief Cem über die Freisprechanlage an.

„Hallo Cem. Wo bist du gerade?"

„Ich habe noch ein paar Sachen eingekauft und wollte jetzt nach Hause. Warum fragst du?"

„Planänderung. Wann kannst du in Buxtehude sein?"

„Jetzt gleich?“ kam es verwundert zurück.
„Ja, jetzt gleich!“
„Wenn ich die Autobahn nehme, kann ich es in zwanzig Minuten schaffen.“
„Gut, dann treffen wir uns vor dem Haus von Klaus Schulte. Ich warte auf dich.“

* * *

Als Klaus Schulte die Tür öffnete, fiel Cem sofort wieder der frisch gestutzte Bart und die akkurat frisierten Haare auf. Nur trug er dieses Mal keinen Anzug, sondern Jeans und einen ausgeblichenen blauen Wollpullover. Er sah Ilka mit starrem Blick an.
„Eigentlich habe ich Ihrem Kollegen schon alles erzählt“, sagte er mit einem Blick zu Cem.
„Ich weiß, Herr Schulte“, antwortete Ilka. „Aber heute würden wir gern mit Ihrer Frau sprechen. Und wenn es notwendig ist, können wir das auch gern unter ärztlicher Aufsicht machen. Vielleicht fällt Ihrer Frau doch noch etwas ein, das sie damals gegenüber den Buxtehuder Kollegen nicht erwähnt hat. Sie wollen doch auch, dass wir den Mörder Ihrer Tochter finden.“
Klaus Schulte wirkte auf einmal fahrig, als würde ihn die Anwesenheit der Kriminalpolizei überfordern.
„Warten Sie“, sagte er kaum hörbar und verließ das Wohnzimmer. Ilka und Cem schauten sich an.
„Was hältst du davon“, wollte er wissen. „Spielt er mit uns?“
„Nein“, meinte Ilka, ohne groß darüber nachzudenken. „Das ist für ihn kein Spiel. Der Mann ist am Ende seiner Kräfte. Er hat seine Tochter verloren und in gewisser Weise auch seine Frau.“

Als sie im Flur Schritte hörten, unterbrachen sie ihre Unterhaltung.

„Sie wollten mich sprechen?“ Sonja Schulte blieb im Türrahmen stehen, als wäre sie nicht sicher, ob sie näher kommen sollte. Sie sah elegant aus in ihrem grauen knielangen Wollkleid, der schwarzen Strickjacke mit großen anthrazitfarbenen Knöpfen und den hochgesteckten Haaren.

„Ja, wir würden Ihnen gern ein paar Fragen stellen“, sagte Cem.

Sonja musterte ihn argwöhnisch. „Ich habe bereits alles Ihren Kollegen gesagt, damals, als meine Tochter verschwunden ist.“

„Ja, das haben Sie“, erwiderte Ilka. „Aber es gibt da ein paar Dinge, die wir uns einfach nicht erklären können.“

Sonja Schulte kam ein paar Schritte auf sie zu. Ilka versuchte sich vorzustellen, wie sie gewesen war, bevor das Verschwinden der Tochter ihr allen Lebensmut genommen hatte. Ilka schätzte sie auf knapp fünfzig, aber sie war immer noch eine hübsche Frau, nach der sich viele Männer auf der Straße umdrehen würden. Doch jetzt wirkte sie so zerbrechlich, als wäre sie eine alte Frau, die ein langes Leben hinter sich hatte.

Sonja Schultes Blick wanderte für einen Moment zum Foto ihrer Tochter, das genau in der Mitte auf der Anrichte stand. Ihre haselnussbraunen Augen wirkten glanzlos, als sie sich Ilka wieder zuwandte.

„Ich weiß, dass ich stärker sein müsste und dass ich daran arbeiten müsste, den Verlust zu verkraften, aber ich schaffe es einfach nicht.“ Sie hielt kurz inne, wirkte plötzlich abwesend, und bis auf ein Blinzeln war keine Regung in ihrem Gesicht zu erkennen.

„Als Barbara verschwand, brach für mich eine Welt

zusammen. Klaus versuchte in all den Wochen und Monaten alles, um mich zu beruhigen, aber als die Nächte, in denen ich leise weinte, nicht enden wollten, wurde mir langsam klar, dass es ihm nicht gelingen würde."

„Haben Sie mit Ihrem Mann darüber geredet?"

„Es verging kein Tag, an dem wir es nicht getan haben. Wir haben uns gegenseitig Mut gemacht, immer und immer wieder, doch irgendwann haben wir damit aufgehört. Es war alles gesagt und nichts wurde besser." Sie atmete schwer. „Ich hielt es einfach nicht mehr aus. Ich besaß nicht die Kraft, dagegen anzukämpfen. Ich nahm Tabletten, und als die nicht mehr halfen, spülte ich sie mit Weißwein runter." Sonja konnte ihre Anspannung nur schwer verbergen. Ihre Nasenflügel vibrierten.

„Es ist noch gar nicht so lange her, als mir Klaus einen Blumenstrauß mitbrachte, rosarote Rosen, genau die, die ich immer liebte. Danke, war alles, was ich über die Lippen brachte, und dann nahm ich die Blumen entgegen und hätte sie am liebsten sofort wieder weggeworfen. In meinen Händen fühlten sich die Rosen wie ein Fremdkörper an, etwas, das man am liebsten gleich wieder fallen lassen würde.

In meinen Erinnerungen existiert nur ein fest eingebranntes Bild: das Lächeln meiner Tochter, ihr stolzer Blick, als sie mir von ihren Träumen erzählte. Ich weine jedes Mal, wenn ich mir eines ihrer Fotos ansehe oder ihr verlassenes Zimmer betrete, um zu lüften. Ich habe gehofft, dass ich mich irgendwann besser fühlen würde, aber das Gegenteil trat ein. Ich fühlte mich immer elender, und an diesem Zustand hat sich bis heute nichts geändert."

Sie sah Ilka kurz an, dann stierte sie abwesend an ihr vorbei, als hätte sie vergessen, was sie sagen wollte.

„Geht es Ihnen gut, Frau Schulte?“, fragte Ilka.

Sonja nickte. „Ja, es geht mir gut.“

Ilka zog ein Foto von Nils Petersen hervor und zeigte es ihr.

„Kennen Sie diesen Mann?“

„Nein, nie gesehen. Wer ist das?“

„Nils Petersen, Inhaber einer Kfz-Werkstatt. Er wurde am Donnerstagabend zwischen 19 und 20 Uhr erschossen.“

„Tut mir leid, aber ich kenne den Mann nicht.“

Ilka steckte das Foto wieder ein. „Frau Schulte, Ihr Mann hat ausgesagt, dass er an diesem Donnerstag den ganzen Abend bei Ihnen war. Können Sie das bestätigen?“

Ihre Augen verengten sich. Sie hatten einen sonderbaren Ausdruck angenommen, eine Mischung aus Argwohn und Unverständnis über das, was Ilka fragte.

„Ja“, sagte sie schließlich mit tonloser Stimme. „Ja natürlich. Er ist jeden Abend bei mir. Ich glaube, er hat Angst, dass ich mir etwas antue, wenn er nicht in meiner Nähe ist.“

Für einige Sekunden wusste Ilka nicht, was sie darauf erwidern sollte. Jedes Wort, das Sonja Schulte von sich gab, war begleitet von der Trauer und dem Schmerz über den Verlust ihrer Tochter. Ilka hielt es für besser, das Thema zu wechseln.

„Frau Schulte, Ihre Tochter wollte zusammen mit ihrer Freundin Sabrina einen Kosmetiksalon eröffnen. Stimmt das?“

Sonja Schulte nickte kaum wahrnehmbar. „Ja, das war seit vielen Jahren ihr gemeinsamer Traum.“

„Wenn es ihr gemeinsamer Traum war, warum hat sich dann Ihre Tochter einige Läden auf Mallorca angesehen?“

Es schien so, als wollte sie direkt darauf antworten,

doch dann zog sie sich für einige Augenblicke in ihre eigene Welt zurück. Ihr unruhiger Blick wanderte ziellos im Zimmer umher, bevor sie sich wieder Ilka zuwandte.

„Können wir allein reden?“, fragte sie mit einer kurzen Kopfbewegung in Cems Richtung.

„Ja, natürlich.“ Cem nickte Ilka zu und verließ das Wohnzimmer.

Sonja schaute über ihre Schulter hinweg zur Tür, als wollte sie sich vergewissern, ob Cem tatsächlich den Raum verlassen hatte.

„Mein Mann weiß nichts davon“, sagte sie leise. „Und Sie müssen mir versprechen, dass er es auch niemals erfährt.“

„Ich verspreche es, Frau Schulte.“

„Vor vielen Jahren hatten wir eine Urlaubsreise nach Mallorca gebucht. Als Klaus aus beruflichen Gründen kurzfristig absagen musste, habe ich eine Freundin gefragt, ob sie Lust hätte, mich zu begleiten. Natürlich hatte sie Lust, also flogen wir allein los. Nicht, dass Sie das falsch verstehen. Ich liebe meinen Mann, damals wie heute, und ich hatte wirklich nicht vor, ihn zu betrügen. Ich werde diesen Abend nie vergessen, obwohl ich ihn schon unzählige Male verflucht habe. José besaß ein kleines Lokal in der Altstadt von Palma. Es war schon weit nach Mitternacht, als José und ich immer noch in einer kleinen Ecke vor dem Lokal saßen und uns unterhielten. Meine Freundin war schon früh gegangen, weil sie plötzlich Kopfschmerzen bekommen hatte. Und dann ist es einfach passiert.“

„Und was geschah dann?“, wollte Ilka wissen.

Sonja hielt kurz inne, schien wie betäubt zu sein, von den Erinnerungen, die von überall her wieder in ihr Bewusstsein traten. Sie sah starr vor sich hin, sekundenlang, dann fuhr sie fort: „Ich beschloss, es bei dieser Nacht zu belassen und niemandem davon zu erzählen. Später, als ich erfuhr, dass ich schwanger war, hatte ich sofort das Gefühl, das José der Vater ist. Aber trotzdem habe ich geschwiegen."

„Wusste José, dass er der Vater von Barbara ist?"

„Nein, ich habe es ihm nicht gesagt. Ich hatte Angst, dass José nach Deutschland kommen und meinem Mann begegnen würde. Ich wollte einfach nicht, dass meine Ehe daran zerbricht. Ich hörte nur noch einmal von ihm, als er mir ein Foto schickte." Ihre Stimme wurde zu einem Flüstern. „José und ich vor der Kathedrale der Heiligen Maria in Palma. Ich habe dieses Foto gehütet wie einen Schatz, habe es fast immer mit mir herum getragen." Für einen Moment senkte sie den Kopf. Als sie wieder aufsah, lag etwas Verzweifeltes in ihrem Blick.

„Eines Tages entdeckte Barbara das Foto, als sie ein paar Sachen in die Reinigung bringen wollte. Ich hatte vergessen, es aus meinem Mantel zu nehmen, und als sie mich danach fragte, habe ich ihr alles erzählt."

„Wann war das?"

„Das muss kurz nach ihrem 20. Geburtstag gewesen sein."

„Wie hat sie die Nachricht aufgenommen?"

„Ich hatte geglaubt, dass sie mich anschreit oder tagelang nicht mit mir redet, aber das Gegenteil war der Fall. Sie hat mich in den Arm genommen und an sich gedrückt."

„Eine ungewöhnliche Reaktion, finden Sie nicht?"

„Wie meinen Sie das?"

Ilka hielt kurz inne, um ihre Gedanken in Worte zu fassen. „Naja, wenn ich mit zwanzig erfahren würde, dass der Mann, den ich für meinen Vater gehalten habe, gar nicht mein leiblicher Vater ist, bin ich doch erst mal aufgewühlt oder fassungslos. Verstehen Sie, was ich meine?"

„Ja, das tue ich. Aber Barbara war da anders. Ich habe ihr erklärt, warum es geschah und warum ich es verheimlicht habe, und sie hat es akzeptiert."

„Und dann wollte sie ihren wirklichen Vater kennenlernen", fügte Ilka hinzu.

Sonjas Hände zitterten. „Ja, das wollte sie."

„Und? Hat sie ihn getroffen?"

„Sie werden mir nicht glauben", sagte Sonja. „Aber ich weiß es nicht. Sie war später noch zweimal auf Mallorca, aber sie hat mir nie davon erzählt, dass sie José jemals getroffen hat."

„Dann war die Suche nach einem geeigneten Laden auf Mallorca also nur ein Vorwand, um ihren leiblichen Vater ausfindig zu machen."

„Ja. Schließlich weiß mein Mann bis heute nichts von Josés Existenz."

„Wusste Sabrina eigentlich davon?"

Sonja Schulte hob zweifelnd die Schultern. „Das weiß ich nicht."

„Würden Sie mir Josés vollständigen Namen und seine Adresse geben?", fragte Ilka.

„José Luis García", antwortete sie, als hätte sie an nichts anderes gedacht. „Die Adresse suche ich Ihnen gleich raus."

„Danke, Frau Schulte", sagte Ilka und stand auf. „Im Moment wäre das alles."

Kapitel 21

Er hatte eine fürchterliche Nacht hinter sich. Pausenlos hatte er sich im Bett gewälzt, ein ewiges Pendeln zwischen Halbschlaf und Wachsein. Vor seinen Augen erschienen wieder diese Bilder, die im Laufe der Jahre immer mehr an Schärfe verloren hatten. Aus der Erinnerung entsprangen schemenhafte Gesichter, seltsam verschwommen, als befänden sie sich hinter einer beschlagenen Fensterscheibe. Namen strömten wie ein fließendes Gewässer an ihm vorbei, aber es gelang ihm nicht, ihnen ein Gesicht zu geben. Als er sich schwerfällig aus dem Bett erhob, fühlte er sich völlig erschlagen.

Er musterte sich im Spiegel, starrte in sein blasses Gesicht und stieß einen tiefen Seufzer aus. Obwohl er sich nach dem Mittag wieder für zwei Stunden ins Bett gelegt hatte, fühlte er sich immer noch nicht besser. Das Telefon läutete, aber er ignorierte es. Er ließ es einfach klingeln. Er spritzte sich kaltes Wasser ins Gesicht, um den Kopf endlich klar zu bekommen, doch seine Gedanken kreisten immer nur um die eine Sache, die er noch zu erledigen hatte.

Ein Blick auf die Uhr zeigte ihm, dass es Zeit war, zu gehen. Sein Herzschlag beschleunigte sich, obwohl ihm nicht klar war, wovor er eigentlich Angst hatte. Er hatte nichts mehr zu verlieren. Es ging nicht mehr um ihn, schon lange nicht mehr. Er hätte seinem Leben schon lange ein Ende setzen können, einfach so, ohne viel Aufsehen zu erregen, doch das würde bedeuten, dass die wahren Täter ungestraft davonkommen würden. Das konnte und wollte er nicht zulassen. Er zog sich an, trank noch einen starken Kaffee und verließ das Haus.

Es war kurz vor acht, als er seinen Wagen auf dem Parkplatz in der Nähe des Stadeums abstellte, ein Parkticket zog und es gut lesbar von innen vor die Frontscheibe legte. Er wollte nichts dem Zufall überlassen. Dann folgte er der Schiffertorstraße Richtung Innenstadt. Auf halber Strecke traf er auf zwei junge Frauen, die mit hochhackigen Pumps über das grobe Kopfsteinpflaster stolzierten. Er wandte seinen Kopf leicht zur Seite, damit sie sein Gesicht nicht sehen konnten. Ihm war klar, dass er mit Bedacht vorgehen musste. Es war um einiges schwieriger, an Hauser heranzukommen. Er musste kurz an Nils Petersen denken, an sein erstarrtes Gesicht, an seine weit aufgerissenen Augen, in denen sich die Todesangst widerspiegelte, kurz bevor die Kugel seine Stirn durchschlug.

Seine Gedanken waren von ohnmächtigem Zorn erfüllt. Von irgendwoher drangen Schritte zu ihm. Er wandte den Kopf nach allen Seiten, bis er in einiger Entfernung zwei Polizisten auf sich zukommen sah. Anscheinend hatten sie ihn noch nicht bemerkt, denn sie behielten ihr Tempo bei und sprachen miteinander. Er kehrte der Werbeagentur den Rücken zu und entfernte sich in langsamen Schritten von ihr, bis er glaubte, in Sicherheit zu sein.

Aus der Ferne beobachtete er, wie die Polizisten vor der Agentur stehen blieben, einige Sekunden verharrten und schließlich weitergingen. Er atmete tief durch, als sich die Schritte entfernten und ging wieder in die Richtung, aus der er gekommen war. Er stellte sich in eine schmale Gasse zwischen zwei Häusern und ließ den Eingang der Werbeagentur nicht mehr aus den Augen.

* * *

„Es ist schon nach halb acht. Ich mache Schluss für heute." Kevin Lindner, Florian Hausers PR-Manager, schaltete seinen Laptop aus und nahm ihn aus der Dockingstation. „Aber ich schaue mir zu Hause noch mal den neuen Internetauftritt des Baumarkts an."

„Kevin, hast du noch fünf Minuten?"

„Klar, was hast du auf dem Herzen?"

„Einen Glenmorangie?" fragte Hauser und hielt einen 25 Jahre alten Single Malt Whisky in die Höhe.

„Okay, ein Glas. Und jetzt mach es nicht so spannend." Florian schenkte den goldfarbenen Whisky ein, reichte Kevin ein Glas und prostete ihm zu.

„Kevin, du weißt hoffentlich, wie sehr ich deine Mitarbeit schätze und dass ich glaube, dass wir ein perfektes Team sind."

Kevins Brauen zuckten kurz in die Höhe. „Und wann kommt das ‚aber'?"

Florian trank einen Schluck, stellte sein Glas auf dem Empfangstresen ab und legte seine Hand auf Kevins Schulter.

„Es gibt kein ‚aber'. Was würdest du sagen, wenn ich dir eine Partnerschaft anbieten würde? Ich meine, mit Vertrag und allem, was dazu gehört."

„Dann wären wir gleichberechtigte Partner der Werbeagentur?" Kevin leerte sein Glas in einem Zug und stellte es ebenfalls ab. „Hast du dir das auch gut überlegt?"

Florian nickte. „Sonst würde ich es dir nicht anbieten. Du bist der beste PR-Manager, den ich kenne, und ich würde es gern vermeiden, dass du woanders hingehst und mir Konkurrenz machst."

Kevin brauchte nicht lange darüber nachzudenken. „Wir müssten uns nach größeren Räumen umsehen, meinst du nicht auch?"

„Ja, sehe ich genauso."

„Und ein oder zwei Mitarbeiter könnten wir auch gut gebrauchen."

„In dem Punkt stimme ich dir ebenfalls zu", sagte Florian, wollte noch einen Whisky nachschenken, doch Kevin lehnte dankend ab.

„Okay, wenn das so ist, dann bin ich dabei, Partner!"

„Super, alles Weitere besprechen wir dann morgen."

„Jetzt muss ich aber los, sonst kriege ich den Auftritt für den Baumarkt wirklich nicht mehr fertig."

Hauser schaute kurz zu Kevin und nickte ihm zu. Sie mussten oft bis spät in die Nacht arbeiten, um alle Aufträge abarbeiten zu können. Wenn die Geschäfte weiter so gut liefen, müsste er sich nach größeren Räumen für die Agentur umsehen. Er hatte im Laufe der Jahre ein gutes Gespür dafür entwickelt, wie aus einer vagen Idee ein werbewirksames Konzept entstehen könnte.

Aber er wusste auch, dass es ein Hauptproblem vieler Agenturen war, die kreativsten Mitarbeiter dauerhaft zu binden. Oft gelang das nur, wenn man sie an der Firma beteiligte. Mittlerweile hatte er es auf vier Angestellte gebracht. Neben einem Illustrator, einem Fotografen und einem Werbetexter gab es eben noch Kevin, den guten Geist der Agentur. Er hatte ein phänomenales Talent, Kunden anzuwerben. Das war auch einer der Gründe, warum Florian Hauser vor Kurzem beschlossen hatte, Kevin demnächst die Partnerschaft anzubieten. Ihm war klar, dass er sonst über kurz oder lang gehen würde.

Eigentlich hatte er sich vorgenommen, noch einmal den Werbespot für die Pizzakette zu bearbeiten, aber ihm stand nicht der Sinn danach. Seit dem Anruf konnte er sich auf nichts mehr konzentrieren. Alles schien plötzlich wieder so nah, als wäre es gestern gewesen. Für einen

Moment hatte er seinen Blick von der Fahrbahn gelöst, eine Zigarette aus der Schachtel genommen und angezündet. Er hatte darauf vertraut, dass Nils alles im Griff hatte. Er hätte es nicht zulassen dürfen, dass sich Nils in diesem Zustand ans Steuer setzte, aber er hatte es getan. Und dann starrten sie plötzlich in die Scheinwerfer des entgegenkommenden Autos.

Es war wie aus dem Nichts vor ihnen aufgetaucht. Erst waren es nur die beiden Lichtkegel, die sich in den dunklen Himmel bohrten, dann erschien der Wagen plötzlich auf der Kuppe. In seinem Kopf lief ein düsterer Film ab von dem, was geschehen war. Doch er war nicht der Regisseur des Films, sondern nur ein Darsteller. Er gehörte zu den Bösen, die das Leben zweier Menschen auf dem Gewissen hatten. Doch woher wusste der unbekannte Anrufer davon? Hatte Nils das Geheimnis preisgegeben, kurz bevor er erschossen wurde?

Florian Hauser schenkte sich noch einen Glenmorangie ein. Er trank einen Schluck und schmeckte für einen Moment die Süße von Sherry und Walnuss. Er musste an Claudia denken, an seine Tochter, die er dem besten Freund überlassen hatte, einfach so, als wäre sein eigen Fleisch und Blut nur ein lästiges Anhängsel, das seiner Karriere im Wege stand. Ja, so dachte er damals, und er hasste sich dafür. Aber jetzt spielte die Zeit für ihn. Claudia würde sich schon irgendwann beruhigen und einsehen, dass sie ohne seine Hilfe die Werkstatt niemals weiterführen könnte.

Mit dem Glas in der Hand ging er zur Eingangstür, öffnete sie und schaute sich um. Bis auf eine Frau, die zusammen mit ihrer Tochter auf der anderen Straßenseite näher kam, konnte er nichts Auffälliges entdecken. Er sah zum Himmel hinauf. Es hatte aufgehört zu regnen.

Die dunkle Wolkendecke riss ein wenig auf, und ab und zu war der blasse Halbmond zu erkennen. Hauser nippte an seinem Whisky und dachte dabei an die mahnenden Worte der Kommissarin.

Er kniff die Augen leicht zusammen und suchte angestrengt die Gegend ab, doch aus seiner Position war es unmöglich, den Mann in der dunklen Gasse zu erkennen.

* * *

Ein Lächeln umspielte die Mundwinkel des Mannes, als er sah, wie Hausers Mitarbeiter die Agentur verließ und dieses Lächeln verstärkte sich noch ein wenig, als Hauser endlich vor die Tür trat.

Jetzt war es an der Zeit, das Werk zu vollenden. Er zog seine Makarow aus der Manteltasche, schraubte den Schalldämpfer drauf und richtete die Waffe zunächst grob auf den Eingang der Werbeagentur, dann fixierte er Hauser, zielte direkt auf sein Herz und drückte ab. Einmal, zweimal. Florian Hauser taumelte nach hinten und schlug mit dem Rücken gegen den Türrahmen. Das Whiskyglas zersprang auf dem Gehweg. Der Mann sah, wie Hauser in sich zusammenfiel und reglos liegenblieb.

Es war vollbracht. Zu gern wäre er zu ihm gegangen, um sich zu vergewissern, ob dieses Schwein tatsächlich tot war. Genauso, wie er es bei Petersen getan hatte. Doch dieses Risiko konnte er jetzt nicht eingehen. Er schraubte den Schalldämpfer ab und steckte ihn zusammen mit der Waffe in die Tasche. Dann wandte er sich um und rannte davon. Er hatte die Gasse bereits einige Meter hinter sich gelassen, als er plötzlich einen Schatten im Augenwinkel bemerkte, doch es war zu spät, um noch reagieren zu können. Er war bereits mitten in der Bewegung, als er mit ihr zusammen stieß. Sie stürzten zu Boden. Die Frau stieß einen spitzen Schrei aus, als sie mit dem Kopf auf das grobe Kopfsteinpflaster fiel.

Für den Bruchteil einer Sekunde sah er in ihre entsetzten Augen. Er rappelte sich mühsam auf und erst jetzt bemerkte er das Kind, das ängstlich wimmernd auf dem Boden lag. Für einen Augenblick dachte er daran, dem Kind aufzuhelfen, doch dann wurde ihm bewusst, dass er so schnell wie möglich von hier fort musste.

Er warf einen hektischen Blick auf die Steine, um sich zu vergewissern, dass er keine Spuren hinterlassen hatte. Doch er sah zunächst nichts außer einer zerrissenen Papiertüte und die Äpfel, Birnen und Orangen, die nun verstreut um sie herumlagen. Dann entdeckte er die beiden Patronenhülsen, aber er machte sich nicht mehr die Mühe, sie aufzusammeln. Er war sich sicher, dass die Kripo den Waffentyp schon längst herausgefunden hatte. Dann lief er mit eiligen Schritten davon.

Kapitel 22

„Was?"

Der Anruf erreichte sie gerade in dem Moment, als sie unter der Dusche stand und das warme Wasser über ihren Körper lief. Nur durch Zufall hatte sie durch die beschlagene Duschkabine das leuchtende Display ihres Handys auf der Ablage vor dem Spiegel gesehen.

„Wo? Okay, ich beeile mich." Sie trocknete sich ab, zog sich an und verließ mit noch feuchten Haaren das Haus. Zum Föhnen war jetzt keine Zeit mehr. Während sie in ihren Fiat 500 stieg, rief sie Cem an und bat ihn, schon mal an den Tatort zu fahren. Als Ilka zwanzig Minuten später die Werbeagentur erreichte, war der komplette Bereich bereits abgesperrt. Sie hielt einem Polizisten ihren Dienstausweis entgegen.

„Sorgen Sie bitte dafür, dass die Leute hier verschwinden." Er nickte pflichtbewusst und begann, die Leute mit mäßigem Erfolg nach hinten zu drängen. Das Erste, was sie vom Tatort wahrnahm, war ein kleines Mädchen, das sich weinend an ihre Mutter schmiegte. Vor ihnen auf dem Kopfsteinpflaster lagen noch immer die zerrissene Papiertüte und das Obst.

Einer der Sanitäter trat an ihre Seite. „Den beiden geht es relativ gut. Die Frau hat eine kleine Platzwunde an der Stirn."

„Haben Sie den Namen der Frau?"

„Karin Rieger, und die Tochter heißt Paula."

Ilka deutete mit dem Kopf zur Agentur. „Und was ist mit dem Opfer?"

Er zuckte mit den Achseln. „Er war nicht bei Bewusstsein, als wir eintrafen. Das Opfer hat zwei Schusswunden im Brustbereich. Die eine Wunde befand sich unmittelbar in der Nähe des Herzens und die andere befand sich etwas weiter rechts. Sieht nicht gut aus. Der Notarzt hat ihn sofort in die Klinik gefahren."

„Danke." Ilka wandte sich von ihm ab und schaute sich suchend nach Cem um. Sie fand ihn zusammen mit dem Tatortfotografen Udo Berthold am Eingang der Agentur. Sie standen direkt im Licht der Scheinwerfer, die so aufgestellt waren, dass sie den kompletten Außenbereich der Agentur ausleuchteten.

„Bist du schon durch mit deinen Fotos?", fragte Ilka.

„Ja, hier draußen ist alles im Kasten", bestätigte Berthold. „Ich werde mich jetzt mal drinnen umschauen."

„Ich an deiner Stelle wäre viel lieber Modefotograf geworden", wandte Cem augenzwinkernd ein. „Dann hättest du nur hübsche Frauen um dich herum."

„War leider keine Stelle mehr frei", erwiderte Berthold mit einem verkniffenen Gesichtsausruck, dann bückte er sich und hob die Nummerntafel auf, die neben dem zersplitterten Glas platziert war. „Falls Ihr Thomas sucht, der ist in der Agentur."

„Sieht so aus, als hätte unser Unbekannter seine Drohung wahr gemacht", sagte Cem.

„Du glaubst, dass es derselbe Täter war, der auch Petersen umgebracht hat?"

„Es spricht vieles dafür", bestätigte Cem. „Würde mich jedenfalls wundern, wenn die Kollegen von der Ballistik etwas anderes herausfinden würden."

„Wann fielen die Schüsse?"

„Das muss kurz nach acht gewesen sein. Bisher haben wir allerdings niemanden gefunden, der die Schüsse gehört hat. Deshalb könnte es sein, dass der Täter einen Schalldämpfer benutzt hat."

„Spuren?"

„Nein, leider nicht so viel. Aber so nah wie beim letzten Mal kam der Täter offensichtlich nicht an sein Opfer heran. Er hat von der gegenüberliegenden Straßenseite geschossen und als er fliehen wollte, ist er mit der Zeugin zusammengestoßen. Die Kugeln müssten noch in Hausers Körper stecken. Gefunden haben wir am Tatort jedenfalls keine. Stattdessen hat der Täter die Patronenhülsen liegenlassen. Dieses Mal hat er sich nicht mehr die Mühe gemacht, sie einzusammeln."

„Wo ist Kai?"

„Der ist mit ins Krankenhaus gefahren. Er wird die Kugeln in die Ballistik bringen, sobald Hauser operiert wurde."

„Okay", sagte Ilka. „Mach du hier weiter. Ich kümmere mich in der Zwischenzeit um die Zeugin."

Doch bevor es dazu kam, schlüpfte ein junger Mann unter dem Flatterband hindurch und lief direkt auf Ilka zu.

„Mein Gott, was ist passiert?", rief er in die Menge hinein. „Wer kann mir sagen, was hier los ist?" Ilka stellte sich ihm in den Weg.

„Würden Sie mir erst mal Ihren Namen verraten?"

„Kevin Lindner", sagte er. „Sagen Sie mir jetzt, was passiert ist?"

Ilka dachte nicht daran, ihm so ohne Weiteres bereitwillig Auskunft zu geben. „In welchem Verhältnis standen Sie zu Florian Hauser?"

„Ich bin der PR-Manager und Partner von Florian Hauser." Er fuhr mit den Handflächen über sein kurzgeschnittenes, braunes Haar. „Ich arbeite seit fünf Jahren mit Florian zusammen."

„Herr Hauser wurde Opfer eines Mordanschlags", sagte Ilka und beließ es fürs Erste dabei.

„Ein Mordanschlag?" Er schüttelte heftig den Kopf. „Wie ist das passiert und wann?"

„Herr Hauser wurde niedergeschossen", sagte Ilka, ohne zu viel zu verraten.

„Wie geht es ihm?"

„Das kann ich Ihnen nicht sagen", antwortete Ilka wahrheitsgemäß. „Aber die Ärzte werden alles tun, versprochen."

„Oh, mein Gott", wiederholte er und starrte vor sich auf das Kopfsteinpflaster.

„Wann haben Sie Florian Hauser das letzte Mal gesehen?"

Er hob unschlüssig die Schultern. „Das müsste so gegen halb acht gewesen sein. Wir haben noch einen Whisky getrunken und uns kurz über die Zukunft der Agentur unterhalten."

„Und warum sind Sie nochmal zurückgekommen?"

„Ich wollte mir zu Hause noch den neuen Internetauftritt des Baumarkts anschauen, habe aber ein paar Unterlagen in der Agentur vergessen. Ich wohne nur zehn Gehminuten von hier entfernt, deshalb bin ich noch einmal zurückgekommen, um die Unterlagen zu holen."

„Kommt es öfter vor, dass Sie so lange arbeiten?"

„Wir arbeiten oft bis spät in die Nacht, da wir zurzeit viele Aufträge haben."

„Wie ist Ihr Verhältnis zu Florian Hauser?"

„Perfekt", antwortete Lindner ohne nachzudenken. „Florian hat mir heute Abend sogar die Partnerschaft angeboten. Und wir hatten auch schon darüber gesprochen, uns räumlich zu vergrößern und neue Mitarbeiter einzustellen."

„An welchen Projekten haben Sie gerade gearbeitet?", fragte Ilka.

„Meistens arbeiten wir an Internetauftritten, Werbeplakaten und kurzen Werbefilmen für regionale Unternehmen."

„Gab es jemanden, mit dem er Ärger oder Streit hatte?"

„Der eine oder andere hat mal gemeckert, weil es ein wenig länger dauerte, aber von Streit und Ärger weiß ich nichts."

„Kennen Sie einen Mann namens Nils Petersen?"

„Nein, wer soll das sein?"

„War nur so eine Frage", wich Ilka aus. „Das wäre es auch schon, Herr Lindner. Kommen Sie bitte morgen in die Inspektion, um Ihre Aussage zu Protokoll zu geben." Er deutete zum immer noch hell erleuchteten Eingang der Agentur.

„Kann ich kurz rein? Ich bräuchte noch ein paar Sachen."

„Das geht leider noch nicht", sagte Ilka. „Die Spurensicherung wird noch eine Weile brauchen."

Ilka nickte ihm freundlich zu und wies einen Polizisten an, ihn hinter die Absperrung zu bringen. Dann ging sie auf die Zeugin zu, die immer noch geschockt dastand und ihre Tochter fest an sich drückte.

„Tut mir leid, dass Sie warten mussten, Frau Rieger. Ilka Hansen, Kripo Stade. Fühlen Sie sich in der Lage, ein paar Fragen zu beantworten?" Die Frau schaute sich hektisch um, als wollte sie sich vergewissern, dass der Mann nicht mehr in ihrer Nähe war. Erst dann fing sie Ilkas Blick auf.

„Wenn ich Ihnen helfen kann, gern."

„Können Sie den Mann beschreiben, der Sie umgerannt hat?"

„Er war groß, bestimmt einen Kopf größer als ich und trug einen dunklen Mantel." Während sie das sagte, schmiegte sich ihre Tochter noch enger an sie.

„Konnten Sie sein Gesicht erkennen?", hakte Ilka nach.
„Nein. Es war dunkel und es ging alles so schnell. Er tauchte plötzlich aus dem Nichts vor mir auf und rannte mich um."
„Haben Sie gesehen, wie der Mann geschossen hat?"
Die Frau schüttelte den Kopf. „Nein. Ich habe weder die Schüsse gehört, noch weiß ich, woher der Mann kam." Sie deutete mit ausgestrecktem Arm zum Eingang der Agentur. „Ich habe nur gesehen, wie der Mann dort hinten vor der Tür zusammenbrach und wie das Glas zersplitterte."
Sie strich ihrer Tochter liebevoll über den Kopf. „Können wir jetzt gehen?"
„Ja." Ilka winkte einen Polizisten zu sich. „Der Kollege wird Sie nach Hause bringen."
Ilka sah ihnen nach und dachte kurz daran, wie viel Glück diese Frau und ihre Tochter hatten. Schließlich waren sie mit einem Täter zusammengestoßen, der zu allem fähig war und der seine Waffe vermutlich immer noch bei sich trug. In diesem Augenblick fiel Ilka ein, was sie total vergessen hatte.
„Frau Rieger!"
Die Frau blieb neben dem Polizisten und ihrer Tochter stehen und wandte sich um. „Ja?"
„Würden Sie bitte meinem Kollegen Ihre Jacke mitgeben, wenn Sie zu Hause sind? Wir würden sie gern auf Faserspuren untersuchen."
„Ja, natürlich." Ilka atmete tief durch und wartete, bis sie außer Sichtweite waren. Dann trat sie an Cems Seite und erzählte ihm von der Beschreibung des Mannes.
„Das könnte jeder gewesen sein", sagte er mit einem Anflug von Resignation in der Stimme. „Das Beste wird sein, wenn wir uns mal in Hausers Büro umsehen.

Vielleicht finden wir etwas, das uns weiterbringt."

Sie ließen sich von den Kollegen der Spurensicherung Handschuhe und Schuhüberzieher geben, durchquerten den Empfangsraum der Agentur und öffneten die Tür zu Florian Hausers Büro. Cems erster Blick fiel auf das Aktenregal, das sich über die ganze gegenüberliegende Wand erstreckte.

„Das ist dann wohl die nächste Nachtschicht", stöhnte er auf.

„Vielleicht auch nicht", sagte Ilka und hielt einen kleinen Schlüssel in die Höhe. „Die Spusi hat ihn beim Opfer gefunden. Jetzt brauchen wir nur noch das passende Schloss."

Cem betrachtete das Durcheinander auf dem Schreibtisch. Er zog sich die Gummihandschuhe an, nahm die oberste Zeitung vom Stapel und überflog die Schlagzeile. Er wollte die Zeitung schon wieder aus der Hand legen, als er das Foto von Barbara Schulte entdeckte.

„Schau dir das mal an." Er reichte ihr die Zeitung. „Genauso, wie wir es im Büro von Nils Petersen vorgefunden haben. Auch hier liegt die ältere Zeitung ganz oben auf dem Stapel. Also bei mir liegt die aktuelle Ausgabe immer oben. Ist das alles nur ein Zufall?"

„Soll ich ehrlich sein?"

„Ich bitte darum."

Ilka hielt kurz inne und sagte dann: „Ich habe keine Ahnung. Und jetzt lass uns endlich anfangen, nach diesem verdammten Schloss zu suchen. Vielleicht sind wir danach schlauer."

In der nächsten halben Stunde durchsuchten sie systematisch das Büro. Ilka war schon drauf und dran, die Durchsuchung zu beenden, als sie einen Aktenordner aus dem Regal nahm. Beinahe hätte sie übersehen, dass hinter diesem Ordner nicht die eigentliche Wandfarbe zum Vorschein kam, sondern ein stumpfes Grau. Sie zog noch zwei weitere Ordner heraus und blickte direkt auf einen Wandtresor.

„Cem!", rief sie. „Komm her. Ich habe es gefunden!" Sie steckte den Schlüssel ins Schloss, drehte ihn herum und öffnete den Safe. Neben einer ganzen Reihe von Verträgen fand Ilka auch einen Umschlag, in dem sich Fotos befanden, die sofort ihre Aufmerksamkeit erregten. Sie verließ mit dem Umschlag das Büro und bedeutete Cem, ihr zu folgen. Sie legte das erste Foto auf den Empfangstresen.

„Was siehst du, Cem?"

„Eine weiße BMW-Limousine", antwortete er. „Vermutlich aus der 7er Reihe, ab circa 80 000 Euro zu haben."

„Seit wann kennst du dich so gut mit Autos aus?"

„Wenn du länger mit Kai zusammenarbeitest, kommt das automatisch."

„Okay, und hier?" Ilka legte das nächste Foto auf den Tresen.

„Wow", entfuhr es Cem. „Wenn ich mich nicht täusche, ist das Nils Petersen."

„Sehe ich auch so", pflichtete Ilka ihm bei. „Und jetzt?"

Cems Augenbrauen schossen in die Höhe. „Derselbe Wagen, nur jetzt in Schwarz!"

„Und das Kennzeichen wurde auch gewechselt", fügte Ilka hinzu. „Anscheinend ist Florian Hauser dahinter gekommen, dass sein alter Kumpel geklaute Autos umspritzt und hat heimlich diese Fotos gemacht. So, wie es ausschaut, hat er Nils damit erpresst. So konnte er sicher sein, dass Petersen den Mund hält und die Sache mit dem Unfall für sich behält."

Cem nickte zustimmend. „Ja, das passt. Petersen will nicht länger mit dieser Schuld leben und will zur Polizei gehen. Das wiederum konnte Hauser nicht zulassen. Also drohte er Nils mit der Veröffentlichung der Fotos. Damit wäre Petersen am Ende gewesen. Von der Seite aus hatte er also nichts zu befürchten. Und das wäre wohl auch so geblieben, wenn nicht plötzlich Barbara Schulte aufgetaucht wäre."

„Sie hat es herausgefunden und die beiden zur Rede gestellt", ergänzte Ilka. „Und das war ihr Todesurteil. Noch können wir es nicht beweisen, aber es ist plausibler, als alles, was wir bisher hatten."

Cem hielt plötzlich inne. Er massierte mit den Fingerspitzen seine Schläfen und dachte angestrengt nach.

„Die Körpergröße könnte hinkommen, und so einen Mantel habe ich beim letzten Besuch bei Schulte an der Garderobe gesehen", dachte er laut nach. „Und das Alibi mit seiner depressiven Frau ist auch sehr dünn."

„Wie meinst du das?"

„Mal angenommen, er gibt ihr die entsprechenden Schlafmittel. Dann kann er sich problemlos für ein paar Stunden von ihr entfernen. Sie bekommt nichts mit und denkt, dass er die ganze Zeit in ihrer Nähe war."

„Wäre möglich", antwortete Ilka zögernd. „Aber traust du ihm das zu?"

„Vom Gefühl her eher nicht. Aber wenn ich darüber nachdenke, was Schulte alles durchmachen musste, bin ich mir nicht mehr sicher."

Ilka nickte. „Klingt auf jeden Fall plausibel. Und wenn wir viel Glück haben, dann finden wir an der Jacke der Zeugin auch die Faserspuren seines Mantels. Und dann haben wir ihn! Komm, lass uns fahren."

Auf dem Weg zum Auto tippte sie die Nummer des

Polizeikommissariats in Buxtehude ein und bat darum, mit Kommissar Jan Wiegandt verbunden zu werden. Während sie auf den Buxtehuder Kollegen wartete, warf sie Cem den Autoschlüssel zu. „Fahr du. Das dauert hier noch."

Während er den Motor anließ, war von Wiegandt immer noch nichts zu hören.

„Er wird nicht sehr erfreut sein, dass du ihn um diese Uhrzeit noch sprechen willst", bemerkte Cem.

„Ich würde jetzt auch lieber auf der Couch liegen", konterte Ilka und wartete weiter. Sie verließen bereits die Harburger Straße Richtung Autobahn, als sich Wiegandt endlich meldete.

„Tut mir Leid, dass ich so spät noch störe, aber es ist wirklich dringend."

„Ist schon gut, Frau Kollegin. Was gibt's?"

Sie erzählte ihm in groben Zügen, was vorgefallen war und äußerte ihren Verdacht gegenüber Klaus Schulte. Schließlich gab sie ihm noch die Adresse durch.

„Und wenn er nicht da ist", fügte sie am Schluss dazu, „geben Sie bitte eine Fahndung raus. Wir kommen so schnell es geht."

Kaum hatte sie das Gespräch beendet, wählte sie die Nummer vom Elbe Klinikum in Stade und ließ sich mit dem diensthabenden Oberarzt verbinden.

„Ilka Hansen, Kripo Stade." Der Oberarzt am anderen Ende der Leitung wusste offenbar sofort, um wen es ging. Ilka lauschte seinen Worten, während Cem ungeduldig mit den Fingern auf dem Lenkrad trommelte.

Als Ilka das Gespräch endlich beendet hatte, konnte Cem es kaum erwarten, die Neuigkeiten zu erfahren. Doch Ilka schüttelte nur mit dem Kopf.

„Er mag ein guter Arzt sein, aber was Schweigepflicht

und vertrauliche Daten betrifft, ist er noch ganz am Anfang."

„Wie meinst du das?"

„Naja, ich hätte auch diejenige sein können, die ihn töten wollte, und dann wüsste ich jetzt, dass er es mit viel Glück überleben wird."

„Also kommt er durch?"

„Sie haben ihn operiert und die Kugeln entfernt. Aber er hat sehr viel Blut verloren. Wenn er die Nacht überlebt, könnte er es schaffen. Jetzt heißt es einfach nur abwarten."

Kapitel 23

Als sie gut 20 Minuten später Schultes Haus erreichten, war zu ihrem Erstaunen niemand dort. Nirgends war ein Streifenwagen oder einer von Wiegandts Leuten zu entdecken. Ilka schaute kurz zum Haus, doch sie konnte weder einen Lichtschein noch irgendeine Bewegung ausmachen.

„Seltsam“, entfuhr es ihr. „Eigentlich hatten wir doch vereinbart, dass wir uns hier treffen, oder?“

„Irgendetwas ist da wohl schief gelaufen“, vermutete Cem. „Und nun?“

„Und nun fahren wir zum Kommissariat“, schlug Ilka vor. „Und dann schauen wir mal, was da los ist.“

* * *

Als Cem wenige Minuten später den Fiat vor der Buxtehuder Polizeidienststelle parkte, wurden sie bereits vor dem Eingang erwartet.

„Kommissar Jan Wiegandt“, stellte er sich vor. „Oberkommissarin Hansen, nehme ich an.“

„Ja, das bin ich. Und das ist mein Kollege Cem Kayaoglu.“

„Freut mich sehr, Sie mal persönlich kennenzulernen.“

Sie lächelte gezwungenermaßen. „Freut mich auch. Nur die Umstände hätten angenehmer sein können.“

„Ihre Aufklärungsrate liegt bei hundert Prozent“, sagte Wiegandt, als hätte er ihren Einwand überhört. „So etwas spricht sich im Landkreis rum.“

„Danke für das Kompliment“, sagte sie. „Aber wir würden jetzt gern erfahren, warum wir keinen Ihrer Leute bei den Schultes angetroffen haben. Wir wollten uns doch dort treffen.“

„Natürlich. Kommen Sie.“ Er führte sie in sein Büro,

schaltete das Licht ein und bot ihnen einen Platz gegenüber seinem Schreibtisch an.

„Das Haus war verschlossen, alles war dunkel, und verdächtige Geräusche waren auch nicht zu hören. Danach haben wir Klaus Schulte zur Fahndung ausgeschrieben. Das war alles, was wir tun konnten."

Ilka wechselte einen kurzen Blick mit Cem.

„Und was ist mit seiner Frau Sonja? Soviel ich weiß, verlässt sie so gut wie nie das Haus, höchstens für Arztbesuche oder Therapiestunden. Und beides können wir um diese Uhrzeit wohl ausschließen."

Wiegandt zuckte mit den Schultern. „Wie gesagt, keine Geräusche, kein Licht, einfach nichts, was darauf hindeuten würde, dass jemand im Haus ist."

„Egal, ob er unser Mörder ist oder nicht. Er würde auf jeden Fall auf dem schnellsten Weg zurück zu seiner Frau fahren. Sie braucht ihn, und das weiß er auch! Egal, was er auch getan haben mag, er würde niemals seine Frau im Stich lassen." Ilka war sich selten so sicher.

„Der Wagen der Schultes stand jedenfalls vor der Garage und die Motorhaube war kalt", gab Wiegandt zu bedenken. Damit ist er jedenfalls nicht unterwegs gewesen. Vielleicht sind sie zusammen weggegangen."

„Ja, mag sein, auch wenn ich das nicht glauben kann." Sie warf Wiegandt einen irritierten Blick zu. „Deshalb wäre es hilfreich gewesen, wenn Sie im Haus nachgeschaut hätten."

„Um mir dann von seinem Anwalt eine Dienstaufsichtsbeschwerde einzuhandeln? Es muss schon einiges vorliegen, damit wir ohne Zustimmung des Eigentümers in dessen Haus eindringen dürfen."

„Wie wäre es mit Mordverdacht oder Gefahr im Verzug?", mischte sich Cem ein.

„Haben Sie konkrete Hinweise oder einen Beweis, dass Schulte der Täter ist?", kam es unwirsch zurück. „Irgendetwas, das ein Betreten des Hauses rechtfertigen würde?"

Ilka presste die Lippen fest aufeinander. Was hatten sie wirklich gegen Schulte vorzubringen? Mehr als ein Verdacht war es im Endeffekt nicht. Aber sie wollte sich hier und jetzt nicht die Blöße geben, die Frage zu verneinen, stattdessen schüttelte sie nur verärgert den Kopf. Was für ein Sturkopf. Klar gab es Gesetze und Vorschriften, an die sich alle halten mussten. Aber dieses hier war eine Mordermittlung, und das erforderte manchmal auch schnelles Handeln.

Als Ilka nichts erwiderte, fügte er hinzu: „Es gab wirklich keinen Anlass dazu. Die Kollegen waren rechtzeitig vor Ort und haben nichts Auffälliges bemerkt."

„Vielleicht hat er die Bahn genommen", sagte sie, sichtlich bemüht, ruhig zu bleiben. „Die Schüsse fielen kurz nach acht. Ich war um halb neun am Tatort, und danach verging noch einmal eine halbe Stunde, bevor ich Sie angerufen habe. Wenn es Klaus Schulte tatsächlich war, hätte er genug Zeit gehabt, um mit der Bahn nach Hause zu fahren. Er hätte also durchaus schon vor dem Eintreffen Ihrer Kollegen wieder in seinem Haus sein können."

„Frau Hansen, ich möchte Ihnen ja helfen, aber Sie wissen schon, dass dies nicht Ihr Zuständigkeitsbereich ist, oder?" Er stand auf, ging um seinen Schreibtisch herum auf Ilka zu und steckte seine Hände in die Hosentasche.

„Glauben Sie wirklich, dass ich einfach so ein Haus aufbrechen lasse, ohne dass es schwerwiegende Gründe dafür gibt? Wenn das schief geht, trage ich die Verantwortung. Nicht Sie!"

Ilka richtete sich auf und fixierte ihn mit ihren Augen.

„Wir haben einen Mord, einen Mordanschlag und

ein Skelett im Wald. Das Verschwinden dieser jungen Frau lag übrigens auch in Ihrem Zuständigkeitsbereich, aber das nur ganz nebenbei. Ich will den Mörder von Nils Petersen und ich will denjenigen, der die Schüsse auf Florian Hauser abgegeben hat. Und wenn Sie jetzt nicht kooperieren, möchte ich später nicht in Ihrer Haut stecken."

Sie atmete tief durch. Sie war selbst ein wenig überrascht über die harten Worte, die gerade über ihre Lippen kamen.

„Sie haben es ja selbst gesagt", fügte sie in einem gemäßigteren Ton hinzu. „Meine Aufklärungsrate liegt bei hundert Prozent, und ich möchte es verdammt noch mal verhindern, dass sich das ändert!"

Sie verschränkte ihre Arme provozierend vor der Brust. „Herr Wiegandt, Sie haben doch damals diesen Fall bearbeitet, oder?"

„Ja, aber es war einer der schwierigsten Fälle, die ich je hatte."

„Inwiefern schwierig?", wollte Cem wissen.

„Sie wissen doch selbst, wie das abläuft", entgegnete er. „Normalerweise wartet man 48 Stunden ab, ob die Person nicht doch von allein wieder auftaucht. Was ja auch oft schon geschehen ist. Außerdem wurden im letzten Jahr allein in Deutschland knapp 7000 Personen als vermisst gemeldet, und täglich gibt es 300 neue Anzeigen."

„Ich kenne die Statistik", konterte Ilka unbeeindruckt. „Aber nur drei Prozent der Personen werden länger als ein Jahr vermisst."

Er schaute sie aus leicht zusammengekniffenen Augen an. „Es ist nicht so einfach, eine Ermittlung zu beginnen, wenn man noch nicht einmal weiß, ob es sich um ein Verbrechen handelt oder ob jemand absichtlich untertauchen will. Als wir die Alibis überprüften, wussten wir nicht einmal, ob sie am Tag ihres Verschwindens umgebracht wurde. Es hätte auch Tage später passiert sein können, und was wären die Alibis dann wert gewesen? Wenn Sie mich fragen, nichts!“

Ilka musste ihm zustimmen. Ein Mord ohne Leiche und Tatzeit aufzuklären, war nahezu unmöglich.

„Selbst als wir ihr Foto in den Zeitungen veröffentlichen ließen, gab es keinen brauchbaren Hinweis. Es schien so, als hätte sie sich am Tag ihres Verschwindens in Luft aufgelöst.“

„Aber irgendwo muss sie gewesen sein“, warf Ilka ein. „Aber es wird nicht leicht, das jetzt noch herauszufinden.“

Wiegandt schaute Ilka von der Seite an. „Was meinen Sie mit ‚jetzt‘? Wollen Sie damit andeuten, dass ich es damals hätte herausfinden müssen?“

Ilka schüttelte heftig mit dem Kopf. „Nein, Herr Wiegandt, so war das nicht gemeint.“

„Doch, ich glaube schon“, entgegnete er sichtlich enttäuscht von ihrer Anspielung, doch er gab sich die größte Mühe, das Gespräch professionell weiterzuführen. „Wir waren uns noch nicht einmal sicher, ob sie wirklich in Hamburg war. Sie hat das Ticket am Fahrkartenschalter gekauft, weil der Automat auf dem Bahnhof außer Betrieb war. Das haben wir überprüft. Aber ob sie tatsächlich im Zug saß, konnten wir nicht beweisen. Egal, was Sie jetzt denken, Frau Hansen. Wir haben wirklich alles versucht, Barbara Schulte zu finden. Aber niemand konnte damals vorhersehen, dass der Täter sein Opfer in einem Wald verscharrte, noch dazu in Harsefeld. Selbst die Suchtrupps und Hundestaffeln hätten uns nichts genützt, weil wir so weit vom Wohnort niemals gesucht hätten.“

Betretenes Schweigen breitete sich in dem Raum aus. llka ließ Jan Wiegandts Worte noch einmal an sich vorüber ziehen und musste sich eingestehen, dass sie ihre Meinung über ihn revidieren musste. Er hatte tatsächlich alles, was in seiner Macht stand, getan, um Barbara Schulte zu finden. Mehr hätte Ilka in seiner Situation auch nicht tun können. Sie schaute zu ihm hin und sah in seinen Augen, dass ihm der Fall nahe ging.

„Frau Hansen, darf ich Sie etwas Persönliches fragen?"

Für einen Moment schaute sie ihn irritiert an. „Ja, natürlich."

„Warum sind Sie zur Kripo gegangen?"

„Aus dem gleichen Grund wie Sie, nehme ich an", sagte sie ausweichend.

„Wenn das so ist, dann wissen Sie wohl auch, dass ich alles dafür gegeben hätte, diesen Fall aufzuklären und Barbaras Mörder zu finden. Sonst hätte ich den falschen Beruf gewählt, oder?" Das saß! Er sagte es mit einer Eindringlichkeit, dass sich jeder Kommentar erübrigte. Ilka kam sich fast ein wenig schäbig vor, dass sie an der Arbeit ihres Kollegen gezweifelt hatte.

Bevor sich Ilka Worte der Entschuldigung zurechtlegen konnte, legte er seinen Kopf in den Nacken und bewegte seine Schultern, als wollte er eine Verspannung lösen.

„Nächtelang habe ich hinter meinem Schreibtisch verbracht und mich gefragt, warum sie von einem Tag auf den anderen verschwand und warum jemand einen Grund gehabt haben könnte, sie umzubringen ... eine junge, bildhübsche Frau, die von einem eigenen Kosmetikstudio träumte und ihr ganzes Leben noch vor sich hatte.

Natürlich habe ich auch darüber nachgedacht, ob ihre Freundin Sabrina der Schlüssel zur Lösung sein könnte. Wir haben nach Hinweisen gesucht, ob Barbara irgendetwas über den Unfall ihrer Freundin herausbekommen hatte und deshalb sterben musste. Aber wir haben nichts gefunden; keine auffälligen Kontobewegungen, keine Hinweise oder Notizen in ihrem Zimmer, selbst die Handyortung führte ins Nichts. Wir hatten ja noch nicht mal ihre Leiche." Er schenkte sich einen Kaffee nach.

„Auch einen?" Ilka schüttelte den Kopf. Er trank einen Schluck, bevor er fortfuhr: „Damals war es für mich die einzig plausible Erklärung. Falls sie wirklich dahinter gekommen ist, wer damals den Unfall verursacht hat, dann könnte das ihr Todesurteil gewesen sein. Der oder die Fahrer hätten es niemals zugelassen, dass sie alles der Polizei erzählt."

„Ja", pflichtete sie ihm schließlich bei. „Wir wissen inzwischen, wer damals den Unfallwagen gefahren hat. Es war Nils Petersen, und neben ihm saß Florian Hauser. Der eine ist jetzt tot und der andere liegt schwerverletzt im Krankenhaus." Ilka schilderte ihm in knappen Sätzen, was sie bisher herausgefunden hatte. „Vielleicht erfahren wir mehr von Florian Hauser, sobald er ansprechbar ist."

Wiegandt nickte gedankenverloren. „Ich habe lange überlegt, wem sich Barbara anvertraut haben könnte. Am Ende blieb nur noch ihre Freundin Sabrina übrig. Aber sie wusste von nichts. Jedenfalls hat sie das bei der Vernehmung behauptet."

„Haben Sie ihr geglaubt?", fragte Ilka nach.

Er hob unschlüssig die Schultern. „Wenn man jemand etwas anvertraut, dann ja wohl der besten Freundin. Aber vielleicht hat sie tatsächlich auf eigene Faust versucht, den Unfallfahrer zu finden."

Ilka dachte kurz über Wiegandts Worte nach. „Es ist schon seltsam", sagte sie dann, „dass sie nirgends etwas niedergeschrieben hat. Keine Mail, keine Notiz oder sonst etwas."

„Dann hatte sie es bei sich, als sie ihren Mörder traf", schlussfolgerte er. „Sie wollte ihn mit ihren Aufzeichnungen konfrontieren. Er brachte sie um und nahm die Unterlagen an sich. Und ihr Handy und die Geldbörse nahm er gleich mit."

„Er nahm fast alles an sich", korrigierte Ilka. „Bis auf eine goldene Kette mit Herzanhänger. Wir haben sie ganz in der Nähe des Skeletts gefunden. Vermutlich ist die Kette abgerissen, als der Täter sein Opfer in den Wald geschleppt hat."

„Darf ich fragen, was die Ermittlungen ergeben haben, Kollegin?"

Bevor sie antworten konnte, sagte Cem: „Ich gehe mal nach draußen und versuche Kai über Handy zu erreichen."

„Ja, mach das." Ilka wartete, bis Cem das Büro verlassen hatte und wandte sich dann wieder dem Buxtehuder Kollegen zu.

„Viel haben die Ermittlungen nicht ergeben. Die Kette hat sie von ihrem Freund Oliver Koch bekommen. Sie haben ihn damals auch vernommen. Am Tag ihres Verschwindens war er bis weit nach Mitternacht als Darsteller bei einem Krimi-Dinner in Hamburg."

Wiegandt zögerte kurz. „Ja, ich erinnere mich. Zunächst dachten wir, dass Barbara ihn treffen wollte. Das Bahnticket würde passen, aber es gab nicht den geringsten Hinweis, dass sie sich getroffen haben. Im Gegenteil. Seine Kollegen vom Krimi-Dinner haben übereinstimmend ausgesagt, dass Oliver während der gesamten Proben, der Aufführung und des Abbaus anwesend war. Und niemand konnte sich an eine Frau erinnern, die Barbara gewesen sein könnte."

Ilka atmete tief durch. „Tut mir leid, wenn ich an Ihren Ermittlungen gezweifelt habe", sagte sie leise. „Nehmen Sie meine Entschuldigung an?"

Ein Lächeln huschte über sein Gesicht. „Entschuldigung angenommen." Er streckte ihr die Hand entgegen.

„Ein guter Zeitpunkt, das blöde ‚Sie' wegzulassen, oder? Ich bin Jan."

Sie erwiderte sein Lächeln und nahm seine Hand.

„Ja, finde ich auch."

„Ilka, ich wollte dir nur klarmachen, dass wir alles versucht haben, um den Fall aufzuklären, okay?"

Sie nickte. „Ja, die Botschaft ist angekommen."

„Und was schlägst du jetzt vor?"

„Entweder wir besorgen uns ganz offiziell einen Durchsuchungsbeschluss oder wir kommen gemeinsam zu dem Entschluss, dass tatsächlich Gefahr im Verzug ist. Dann könnten wir sofort losfahren."

Jan dachte für einen Moment darüber nach, dann erhob er sich und nahm sein Sakko von der Stuhllehne.

„Ich bin für Losfahren, und du?"

Ein Lächeln umspielte ihre Mundwinkel. „Ich auch."

Auf dem Weg nach draußen, fragte er sie: „Hältst du mich auf dem Laufenden, wenn du wieder in Stade bist? Genau genommen ist es ja unser gemeinsamer Fall."

„Das überleg ich mir noch", erwiderte sie todernst, um im nächsten Moment mit einem Lächeln zu ergänzen: „Na klar. Wir haben doch beide das gleiche Ziel, oder?"

Jan nickte. „Ja, das haben wir."

* * *

Es dauerte nicht mehr als zehn Minuten, bis sie vor dem Haus von Klaus Schulte standen. Ilka klingelte einmal, dann noch einmal. Sie wechselte einen kurzen Blick mit Wiegandt.

„Alles dunkel und verschlossen“, sagte Cem, der rasch einmal um das Haus gegangen war.

„Gut, dann machen wir es jetzt.“

Wiegandt nickte und winkte den Mann vom Schlüsseldienst zu sich. Keine fünf Minuten später war die Tür offen. Ilka trat ein und winkte Cem zu sich.

„Was machen wir, wenn niemand hier ist?“, flüsterte sie.

„Dann stehen wir blöd da“, gab er zurück. Sie spürte schon wieder einen Anflug von Zweifel in sich aufsteigen. Was wäre, wenn es für das alles hier eine logische Erklärung gab? Dann hätte sie sich vor den Buxtehuder Kollegen zum Narren gemacht. Und wie sie die ganze Geschichte ihrem Chef Patrick Dannenberg erklären sollte, war ihr ebenfalls noch schleierhaft.

„Okay, du sicherst die linke Flanke und ich die rechte!“ Cem nickte stumm und zog ebenfalls seine Heckler & Koch aus dem Holster.

„Los geht's!“ Sie durchkämmten jedes Zimmer im Erdgeschoss. Nirgendwo auch nur der kleinste Hinweis, dass sich jemand in diesem Haus aufhielt.

Vorsichtig stiegen sie die Treppe hinauf. Sie betraten das Schlafzimmer der Schultes, dann Barbaras Zimmer, in der die Zeit stillzustehen schien. Es sah so aus, als wäre hier seit Barbaras Verschwinden nichts verändert worden. Als nächstes Zimmer war das Bad an der Reihe.

Als Ilka die Tür öffnete, blieb ihr beinahe das Herz stehen. Sie starrte auf die Frau hinunter, in das weiße Gesicht einer Toten. Sie lag in der Wanne, das Wasser war von ihrem Blut rot verfärbt. Ihr linker Arm hing schlaff über den Wannenrand. Auf dem Boden lag ein blutiges Rasiermesser, daneben standen eine leere Flasche Wein und ein benutztes Glas. Sie hatte sich die Pulsadern aufgeschnitten und es sah nicht danach aus, als hätte ihr jemand dabei geholfen.

„Oh, mein Gott“, entfuhr es Ilka, während sich Cem abwandte und aus dem Bad ging. Ilka schaute sich immer noch fassungslos um. Auf der Ablage über dem Waschbecken entdeckte sie ein Stück Papier, das einmal gefaltet war. Ilka zog sich ein Paar Einweghandschuhe an, nahm das Papier an sich und las die Zeilen, die in einer schön geschwungenen Schrift niedergeschrieben waren:

* * *

Geliebter Klaus,

es fällt mir unendlich schwer, diese Zeilen zu schreiben. Bitte sei mir nicht böse, dass ich es dir nicht selber sagen kann. Dafür fehlen mir der Mut und die Kraft. Aber du sollst wissen, dass ich nichts bereue. Keine Sekunde, die wir zusammen verbracht haben, möchte ich missen und ich bin dankbar für die Zeit, die ich mit dir verbringen durfte.

Du hast dein eigenes Leben aufgegeben, um für mich da zu sein. Du hast mir die Hand gehalten in den Nächten, in denen ich nicht in den Schlaf fand, hast mich in den Armen gehalten, wenn ich verzweifelt war. Dafür bin ich dir für immer dankbar.

Doch jetzt ist der Tag gekommen, an dem ich keine Kraft mehr habe. Ich bin unendlich traurig, dich nie wiederzusehen, doch ich bin nicht stark genug, um dagegen anzukämpfen. Seit ich weiß, dass unsere Tochter nicht mehr zurückkehrt, spüre ich eine unglaubliche Leere, wie ich sie noch nie zuvor empfunden habe. Während ich diese Zeilen schreibe, läuft das warme Wasser in die Badewanne. Ich werde mich hineinlegen, mit einem Glas Wein in der Hand, und noch einmal an die glücklichen Stunden denken, die wir miteinander verbracht haben.

Doch was spielt das alles noch für eine Rolle? Unsere Tochter ist tot, und mit ihr starb auch ein Teil von mir. Du wirst dich fragen, warum ich diesen Tag und diese Stunde gewählt habe, um meinem Leben ein Ende zu setzen. Morgen wird unsere Tochter beerdigt. Ich habe lange mit mir gekämpft, habe versucht, die Dämonen in mir zu vertreiben, aber es ist mir nicht gelungen.

Ich habe keine Kraft mehr, vor das Grab meiner Tochter zu treten. Der Schmerz und die Trauer, all das ist viel größer als die Angst vor dem eigenen Tod. Vielleicht wirst du mich dafür hassen, und du hättest auch allen Grund, es zu tun, aber ich werde jetzt meiner Tochter folgen.

Wenn ich gegangen bin, hoffe ich aus tiefstem Herzen, dass du wieder ins Leben zurückfindest. Du sollst wissen, dass ich dich immer geliebt habe, auch wenn ich dir am Ende nur noch eine Last war.

Verzeih mir, mein Schatz!
Sonja

* * *

Ilka hielt den Brief für einige Momente in der Hand und bewegte sich nicht. Sie erinnerte sich an Sonja Schultes Worte, dass ihr Mann Angst hätte, dass sie sich etwas antun könnte. In diesem Moment wusste Ilka, dass es nicht nur ein belanglos ausgesprochener Satz war und sie vermutlich während der Unterhaltung mit Ilka bereits den Entschluss gefasst hatte, ihr Leben zu beenden. Der Verlust ihrer Tochter hatte sie innerlich so zerfressen und so weit in die Depression getrieben, dass sie am Ende keinen anderen Ausweg mehr sah.

Und zu allem Überfluss musste sie all die Jahre so tun, als hätte es José und diese verhängnisvolle Nacht nie gegeben. Sie musste es gegenüber ihrem Ehemann und ihrer Tochter verheimlichen, sonst hätte sie vermutlich ihre Familie zerstört. Und vermutlich hätte sie es wohl niemals verraten, wenn José sich nicht plötzlich gemeldet hätte. Ilka öffnete das Badezimmer, um endlich frische Luft in den Raum zu bekommen. In diesem Moment vernahm sie die hektische Stimme von Jan Wiegandt.

„Ilka, kannst du mal kurz kommen?“ Wiegandt stand vor der offenen Tür des letzten Zimmers, das sie noch nicht durchsucht hatten. Es war eine Art Lesezimmer, mit einer Wand voller Bücher, einem antiken Sekretär und zwei braunen Lesesesseln. Einer der Sessel war zum Balkon gedreht, und direkt daneben, auf einem Beistelltisch, stand ein halbvolles Glas Brandy, was die Flasche auf dem Boden vermuten ließ. Ilka betrat den Raum.

„Herr Schulte?“

Wie in Zeitlupe drehte sich der Sessel in ihre Richtung. Klaus Schulte starrte sie geistesabwesend an.

„Ich war in der Stadt, einkaufen, Medikamente besorgen, danach kurz im Büro, weil ich in letzter Zeit nicht so oft da war.“ Er griff zum Glas, führte es an die Lippen und nippte daran. „Es waren höchstens drei Stunden. Sie schlief, als ich ging.“ Seine Stimme war brüchig, kaum hörbar. „Ich wollte sie bei mir behalten, wollte sie nicht einfach in die Psychiatrie bringen.“

Ilka trat einen Schritt näher. „Können Sie mir sagen, wann Sie Ihre Frau aufgefunden haben?“

„Vor einer Stunde vielleicht, ich weiß es nicht mehr so genau.“

„Herr Schulte, es tut mir wahnsinnig leid, dass ich das jetzt fragen muss, aber haben Sie irgendetwas mit dem Mord an Nils Petersen und dem Anschlag auf Florian Hauser zu tun?"

Als Schulte keine Reaktion zeigte, ging sie neben ihm in die Hocke und ergriff seine Hand. „Haben Sie etwas damit zu tun?"

Er schüttelte wie in Trance den Kopf. „Seit ich die Gewissheit habe, dass meine Tochter nie mehr wiederkommt, ist nur noch eine unendliche Leere in mir. Was hätte es geändert, wenn ich diese Schweine erwischt hätte? Es hätte meine Tochter auch nicht wieder lebendig gemacht. Aber all das ist nicht mehr wichtig, weil Sonja tot ist. Ich habe sie im Stich gelassen." Er trank sein Glas leer, nahm die Flasche vom Boden und füllte es wieder auf. Ilka hinderte ihn nicht daran. „Und jetzt habe ich sie beide verloren, meine Frau und meine Tochter." Aus irgendeinem Grund glaubte sie ihm. Sie konnte sich nicht vorstellen, dass dieses Häufchen Elend die Taten vollbracht haben könnte.

„Wenn ich den Mut und die Kraft gehabt hätte, würde ich jetzt neben meiner Frau liegen. Unser Blut hätte sich vermischt und wir wären wieder eins geworden. Aber ich bin ein elender Feigling und deshalb habe ich es nicht getan."

„Sie sind nicht feige, Herr Schulte", versuchte sie ihn zu trösten. „Sonst hätten Sie sich nicht so liebevoll um Ihre Frau gekümmert."

„Anscheinend habe ich mich nicht genug um sie gekümmert", erwiderte er mit tränenerstickter Stimme. „Sonst hätte sie sich nicht umgebracht." Wieder führte er das Glas zum Mund.

Plötzlich sah Ilka Jan Wiegandts Schatten hinter sich.

Sie wandte sich flüsternd zu ihm. „Ich gehe von Selbstmord aus, aber wir sollten trotzdem die Spusi und die Rechtsmedizin hinzuziehen. Nur um sicherzugehen."

„Ja", sagte Jan Wiegandt. „Ich werde das veranlassen."

Als sie das Haus verließen, berührte Wiegandt Ilkas Arm. „Du bist wirklich eine ausgezeichnete Kripobeamtin."

„Danke", erwiderte Ilka mit einem schmalen Lächeln um die Lippen. „Aber mir wäre es lieber gewesen, wenn wir ihr Leben hätten retten können!"

* * *

Ilka ließ die Haustür hinter sich zufallen, lehnte sich mit dem Rücken an die Tür und atmete tief durch. Jedes Mal, wenn sie sich in ihrer Bauernkate umsah, fühlte sie sich wie in einer neuen, lichtdurchfluteten Welt. Sie hatte sich im Laufe der Jahre ein eigenes kleines Reich geschaffen. Sie dachte daran, wie sie wochenlang die alten Tapeten von den Wänden abgekratzt, danach neu tapeziert und gestrichen hatte. Die Farben hatte sie bewusst gewählt. Für die Küche und das Badezimmer entschied sie sich für ein leuchtendes Gelb und im Wohnzimmer für ein helles Orange.

Für die Gardinen an den Fenstern wählte sie pfirsichfarbenen Stoff. Am Ende der monatelangen Renovierung wäre sie vor Stolz fast geplatzt. Zum ersten Mal in ihrem Leben besaß sie einen Ort, der ihr ganz allein gehörte. Zugegeben, die Farbwahl war etwas gewagt, wenn man die weißen Deckenbalken, den geölten, dunklen Holzfußboden und die blauen Sprossenfenster mit einbezog, aber das war ihr völlig egal. Sie fühlte sich geborgen, sobald sie die Türschwelle überschritt. Und das allein zählte.

Gleich nach dem Duschen legte sie sich rücklings aufs Bett. Sie wusste einfach nichts mit sich anzufangen und starrte ins Nichts. Bis vor Kurzem war sie sich sicher, dass sie Menschen gut einschätzen konnte. Aber in diesem Fall kamen ihr Zweifel.

In Gedanken kehrte sie zu jener Zeit zurück, als sie ihr Studium an der Fachhochschule für Wirtschaft und Recht begann. Sie hatte sich damals für eine Wohngemeinschaft entschieden, weil sie sonst knapp zweieinhalb Stunden pro Tag an Fahrzeit zu der Schule hätte in Kauf nehmen müssen.

Dort hatte sie Pia kennengelernt, eine verrückte, rothaarige Nudel, der es völlig egal war, was man über sie dachte. Als Ilka ihr zum ersten Mal begegnet war, hatte sie geglaubt, dass sie es keine zehn Minuten mit ihr aushalten würde. Pia hatte all das getan, was Ilka nicht ausstehen konnte. Sie rauchte, hörte grässliche Punkmusik und trieb sich ständig mit schrägen Typen herum.

Doch abends, wenn sie sich auf ihren Betten gegenüber saßen, lernte sie eine andere, nachdenkliche Pia kennen. Manchmal konnte sie sich selbst nicht ertragen, verlor sich in endlosen Träumen, doch am nächsten Morgen war alles vergessen und das ganze Spiel ging von vorne los.

Ilka konnte sich noch genau an den letzten gemeinsamen Herbst erinnern. Sie waren an einen Seitenarm der Spree gefahren, und es hatte vor Mücken nur so gewimmelt. Sie konnten sich gar nicht so schnell kratzen, wie die Viecher zustachen. Doch das hatte sie nicht gestört. Sie warfen flache Steine über das Wasser und zählten, wie oft sie aufsprangen, bevor sie untergingen. Pia verlor als erste die Lust, sah sich um und deutete plötzlich zum anderen Ufer. An dieser Stelle war der Fluss schmal, und überall ragten glänzende Felsen aus dem Wasser.

„Meinst du, wir schaffen das, ohne uns nasse Füße zu holen?", hatte sie wie aus heiterem Himmel gefragt, doch Ilka hatte sie nur verblüfft angestarrt. Nach den starken Regenfällen der letzten Wochen hatte der Fluss sehr viel Wasser geführt und besaß eine beachtliche Strömung. Die Felsen waren nur schemenhaft unter dem aufschäumenden Wasser zu erkennen.

„Das ist Wahnsinn, Pia", rief Ilka ihr entgegen, doch Pia grinste sie nur an.

„Okay, ich zuerst, dann du!" Pia nahm etwas Anlauf und sprang von einem Stein zum anderen und landete sicher am anderen Ufer. Sie stellte sich demonstrativ auf einen umgestürzten Baum, stemmte die Hände in die Hüften und brüllte: „Jetzt du, Schätzchen!"

Ilka sah ängstlich über den Fluss, zählte sechs Felsen, die im Zickzack zum anderen Ufer führten. Die ersten drei Felsen waren ein Kinderspiel. Sie konzentrierte sich auf den nächsten Sprung. In Gedanken zählte sie bis drei und verlagerte ihr Gewicht nach hinten, um mehr Schwung zu bekommen.

„Nun spring endlich", forderte Pia ungeduldig. „Los, mach schon!" Ilka holte tief Luft. Ihr Puls raste. Sie fixierte den vierten Stein, als könnte sie so den Abstand verringern. Doch es blieben gut anderthalb Meter. In dem Augenblick, als sie zum Sprung ansetzte, brach vor ihr eine Welle am Felsen. Ilka sprang ins Leere, direkt in die aufsteigende Gischt, die sie wie ein glitzernder Schleier umhüllte.

Das Letzte, woran sich Ilka erinnern konnte, war ein heftiger Stoß, der wie ein Donnerschlag in ihrem Kopf widerhallte. Danach verlor sie das Bewusstsein und kam erst in einem viel zu kurzen Bett im Krankenhaus wieder zu sich. Tags darauf kam Pia zu Besuch. Ilka hatte vom behandelnden Arzt erfahren, dass Pia ihr das Leben gerettet hatte, doch die verrückte Nudel an ihrem Krankenbett verlor kein Wort darüber.

Stattdessen erzählte sie Ilka etwas von Freiheit und wildem Leben und von ihrer Angst, etwas zu versäumen. Kurz vor neun verschwand sie und kehrte erst zwei Tage später wieder zurück. Ilka erinnerte sich noch genau an ihren Anblick. Sie sah verlebt aus, mit dunklen Rändern unter den Augen und einem starren Blick, der ins Nichts führte. Es war das letzte Mal, dass sie sich so nah waren. Danach sah Ilka sie nur noch einmal aus der Ferne, als sie mit ein paar Jungs zum Kottbusser Platz zog. Ein halbes Jahr später erfuhr Ilka, dass sie auf einem öffentlichen Klo gefunden wurde; eine Überdosis Heroin hatte sie aus dem Leben gerissen.

Auf Pias Beerdigung waren auch viele von ihren Freunden gewesen, mit denen sie am Ende ihres jungen Lebens unter einer Brücke hauste. Ilka sah in ihre ausdruckslosen Gesichter und fragte sich, warum niemand in der Lage war, Pia zu helfen.

Es überraschte Ilka nicht besonders, dass Pias Mutter in Begleitung eines viel jüngeren Mannes kam. Als sich Pias Vater gleich nach der Geburt aus dem Staub gemacht hatte, begann sie zu trinken und stürzte sich von einer Affäre in die andere. Als Pia sie brauchte, war sie entweder betrunken oder vergnügte sich mit einem ihrer zahllosen Liebhaber.

Als der Gottesdienst vorüber war, wartete Ilka, bis alle gegangen waren. Erst dann ging sie zu Pias Grab. Der Kies knirschte unter ihren Füßen. Sie ließ eine rote Rose auf den schlichten Sarg fallen und warf eine Schaufel Erde hinterher.

Ilka spürte, wie ihre Augen feucht wurden. Sie stand auf, putzte sich die Zähne und legte sich gleich wieder ins Bett. Sie versuchte in den Schlaf zu finden, doch nach einer halben Stunde gab sie es auf. Die Erinnerungen an Pia ließen sie nicht mehr los. Vor ihren Augen verzerrte sich die Welt, als würde sie ihr durch Milchglas erscheinen. Irgendwann fiel sie in einen unruhigen Schlaf und träumte einen Traum, an den sie sich am nächsten Morgen nicht erinnern konnte.

Kapitel 24

Mittwoch, 28. Oktober

Als Ilka an diesem frühen Mittwochmorgen auf ihre Terrasse trat, verbreitete der Nebel gerade seinen feuchten Dunst über dem Auetal, sodass die scharfen Konturen der Bäume und Holzschuppen wie hinter einem seidenen Tuch verschwammen. Es war ein Anblick, den sie liebte, doch als sie ihre Augen in den Norden richtete, entdeckte sie die ersten düsteren Wolkenbänder. Es würde bald Regen geben, was nicht annähernd so schlimm war wie der Termin, der ihr heute Morgen bevorstand.

Es war die Beerdigung von Barbara Schultes sterblichen Überresten. Es war einer jener Termine, die Ilka so sehr hasste. Und das lag nicht daran, den Toten nicht die letzte Ehre zu erweisen, sondern einzig und allein daran, dass sie Friedhöfe nicht ausstehen konnte. Immerhin hatte sich Cem bereit erklärt, sie zu begleiten. Dicht gedrängt standen die Leute auf den engen Sandwegen zwischen den Gräbern, um von Barbara Schulte Abschied zu nehmen. Ilka und Cem blieben zunächst etwas abseits stehen.

„Hätte nicht gedacht, dass so viele kommen", sagte Ilka. „Erkennst du jemanden? Ich meine, außer Sabrina Schulte und Oliver Koch."

Cem deutete mit dem Kopf zur Kapelle. „Die Gruppe rechts neben dem Eingang müssten die Freundinnen aus dem BWL-Studium sein. Auf irgendeinem Foto habe ich sie mal alle zusammen gesehen. Aber die anderen kenne ich auch nicht."

Ilka blickte über die gesenkten Köpfe der Trauernden hinweg, bis sie ihn gefunden hatte. Klaus Schulte stand mit gesenktem Haupt am Grab. Er verharrte ein paar

Minuten bewegungslos auf der Stelle. Es begann leicht zu regnen, als Klaus Schulte eine Schaufel Erde und danach eine weiße Rose auf den Sarg warf. Seine Lippen bewegten sich ein wenig, als würde er versuchen, mit seiner Tochter zu reden. Die Sekunden flossen zäh dahin. Als er sich vom Grab abwandte, sah Ilka sein Gesicht, es war ausdruckslos und fahl. Seine hölzernen Bewegungen glichen denen einer Marionette, ungelenk und steif. Alles in seinem Leben schien wertlos geworden zu sein.

Dann bildeten die Trauergäste eine Gasse. Sabrina Erdmann lenkte ihren Rollstuhl ans Grab. Für Cem war es deprimierend, mit ansehen zu müssen, wie sie in ihrem Rollstuhl hockte und auf den Sarg ihrer besten Freundin hinabschaute. Cem wartete, bis sich Sabrina wieder vom Grab entfernte und ging dann geradewegs auf sie zu.

„Hallo, Sabrina."

„Hallo, Herr Kommissar."

„Kann ich irgendetwas für Sie tun?" Tränen rollten über ihre Wangen wie über die Gesichter der anderen.

„Seien Sie mir nicht böse, aber ich möchte jetzt gern allein sein."

Cem nickte stumm und bewegte sich mit langsamen Schritten auf Ilka zu. Sie sah über die Gräber hinweg in die Ferne. Plötzlich fiel ihr Blick auf einen ganz in schwarz gekleideten Mann, der bewegungslos in einiger Entfernung unter einem Kastanienbaum stand. Obwohl die Sonne hinter düsteren Wolken verschwunden war, hatte er seine Augen hinter einer dunklen Sonnenbrille verborgen. Er stand einfach nur da und schaute zum Grab von Barbara Schulte.

„Ich glaube, ich weiß, wer das ist", flüsterte sie Cem zu und zog ihn am Arm mit.

„Herr García?"

„Sí.“ Er schob die Sonnenbrille in die Haare und schaute Ilka aus trüben Augen an. „Was kann ich für Sie tun?“

„Ilka Hansen, Kripo Stade“, sagte sie und zeigte ihren Dienstausweis. „Herr García, stimmt es, dass Sie der leibliche Vater von Barbara Schulte sind?“

„Hat Sonja Ihnen das erzählt?“

„Ja.“ Er rieb sich mit den Fingern über die Augen. „Ich kann mir vorstellen, was Sie denken. Jetzt, wo alles zu spät ist, fällt ihm plötzlich ein, dass sie existiert. Ist es nicht so?“

„Nein“, sagte Ilka. „Es steht mir nicht zu, darüber zu urteilen. Aber immerhin sind Sie extra aus Palma de Mallorca angereist, um sich von Ihrer Tochter zu verabschieden.“

„Mehr konnte ich nicht für sie tun.“

„Frau Schulte hat mir erzählt, wie Sie sich in Ihrem Lokal in der Altstadt von Palma getroffen haben. Sie hat mir auch von der Nacht und von dem Foto mit Ihnen beiden vor der Kathedrale der Heiligen Maria erzählt. Es ist genau das Foto, das Barbara viele Jahre später zufällig entdeckt hat. Haben Sie sich in Palma getroffen?“ García nickte.

„Ja. Wir haben uns getroffen.“ Er holte hörbar Luft. „Sie stand eines Tages plötzlich in meinem Lokal, bestellte einen Rioja und wollte mit mir reden.“

„Und was hat sie genau gesagt?“

„Sie hat nicht lange drum herum geredet und ist gleich zur Sache gekommen“, antwortete García. „Sie wollte einfach nur wissen, ob ich ihr leiblicher Vater wäre.“ Ein schmales Lächeln umspielte seine Mundwinkel. „Ich habe sie zunächst angestarrt, als wäre sie eine Außerirdische. Sie konnte ja nicht ahnen, dass ich bis zu jenem Moment nichts von ihrer Existenz wusste. Und dann haben wir geredet bis spät in die Nacht.

Sonja hat mich damals im Glauben gelassen, dass es nur ein Spaß für eine Nacht war. Sie hat sich nie wieder gemeldet. Auch nicht, als ich ihr das Foto schickte. Ich habe 20 Jahre lang nicht gewusst, dass ich überhaupt eine Tochter habe. Erst als Barbara das Foto zufällig entdeckte, machte sie sich auf die Suche nach mir."

„Wie hat sie das aufgenommen?" fragte Ilka.

„Am Anfang konnte sie nicht verstehen, warum ihre Mutter ihr nie etwas von mir erzählt hat. Aber im Laufe des Abends hat sie es zumindest akzeptiert."

„Und was geschah danach?"

Er zögerte kurz, bevor er antwortete. „Wir wollten uns wiedersehen." Er schob die Sonnenbrille wieder ins Haar und schaute ihr direkt ins Gesicht. „Wir wollten den Kontakt nie wieder abbrechen lassen. Das hatten wir uns an diesem Abend geschworen."

„Aber dazu kam es nicht mehr, oder?"

„Doch", widersprach er ihr. „Wir sahen uns immer, wenn sie auf Mallorca waren. Zwar nur heimlich wegen Sonjas Ehemann und nur für ein paar Stunden, aber immerhin."

„Woher wussten Sie eigentlich von der Beerdigung?"

„Sonja hat mich angerufen, vor drei Tagen." Er schien sich in Ilkas Nähe unbehaglich zu fühlen. Er trat nervös von einem Fuß auf den anderen und wich immer wieder ihren Blicken aus. Er sah sich um, als würde er nach jemandem suchen.

„Vermissen Sie jemanden?" wollte Ilka wissen.

„Ja", kam es leise zurück. „Wissen Sie, wo Sonja ist?"

Ilka stockte der Atem. Er wusste tatsächlich nichts von ihrem Tod.

„Sie wird nicht kommen“, sagte Ilka mit stockender Stimme. „Sie hat sich gestern Abend das Leben genommen.“

In seinem Gesicht war nichts mehr zu erkennen als Trauer und Verzweiflung. Er schob seine Sonnenbrille wieder vor die Augen.

„Warum? Warum hat sie das getan?“ Seine Stimme war nur noch ein Flüstern. „Am Tag vor der Beerdigung ihrer Tochter?“ Er lehnte sich mit dem Rücken an den Stamm der Kastanie. „Können Sie mir das sagen?“

Ilka rang für Augenblicke nach den passenden Worten. Auf irgendeine Weise konnte sie Sonja Schulte sogar verstehen. Der Tod des eigenen Kindes ist mit das Schlimmste, was einer Mutter jemals widerfahren konnte. Ilka war sich nicht sicher, ob sie selbst imstande wäre, die Prüfung zu bestehen, und in diesem Moment konnte sie einfach nur hoffen, dass sie niemals in diese Situation kommen würde.

„Sonja war krank“, versuchte Ilka zu erklären. „Sie war seit dem Verschwinden ihrer Tochter in psychologischer Behandlung. Sie hatte nicht mehr die Kraft, die Beerdigung ihrer Tochter zu ertragen.“

García erwiderte nichts darauf. Er schaute kurz zum Grab hinüber, dann wandte er sich ein letztes Mal an Ilka.

„Ich möchte jetzt gehen“, sagte er wie in Trance. „Falls Sie mich noch brauchen, können Sie mich im Parkhotel finden. Ich werde bleiben, bis Sonja beerdigt wird.“

Dann ging er zum Ausgang des Friedhofs, während Ilka sich in die andere Richtung entfernte, und als sie sich wieder umsah, war García verschwunden. Nichts deutete darauf hin, dass er jemals dort gewesen war.

* * *

Als Ilka am frühen Nachmittag die Inspektion erreichte, stand Cem mit einem Stift in der Hand vor der Magnettafel und strich den Namen Klaus Schulte durch. Dann kreiste er die Namen von Claudia Petersen und Wolfgang Erdmann ein, die beiden einzigen Personen, die seiner Meinung nach noch übrig blieben. Er setzte sich an den Schreibtisch und starrte minutenlang auf die Tafel.

Plötzlich schlug Cem mit der flachen Hand auf den Tisch.

„Ich weiß, wer es war!“, rief er aus, ohne den Blick von der Tafel zu nehmen. „Die beiden haben uns die ganze Zeit verarscht.“

Ilka verstand kein Wort. „Cem, wer hat uns verarscht?“

Er stand auf und schob die Fotos von Sabrina und Wolfgang Erdmann zusammen.

„Die beiden“, sagte er. „Dabei hätte ich schwören können, dass Sabrina nichts damit zu tun hat, aber jetzt bin ich mir ziemlich sicher, dass sie gelogen hat. Da sie es ja schlecht gewesen sein kann, deckt sie ihren Vater.“

So ganz konnte Ilka ihm immer noch nicht folgen. „Cem, ich komme nicht ganz mit.“

Cem hob eine Hand. „Warte, ich erkläre es dir. Der Unfall geschah vor fünf Jahren, dann vergingen drei Jahre, in denen nichts geschah. Dann verschwand Barbara Schulte, und wieder passierte zwei Jahre lang nichts. Erst wir haben die Informationen geliefert, die sie brauchten, um Petersen und Hauser ausfindig zu machen.“

„Also haben wir sie auf die Spur gebracht“, resümierte Ilka, und je länger sie darüber nachdachte, desto logischer erschien es ihr. „Und alles, was Sabrina erfahren hat, landete ohne Umwege bei ihrem Vater.“

„Ja, genauso wird es gewesen sein." Cem goss zwei Gläser Tee ein, ließ jeweils einen Zuckerwürfel hineinfallen und reichte ein Glas an Ilka weiter.

„Danke, Cem." Sie rührte gedankenverloren den Tee um, bis sich der Zucker aufgelöst hatte.

„Fünf Jahre lang", dachte Ilka laut nach, „hat Erdmann verzweifelt versucht, die Kerle zu finden, die seine Frau auf dem Gewissen haben. Aber er hatte keinen Anhaltspunkt, wer sie sind und wo sie sind. Und er hätte sie wohl nie gefunden, wenn nicht Barbaras Leiche plötzlich wieder aufgetaucht wäre. Dann begannen wir mit den Ermittlungen und brachten den Stein ins Rollen."

Cem stellte sein Glas ab, trat vor die Magnettafel und vergrub seine Hände tief in den Hosentaschen. „Wir haben versucht, einen Mord aufzuklären, und was hat uns das gebracht? Einen zweiten Mord und einen Mordanschlag dazu."

Ilka trat an seine Seite. „Was hätten wir denn tun sollen? Nicht ermitteln?"

Cem warf ihr einen flüchtigen Blick zu und tippte dann mit dem Finger auf Klaus Schultes Foto. „Es sprach alles gegen ihn. Die Leiche seiner Tochter wird gefunden, er will sich rächen, dann der VW-Bulli in Petersens Werkstatt ... dabei war es einfach nur ein Zufall, dass er gerade diese Werkstatt aufgesucht hat." Er wählte Kais Handynummer.

„Kai, wo bist du?"

„Bin gerade in der Kriminaltechnik angekommen", kam es zurück.

„So früh?", fragte Cem erstaunt.

„Das habe ich den Kollegen auch gefragt, der mich heute Morgen angerufen hat. Es sei dringend, hat er gesagt, also bin ich gleich hingefahren."

„Okay. Schau danach bitte gleich bei Tonys Pizzaservice vorbei. Die Erdmanns haben letzten Donnerstagabend, gegen 20.30 Uhr zwei Pizzen bestellt. Vielleicht kann sich jemand erinnern, ob es eine männliche oder weibliche Stimme war, die angerufen hat. Und frage auch gleich nach dem Fahrer, der die Pizzen geliefert hat. Vielleicht erinnert er sich noch daran, wer ihm aufgemacht und die Pizzen entgegengenommen hat. Wir treffen uns dann im Büro."

Cem legte das Handy auf den Tisch und schaute zu Ilka.

„Ich war gegen 17 Uhr bei Sabrina Erdmann", erklärte er. „Wir haben Pizza gegessen und ein Glas Wein getrunken. Gegen halb sieben bin ich gegangen. Angeblich wollte sie sich noch eine Weile hinlegen, bis ihr Vater kommt. Sie erzählte mir, dass sie sich mit ihrem Vater jeden Donnerstagabend treffen würde. Es wäre eine Art Ritual. Sie sagte, dass sie am Abend nur eine kleine Portion bestellen würde, weil sie zuvor ja mit mir schon gegessen hatte. Trotzdem bestellten sie zwei große Pizzen, so wie jeden Donnerstag. Ilka, wir haben uns immer nur auf Schulte konzentriert, weil er Petersen und die Werkstatt kannte, sein schwaches Alibi wegen seiner depressiven Frau ... es sprach einfach vieles gegen ihn, aber jetzt bin ich mir ziemlich sicher, dass es Wolfgang Erdmann war."

„Was schlägst du vor?"

„Wir warten erst auf Kai", sagte Cem. „Dann sehen wir weiter. Möchtest du noch einen Tee?"

„Ja, gern."

* * *

Gut eine Stunde später stand Kai Lohmeyer in der Tür.

Nachdem er sich einen Becher Kaffee eingegossen

hatte, setzte er sich und schlug seinen Notizblock auf.

„Die Kollegen haben die Aussagen von Klaus Schulte überprüft. Er war tatsächlich in der Buxtehuder Innenstadt, erst in der Drogerie, dann in der Altstadt-Apotheke und schließlich im Büro. Da war er zwischen 18 und 20 Uhr. Er kann also unmöglich zur Tatzeit in Stade gewesen sein. Und die Kriminaltechnik hat festgestellt, dass die beiden Kugeln, die Hauser trafen, mit derselben Waffe abgefeuert wurden, die auch im Mordfall Petersen verwendet wurde."

„Wenn Schulte für den Mordanschlag auf Hauser ein Alibi hat", schloss Ilka daraus, „dann kommt er auch für den Mord an Petersen nicht infrage."

„Genauso sieht es aus", bestätigte Cem und wandte sich wieder an Kai. „Was hast du in der Pizzeria herausbekommen?"

Kai schlug das nächste Blatt auf und überflog rasch die Zeilen.

„Es war eigentlich wie an jedem Donnerstagabend", begann er. „Gegen 20.30 Uhr bestellten die Erdmanns zwei Pizzen, eine mit Meeresfrüchten und die andere mit Salami, Schinken und Champignons. Wie immer mit Wolfgang Erdmanns Handy. Die Nummer steht auch in der Kartei."

„Konnte sich jemand daran erinnern, ob Sabrina oder ihr Vater angerufen hat?"

Ein Grinsen erschien auf Kais Gesicht. „Es war Sabrina. Tony konnte sich so gut daran erinnern, weil einer seiner Angestellten eine falsche Pizza in den Ofen geschoben hatte. Er musste noch einmal zurückrufen und sagen, dass es zwanzig Minuten länger dauert. Und diesen Anruf nahm wieder Sabrina entgegen. Und der Fahrer hat ausgesagt, dass Sabrina die Pizzen entgegengenommen hat.

Er weiß es so genau, weil er fünf Euro Trinkgeld bekommen hat."

„Natürlich hat sie die Pizzen entgegen genommen", sagte Cem voller Überzeugung. „Ihr Vater war ja zu diesem Zeitpunkt gar nicht in der Wohnung."

„Okay", sagte Ilka. „Ich gehe jetzt zu unserem Chef und beantrage eine Hausdurchsuchung für Wolfgang Erdmanns Haus."

„Und für Sabrinas Wohnung", ergänzte Cem. „Ich glaube, sie rechnet nicht damit, dass wir ihre Wohnung auf den Kopf stellen, und wenn wir das tun, werden wir auch die Waffe finden, und wenn wir Glück haben auch das Prepaidhandy, mit dem Petersen und Hauser angerufen wurden."

„Ich habe ja in aller Herrgottsfrühe eine Gratislektion in Sachen Ballistik bekommen", mischte sich Kai in das Gespräch ein. „Und da habe ich auch einiges über die Nachweisbarkeit von Schmauchspuren erfahren."

„Und weiter?", drängte Ilka.

„Selbst wenn unser Täter Handschuhe getragen hat, können durchaus Schmauchspuren zu finden sein. Zum Beispiel an dem Mantel, den er zur Tatzeit trug. Und da wir gerade beim Mantel sind; die Faserspuren, die wir auf der Jacke der Zeugin Rieger gefunden haben, sind nicht identisch mit denen, die wir auf dem Mantel von Klaus Schulte sichergestellt haben. Entweder er hat zwei von der Sorte oder er war es nicht. Also spricht alles gegen Erdmann."

„Ich glaube, das reicht locker für den Durchsuchungsbeschluss", sagte Ilka und griff zum Hörer. „Patrick, kann ich kurz vorbeikommen? Es ist wichtig." Sie zog ungläubig die Brauen zusammen. „Was? Wo bist du? Zu Hause?" Sie hörte ihm kurz zu und erzählte ihm dann in

Kurzfassung alles über den aktuellen Stand der Dinge. „Es tut mir leid wegen deiner Bandscheibe, aber ich brauche diesen Beschluss, Patrick, und zwar sofort!" Während sie Dannenbergs Stimme lauschte, sah sie abwechselnd zu Cem und Kai.

„Danke, Patrick", sagte sie am Ende des Gesprächs und legte den Hörer auf.

„Wir können los", sagte sie mit einem Lächeln auf den Lippen. „Unser Chef hält uns den Rücken frei!"

Kapitel 25

„Wir sollten uns aufteilen“, schlug Cem vor. „Ich möchte nicht, dass sie sich gegenseitig warnen können.“

„Gute Idee“, pflichtete Ilka ihm bei. „Dann fährst du mit einem Kollegen von der Streife zu Sabrina, und ich nehme mir mit Kai Wolfgang Erdmann vor.“

Sie hielt kurz inne. „Cem?“

„Ja?“

„Ich hoffe, dieses Mal liegen wir richtig. Sonst kriegen wir mächtig Ärger.“

„Genaugenommen lagen wir ja auch bei den Schultes richtig“, warf Cem ein. „Nur waren sie die Opfer und nicht die Täter.“

„Trotzdem muss es dieses Mal klappen.“

Cem legte seine Hand auf ihre Schulter. „Dieses Mal irren wir uns nicht“, sagte er ohne zu zögern. „Verlass dich darauf!“

* * *

Es war kurz nach halb zehn, als Cem an Sabrina Erdmanns Haustür klingelte. Sie öffnete die Tür. Ihre Haut war blass, als wäre sie seit Tagen nicht an der frischen Luft gewesen.

„Herr Kommissar. Schön, Sie wiederzusehen.“ Ein schmales Lächeln umspielte ihre Lippen. Cem schaute sie an, musterte ihre hellgrünen Augen, ihre leicht gewellten Haare, die wie schon bei seinem letzten Besuch mit einer silbernen Haarspange zusammengehalten wurden. Nur das T-Shirt mit dem gelben strahlenden Smiley trug sie dieses Mal nicht, dafür eine weiße Bluse, die locker über ihre Jeans hing. Sie fuhr ihren Rollstuhl ein Stück zurück, um ihn hereinzulassen. Erst jetzt bemerkte sie die Männer hinter ihm.

„Was wollen die hier?", fragte sie, während sich ihre Hände um die Armlehnen ihres Rollstuhls krampften.

„Das sind die Kollegen der Spurensicherung. Wir würden uns gern ein wenig bei Ihnen umsehen." Ihre Augen verengten sich.

„Dafür brauchen Sie doch einen Durchsuchungsbeschluss, oder?"

„Normalerweise ja", erwiderte er. „Aber nicht, wenn Gefahr im Verzug ist. Und nach all dem, was passiert ist, glaube ich, dass es sich hier um so einen Fall handelt."

„Und wenn ich mich weigere?"

Cem kam einen Schritt näher. „Lassen Sie uns bitte in die Wohnung, Sabrina. Alles andere würde die Sache nur noch verschlimmern."

Widerwillig ließ sie einen nach dem anderen an sich vorbei. Cem blieb an der Tür stehen und schaute zu den Kollegen, die in kleinen Gruppen ausschwärmten. Er mochte nicht daran denken, dass es wieder schiefgehen könnte, dass sie am Ende wieder mit leeren Händen dastehen würden. Dann wandte er sich an Sabrina.

„Sie haben mich angelogen", begann er. „An dem Donnerstagabend, als Nils Petersen erschossen wurde, war Ihr Vater nicht bei Ihnen, jedenfalls nicht die ganze Zeit. Sie haben mit dem Handy Ihres Vaters den Pizza-Service angerufen und Sie haben auch die Bestellung entgegen genommen. Daran konnte sich der Bote noch gut erinnern. Und während Sie das taten, brachte Ihr Vater Nils Petersen um. Aus Rache, weil Petersen Ihre Mutter auf dem Gewissen hatte und Sie in den Rollstuhl gebracht hat! War es so?"

Sabrina erwiderte nichts auf seine Anschuldigungen.

Sie blickte geradewegs durch ihn hindurch zum Fenster, und es schien so, als würde sie einen Punkt am unsichtbaren Horizont fixieren. Ein Handy klingelte. Aus dem Augenwinkel bemerkte Cem, wie Sabrina einen verstohlenen Blick aufs Display warf und den Anruf mit einem Tastendruck ablehnte. Er ging neben ihr in die Hocke und legte seine Hand auf die ihre.

„Es ist vorbei", sagte er leise. „Meine Kollegen sind gerade bei Ihrem Vater, und ich bin mir sicher, dass wir entweder bei ihm oder hier etwas finden werden. Und jetzt geben Sie mir bitte Ihr Handy."

„Warum?"

„Sabrina, bitte."

Sie gab es ihm mit einem Blick, in dem eine Mischung aus Verzweiflung und Ungläubigkeit lag.

Cem öffnete die Anrufliste. „Eine unbekannte Nummer", sagte er mehr zu sich selbst. Dann stand er auf und trat direkt vor Sabrinas Rollstuhl.

„Wer hat gerade versucht, Sie anzurufen?"

„Keine Ahnung."

„Sabrina, war es Ihr Vater?" fragte er in eindringlichem Ton, doch sie blieb stur.

„Eine unbekannte Nummer", wiederholte sie Cems Worte. „Woher soll ich wissen, wer das war?" Er glaubte ihr kein Wort. Auch wenn die Nummer nicht auf dem Display erschien, war er sich sicher, dass es ihr Vater war.

Cem winkte Kai zu sich. „Versuche mal rauszufinden, woher der Anruf kam."

Sabrina beachtete weder Cem noch Kai. Stattdessen sah sie zu den Männern in den weißen Plastikanzügen, die gerade ihr Schlafzimmer durchsuchten.

„Wonach suchen Sie eigentlich?", fragte sie, nachdem Kai die Wohnung verlassen hatte.

„Das wissen Sie doch genau, oder nicht?“ erwiderte Cem. Er wollte gerade noch etwas hinzufügen, als sein Handy vibrierte. Er nahm Ilkas Anruf entgegen und ging ein paar Schritte Richtung Fenster.

„Hallo, Ilka. Habt Ihr was?“

„Erdmann ist nicht da“, sagte sie in einem resignierten Tonfall. „Bisher haben wir keinen Hinweis darauf gefunden, dass er unser Täter ist. Wir haben weder den Mantel gefunden, um die Faser- und Schmauchspuren abzugleichen, noch die Waffe, mit der geschossen wurde. Die Jungs hier machen natürlich weiter, aber es kann die Nacht dauern, bis sie jeden Winkel des Hauses durchsucht und alle Spuren gesichert haben.“

„Dann gibt es nur zwei Möglichkeiten. Entweder er hat etwas geahnt und ist abgehauen, oder seine Mission ist noch nicht beendet.“

„Okay, wir machen jetzt mit der Hausdurchsuchung weiter“, beschloss Ilka. „Versuche du bitte, von Sabrina herauszubekommen, wo sich ihr Vater aufhält.“

„Verstanden. Bis nachher.“

Cem steckte das Handy in die Jackentasche, nahm einen Stuhl vom Esstisch und setzte sich ihr direkt gegenüber.

„Ihr Vater ist verschwunden. Wissen Sie, wo er ist?“

Sie schüttelte nur wortlos den Kopf.

„Sabrina, bitte sagen Sie mir, wo Ihr Vater ist, bevor noch Schlimmeres passiert.“

Ein zynisches Lächeln umspielte ihren Mund. „Was kann es Schlimmeres geben, als das hier?“, fragte sie provozierend und schlug mit der flachen Hand auf die Armlehne ihres Rollstuhls. „Also, was wollen Sie von mir?“

Cem schaute in ihre glanzlosen Augen. All der

Lebensmut und die Stärke, die er an ihr bewundert hatte, waren verflogen.

„Zugegeben", begann er zögernd. „Es war ein guter Plan: Erst die Pizza und ein Glas Wein mit dem Kommissar, dann der Einwand, sich noch eine halbe Stunde hinlegen zu müssen, der Anruf mit dem Handy des Vaters, die Bestellung, damit alles so aussieht wie an jedem Donnerstag zuvor. Ein fast perfektes Alibi."

„War es nicht so, dass Sie mich auf eine Pizza und einen Wein eingeladen haben?"

„Schon", gab er zu. „Aber meine Anwesenheit war für Ihren Plan ja nicht entscheidend. Wichtig war nur, dass alle glauben, dass Ihr Vater den ganzen Abend mit Ihnen verbringt." Sabrina würdigte ihn keines Blickes.

„Sabrina, hat Ihr Vater Nils Petersen getötet? War es Ihr Vater, der auf Florian Hauser geschossen hat?"

Sie beugte sich leicht nach vorn und musterte ihn mit einer eigenartigen Gelassenheit. „Von mir werden Sie nichts erfahren, Herr Kommissar", sagte sie und wandte ihr Gesicht wieder von ihm ab. Es schien so, als hätte sie mit allem abgeschlossen.

„Ich kann verstehen, dass Sie verbittert sind." Cem war bemüht, so einfühlsam wie möglich zu klingen. „Und ich kann nachvollziehen, wie sehr Sie unter dem Verlust Ihrer Mutter und Barbaras Tod leiden."

„Aber?", warf sie mit einem zynischen Unterton ein. „An dieser Stelle kommt doch immer ein ‚aber', oder?"

Cem stieß einen hörbaren Seufzer aus. „Was auch immer geschehen ist", sagte er, um das Wort ‚aber' zu vermeiden. „Niemand hat das Recht, das Gesetz selbst in die Hand zu nehmen."

„Es tut ja sonst keiner", antwortete sie trotzig.

„Sie enttäuschen mich, Sabrina. Ich hatte wirklich

geglaubt, dass Sie mir vertrauen und dass Sie wüssten, dass ich alles tue, was in meiner Macht steht, um den oder die Täter zu fassen."

„Die Buxtehuder Polizei hat damals das Gleiche behauptet", konterte sie. „Und was ist passiert? Nichts!"

„Sie wollen mir also nicht sagen, wo Ihr Vater ist?"

Sie blieb ihm auch dieses Mal eine Antwort schuldig. Cem stand auf, schob den Stuhl wieder an den Esstisch und ging zum Fenster. Mit dem Rücken zu ihr gewandt, sagte er so leise, als würde er mit sich selbst reden: „Glauben Sie mir, ich bin schon vielen Menschen begegnet, denen Unrecht widerfahren ist, die alles verloren haben, warum auch immer. Aber das ist noch lange kein Grund, seinen eigenen Rachefeldzug zu starten." Cem wandte sich um. Ihre Blicke trafen sich.

„Es ist tragisch für Ihren Vater, auf diese Weise seine Frau zu verlieren, genauso wie Sie jetzt in diesem Rollstuhl zu sehen, aber Selbstjustiz kann niemals die Lösung sein."

Ihr Blick hielt dem seinen nicht stand. Sie legte den Kopf in den Nacken und starrte an die Decke.

„Es klingt jetzt vielleicht unpassend", sagte sie. „Aber ich habe mich in den letzten Jahren selten so wohl gefühlt wie in den zwei Stunden mit Ihnen." Eine Träne lief über ihre Wange. „Und Sie hätten mich beinahe dazu gebracht, meinen Vater zu überzeugen, es nicht zu tun." Sie machte eine kurze Pause. „Aber als ich ihn später in der Tür stehen sah, so, wie er mich mit diesen leeren, hoffnungslosen Augen anschaut hat, habe ich mich nicht mehr getraut, ihn umzustimmen."

„Und an den Abenden zuvor? Haben Sie nie versucht, ihn davon abzubringen?"

Sabrina zwang sich zu einem schmalen Lächeln. „Mein Vater trauert noch heute um meine Mutter. Das lässt ihn nicht mehr los." Sie faltete ihre Hände im Schoß und schaute zu ihm. „Ich weiß nicht, wann ich ihn das letzte Mal lachend gesehen habe." Sie stieß einen verächtlichen Laut aus.

„Nach dem Unfall hat die Polizei jahrelang Zeit gehabt, die Schweine zu fassen, und nichts ist passiert. Dann die Sache mit Barbara, wieder nichts. Warum also hätten ich oder mein Vater zur Polizei gehen sollen? Irgendwann wollte ich auch, dass die dafür büßen, die mir und meiner Mutter das angetan haben."

Cem dachte an den Abend mit ihr. Er hätte es nie für möglich gehalten, dass sie die Taten ihres Vaters decken würde. Hätte sie gegen ihn ausgesagt, der Polizei verraten, was er als Nächstes vorhatte, hätte er vielleicht etwas tun können. Aber so?

Langsam wurde er ungeduldig. Ihnen lief die Zeit davon. Wolfgang Erdmann war irgendwo da draußen, und sie hatten keine Ahnung, was er als Nächstes vorhatte.

„Sabrina, bitte sagen Sie mir, wo Ihr Vater ist."

Sie schloss die Augen. Cem konnte förmlich spüren, wie es in ihr bebte. Schließlich öffnete sie die Augen wieder und sah ihn geradewegs an.

„Ich weiß es nicht."

Dann vernahm Cem eine Stimme aus dem Schlafzimmer.

„Cem, kommst du mal kurz?" Kaum hatte Cem das Zimmer betreten, hielt ihm ein Kollege auch schon den Fund vor die Nase. „Die Nummern von Hauser und Petersen sind eingespeichert", fügte der Kollege hinzu.

„Ist sonst noch eine Nummer eingespeichert?"

„Nein, nur die beiden." Cem nahm die Plastiktüte mit dem Prepaidhandy an sich.

„Das ist es, oder?“ Sie blickte auf die Tüte. Er konnte spüren, wie ihr Herz heftiger schlug. Sie tat ihm irgendwie leid. Dieses Gefühl konnte er nicht so einfach abschütteln wie ein lästiges Insekt. Auf der anderen Seite war sie in einen Mord und einen Mordanschlag verwickelt.

Sie sah mit einem feuchten Schleier auf den Augen zu ihm auf. „Eines nachts“, sagte sie beinahe flüsternd, „in meinen Träumen habe ich mir gewünscht, als Engel auf die Erde zurückzukehren. Ich könnte den Menschen helfen, ihnen Gutes tun. Ich träumte davon, durch die Lüfte zu schweben, an jeden Ort der Welt fliegen zu können. Aber bevor ich landen konnte, wachte ich schweißgebadet auf und sah den Rollstuhl vor dem Fenster. Im fahlen Licht des Mondes sah er dann noch abstoßender aus, als ich ihn in Erinnerung hatte.“

Sie saß da, mit gesenktem Kopf, und schaute auf ihre Beine, die bewegungslos auf der Plattform des Rollstuhls standen.

Jetzt, wo der Augenblick gekommen war, erinnerte er sich noch einmal an die Stunden, als sie hier zusammengesessen hatten. Er hatte sie geradezu bewundert für ihre Stärke und den Lebensmut, den sie trotz ihrer Behinderung ausgestrahlt hatte. Doch anscheinend gehörte vieles an jenem Abend nur zu ihrem Plan, ihrem Vater ein perfektes Alibi geben zu können. Wie hatte er sich nur so in ihr täuschen können.

„Es tut mir leid, dass ich Sie enttäuscht habe“, sagte sie mit einem Hauch von Bitterkeit in ihren Worten „Aber was hätte ich denn tun sollen? Meinen Vater verraten? Hätten Sie das getan?“

„Es wäre kein Verrat gewesen“, korrigierte Cem. Er wartete auf eine Reaktion, doch als die ausblieb, sagte er: „Vermutlich hätten Sie es wirklich nicht verhindern können, aber ich hätte mir gewünscht, dass Sie sich wenigstens mir anvertraut hätten."

Cem musste sich in diesem Moment zusammenreißen, um nicht emotional zu reagieren. Er holte Luft, bevor er sagte: „Sabrina Erdmann. Ich nehme Sie fest wegen des Verdachts der Beihilfe an dem Mord von Nils Petersen und dem Mordanschlag an Florian Hauser!" Cem winkte einen Kollegen von der Streife zu sich. „Nimm sie bitte mit. Ich muss los!"

Kapitel 26

Das Telefon hatte den ganzen Tag über geklingelt, doch Wolfgang Erdmann hatte es einfach ignoriert. Er konnte sich bildlich vorstellen, wie sein Chef vor der breiten Fensterfront seines Büros auf und ab lief und vor Wut schäumte. Es konnte sich nur um die Futtererbsen aus Saskatchewan handeln. Das war der letzte Auftrag, den er erledigt hatte. Er machte sich keine großen Gedanken. Er hatte sowohl mit dem Kapitän der *Santa Anna* als auch mit Jack, dem kanadischen Farmer, schon viele gute Geschäfte gemacht. Solange sie sich nicht bei ihm meldeten, war bisher immer alles in Ordnung gewesen. Aber das alles hatte ohnehin an Bedeutung verloren. Er würde nie wieder einen Fuß in sein Büro setzen.

Er wunderte sich ein wenig über sich selbst, dass er in den letzten Tagen seiner Arbeit nachgegangen war, als wäre alles in bester Ordnung. Genauso gut hätte er fernbleiben können, doch er hatte sich dagegen entschieden. Es war ein Teil seines Plans, und zusammen mit dem Alibi, das Sabrina ihm gegeben hatte, konnten sie ihm nichts anhaben.

Es ärgerte ihn, dass er das Prepaidhandy bei seiner Tochter vergessen hatte und extra einen Umweg zur nächsten Telefonzelle machen musste. Zu gern hätte er noch einmal mit ihr geredet, wollte noch einmal ihre Stimme hören, doch sie war nicht ans Telefon gegangen.

Er griff in die rechte Manteltasche und strich mit den Fingern über den Lauf der Makarow. Er kam seinem Ziel mit jedem Schritt näher.

Mittlerweile war die Sonne vollständig hinter den Häuserdächern verschwunden. Es begann zu regnen, aber er kümmerte sich nicht darum. Er lief durch den stärker werdenden Regen, immer weiter, ohne sich ein einziges Mal umzudrehen. Später, als der Regen aufhörte, sah er zum Himmel hinauf. Es waren nur wenige Sterne zu sehen. Die meisten blieben hinter träge dahinziehenden Wolken verborgen. Er wandte seinen Blick vom Himmel ab und setzte seinen Weg fort. Es gab nur noch eine Sache, die er in seinem Leben erledigen musste. Was danach kommen würde, lag nicht mehr in seiner Hand.

* * *

Claudia Petersen hatte schon lange geahnt, dass Nils und Florian irgendwie in die Sache verwickelt waren. Nils wollte den Artikel über Barbaras Tod vor ihr geheim halten, hatte die Zeitung mit in die Werkstatt genommen, bevor sie sie lesen konnte. Sie hatte ihn nicht nach dem ‚Warum' gefragt, aber sie wusste genau, dass er ihr etwas verschwieg.

Aber auch sie konnte sich nicht frei von Schuld sprechen. Auch sie trug ein Geheimnis mit sich herum, etwas, das damals alles in ihrem Leben verändert hatte. Nils hatte Maria über alles geliebt, und ihre Tochter hatte stets in ihm den liebenden Vater gesehen, der alles für seine Familie tat. Ein Geständnis hätte alles zerstört. Doch das hier war etwas ganz anderes. Hier ging es nicht um ein uneheliches Kind, sondern um Mord.

Ihr Blick fiel auf das eingerahmte Foto von Nils und Maria, das neben der Wohnzimmertür an der Wand hing. Ihre Nasenspitzen berührten sich, während sie sich strahlend in die Augen sahen. Es war ein Schnappschuss von ihrer letzten gemeinsamen Urlaubsreise auf einem traumhaften Weingut in der Toskana. Sie schloss die Augen, dachte an die Sonnenblumen, die sich mit der

Sonne drehten, die Olivenhaine und die schönen Stunden auf der Terrasse dieses Anwesens. Doch jetzt fühlte sie sich plötzlich allein gelassen und unglaublich hilflos. Sie rieb sich mit den Fingerspitzen die Schläfen, aber sie wurde diese verdammten Kopfschmerzen nicht los. Die Ereignisse der letzten Tage drängten sich mit aller Macht in ihren Kopf und ließen sie nicht mehr los.

Sie ging ins Badezimmer, und nach einer kalten Dusche fühlte sie sich ein wenig besser. Sie wusste zwar immer noch nicht, was sie tun sollte, aber wenigstens hatte das Dröhnen in ihrem Kopf etwas nachgelassen. Der Schmerz war nicht mehr so stechend, sondern eher dumpf und von gleichbleibender Intensität. Sie stand wieder einmal an einer Kreuzung ihres Lebens und wusste nicht, welche Richtung sie einschlagen sollte.

Wann war sie das letzte Mal wirklich glücklich gewesen? Als sie Nils zum ersten Mal sah, bei der Geburt von Maria? Selbst auf diese banale Frage fand sie keine Antwort. Sie schaute in den Spiegel, um zu sehen, ob überhaupt noch was von der alten Claudia übrig geblieben war.

Ihr war plötzlich kalt. Sie legte sich auf die Couch, zog die Wolldecke bis unters Kinn und drehte sich zur Seite. Sie rollte sich ein wie ein verängstigter Igel und hoffte, dass sie bald einschlafen würde.

* * *

Ilka hatte sich gerade mit Cem und Kai vor die Magnettafel gesetzt, um alles noch einmal durchzugehen, als ihr Handy vibrierte. Sie blickte auf das Display, sah Sinas Foto und nahm das Gespräch an.

„Hallo, mein Schatz, wie geht es dir?“

„Klasse, Mama. Hier ist alles super.“

„Wo seid Ihr gerade?" Sie versuchte so ruhig wie möglich zu klingen, obwohl es ihr schwer fiel. Die Suche nach Wolfgang Erdmann beherrschte all ihre Gedanken.

„Bei Enrico", kam es zurück. „Es ist toll hier, ehrlich!", rief Sina euphorisch.

„Wann geht dein Flug?", wollte Ilka wissen.

„Morgen Abend", kam es eine Spur trauriger zurück. „Enrico bringt mich hin."

Wie auf Kommando hörte Ilka Enricos Stimme im Hintergrund.

„Ich werde sie gesund und munter abliefern", versicherte er.

„Mille Grazie", sagte sie. „Ich hoffe, wir sehen uns bald wieder."

„Ja, das hoffe ich auch."

Kaum hatte sie das Gespräch beendet, wandte sie sich wieder der Tafel zu.

„Fassen wir noch einmal zusammen. Wir haben Erdmanns Prepaidhandy mit den eingespeicherten Nummern von Hauser und Petersen. Fest steht auch, dass die beiden von diesem Handy aus angerufen wurden."

„Ich weiß nicht, ob das vor Gericht als Beweis ausreicht", bezweifelte Kai. „Und nur weil Sabrina mit dem Handy ihres Vaters den Pizza-Service angerufen und die Bestellung entgegen genommen hat, beweist noch lange nicht, dass er der Täter ist. Er könnte doch trotzdem bei ihr gewesen sein."

„Und was Sabrina betrifft", fügte Cem hinzu, „Sie wird nichts sagen. Sie wird ihren Vater niemals verraten. Und der Anruf, den sie bekommen hat, als ich bei ihr war, kam von einer Telefonzelle in der Stader Innenstadt. Wenn es Erdmann war, könnte er von dort aus überall hingegangen sein."

Ilka stieß sich mit dem Fuß ab und rollte mit ihrem Drehstuhl direkt auf die Magnettafel zu.

„Okay", sagte sie auf der Suche nach etwas, das sie endlich den entscheidenden Schritt weiterbringen würde. „Wir haben zwar in Erdmanns Haus weder die Tatwaffe noch andere Beweise finden können, aber wir haben genug Indizien, um eine Fahndung nach Wolfgang Erdmann herauszugeben.

Ich habe das Gefühl, dass wir immer einen Schritt zu spät sind. Was hat er vor? Nehmen wir an, er hat tatsächlich Petersen getötet und beinahe auch Hauser. Sie waren verantwortlich für den Tod seiner Frau. Eigentlich müsste sein Rachefeldzug beendet sein. Aber offensichtlich macht er weiter. Warum?"

„Was ist, wenn er untertauchen will?", fragte Cem. „Er weiß, dass er lebenslang ins Gefängnis geht, wenn wir ihn fassen."

„Nein, der haut nicht ab. Der will die Sache beenden, was immer das auch ist." Ilka stemmte die Hände in die Hüfte. „Denkt mal nach. Wer könnte noch auf seiner Liste stehen?"

„Wenn er sich an den beiden gerächt hat, die den Unfall verursacht haben, sind jetzt vielleicht diejenigen dran, die den Unfall nicht aufklären konnten, oder etwas verschwiegen haben."

Ilka schaute ihn mit großen Augen an. „Du glaubst ernsthaft, dass er sich an der Polizei rächen will?"

„Wäre doch möglich. Immerhin haben es die Buxtehuder Kollegen nicht geschafft, den Fall aufzuklären."

„Nein, das glaube ich nicht", sagte Ilka. „Aber ich werde vorsichtshalber den Kollegen Wiegandt anrufen. Kann nicht schaden, wenn er ein wenig aufpasst." Nach einem kurzen Telefonat mit der Kripo in Buxtehude nahm sich

Ilka noch einmal die Akte vor. Langsam blätterte sie die Seite um, betrachtete die Fotos und überflog die Vernehmungsprotokolle. Dann hielt sie plötzlich inne.

„Wisst Ihr, was ich glaube?"

„Nein", kam es fast zeitgleich von Cem und Kai zurück.

„Dass er jemand anderen im Visier hat. Es gibt nur eine Person, die den beiden nahe stand. Und das ist Claudia Petersen." Kaum hatte sie es ausgesprochen, als sie auch schon zum Telefon griff und sich mit einem Streifenwagen verbinden ließ, der sich in der Nähe von Claudia Petersens Haus aufhielt. Sie gab die Adresse durch und bat die Kollegen, mal nach dem Rechten zu sehen.

„Und ruft gleich zurück, wenn ihr da wart. Danke."

„Und jetzt?", fragte Kai.

„Jetzt warten wir auf den Rückruf", sagte Ilka und deutete auf die Magnettafel. „Petersen und Hauser fuhren damals den Wagen, so weit ist alles klar. Und was wäre, wenn Claudia Petersen die beiden gedeckt hat, oder zumindest ihren Mann? Keine Ahnung, ob sie wusste, dass Florian Hauser auch mit im Auto saß. Sie hat all die Jahre geschwiegen, und wenn Erdmann das auch so sieht, dann ist sie die letzte Person seines Rachefeldzugs."

Kai kratzte sich nachdenklich am Hinterkopf. „Ich frage mich die ganze Zeit, warum Menschen imstande sind, so etwas zu tun."

„Ja, manches liegt jenseits unseres Vorstellungsvermögens", gab Ilka zu. „Erdmann hat seine Frau verloren, was schon schlimm genug ist. Aber er kann es nicht verarbeiten, kann nicht damit abschließen, weil er jeden Tag seine Tochter im Rollstuhl sieht. Und damit wird er immer wieder an den schrecklichen Unfall erinnert. Fünf Jahre lang hat er alles in sich hineingefressen, und sein Hass auf diejenigen, die seine Frau auf dem Gewissen haben, wurde mit jedem Tag größer."

„Du hättest auch ohne Weiteres Strafverteidigerin werden können", bemerkte Cem. „Das war jedenfalls ein bemerkenswertes Plädoyer."

„Ich will ihn nicht verteidigen. Ich wollte nur Kais Frage beantworten." Sie schaute Cem von der Seite an. „Würde ich jetzt einen Krimi schreiben, könnte ich das Ende beeinflussen. Ich könnte alles so ändern, wie es mir passt. Aber das hier ist leider kein Krimi, den man einfach umschreiben kann. Das hier ist die Realität. Und die kann man nicht einfach ändern."

„Und wenn er es auf uns abgesehen hat?", fragte Kai.

„Nein, das kann ich mir nicht vorstellen", sagte Ilka voller Überzeugung. „Da bin ich mir ziemlich sicher."

„Das denke ich auch", pflichtete Cem ihr bei. „Es sei denn ..."

„Es sei denn was?", fiel ihr Kai ins Wort.

„Jemand verrät ihm unsere Privatadressen."

Kai verdrehte die Augen. „Diesen Kommentar hättest du dir sparen können."

Ilka zwinkerte Cem zu. „Na ja, soweit mir bekannt ist, hast du damals meinem Ex-Mann meine Adresse gegeben."

„Ich habe dir gesagt, dass es mir leid tut und dass es nie wieder vorkommt", protestierte er. „Außerdem habe ich deinem Ex beim letzten Mal nichts erzählt. Was soll ich noch tun?"

Ilkas Handy klingelte, bevor sie auf Kais Frage antworten konnte. „Das ist die Streife", sagte sie in den Raum hinein und nahm das Gespräch an. Ein paar Sekunden vergingen, bevor sie fragte: „Seid ihr sicher ...? Niemand sonst ...? Okay, dann behaltet das Haus weiter im Auge. Danke."

Ilka nahm ihre Lederjacke von der Stuhllehne.

„Die Kollegen waren bei Claudia Petersen. Sie haben nichts Ungewöhnliches bemerkt. Im Obergeschoss brannte Licht und der Ford Mondeo stand auch in der Einfahrt. Und als sie klingelten, öffnete sie die Tür und sagte, dass alles in Ordnung sei. Sie machte nicht den Eindruck, als wäre sie nervös oder verängstigt."

„Also ist er nicht bei ihr", vermutete Cem. „Aber wo ist er dann?"

„Keine Ahnung", gab Ilka zu. „Trotzdem schlage ich vor, zu ihr zu fahren und mit ihr zu reden. Vielleicht hat sie uns ja doch nicht alles erzählt."

* * *

Es klingelte an der Haustür. Claudia Petersen stieß einen leisen Fluch aus und dachte kurz daran, es dieses Mal zu ignorieren. Immerhin war es schon kurz vor zehn, und sie hatte sich gerade wieder hingelegt, nachdem die Polizisten wieder gegangen waren. Dann stand sie doch auf. An Schlaf war im Moment ohnehin nicht zu denken.

„Wer ist da?", rief sie durch die verschlossene Tür hindurch. Im ersten Moment dachte sie an die Polizisten.

„Ich bin ein Freund Ihres Mannes", sagte er in einem ruhigen Ton. „Frau Petersen, kann ich Sie kurz sprechen?"

„Ein Freund meines Mannes?", wiederholte sie irritiert.

„Ja. Wir haben uns über die Oldtimer kennengelernt."

Sie zögerte einen Moment, doch dann erinnerte sie sich daran, dass Nils in letzter Zeit öfter Kontakte zu Leuten geknüpft hatte, die sich wie er auf Oldtimer spezialisiert hatten.

Kaum hatte sie die Tür geöffnet, starrte sie auch schon in die Mündung der Makarow. Erschrocken fuhr sie zurück.

„Was … was haben Sie vor? Wer sind Sie?“

„Ich bin der Vater von Sabrina Erdmann!“ Plötzlich erinnerte sie sich an den Namen, an die Zeitungsartikel über den Unfall, die Nils aufbewahrt hatte, und daran, dass bei diesem Unfall Sabrinas Mutter starb.

„Was wollen Sie von mir?“, fragte sie mit zitternder Stimme. „Sagen Sie es mir.“

„Wie lange haben Sie es gewusst?“ Er starrte sie an. „Haben Sie es von Anfang an gewusst?“

„Wovon … reden Sie?“ Die Worte kamen nur mit Mühe über ihre Lippen.

„Sie haben gewusst, dass Ihr Mann und sein Freund Hauser in dem Auto saßen, das den Unfall verursacht hat. Die beiden haben meine Frau auf dem Gewissen und das Leben meiner Tochter zerstört. Und Sie, Frau Petersen, haben schweigend zugesehen und nichts unternommen.“

Er trat einen Schritt auf sie zu und kam ihr so nahe, dass sie seinen schlechten Atem riechen konnte. Die Mündung der Makarow berührte ihre Stirn.

„Ich habe die Angst in den Augen Ihres Mannes gesehen. Er hat gezittert, als ich plötzlich vor ihm stand, um ihm all das heimzuzahlen, was er mir angetan hat.“ Er schnaubte verächtlich. „Ich hätte ihn noch länger quälen können, vielleicht hätte ich es sogar tun müssen, aber dann habe ich es einfach beendet.“

Claudia Petersen war nicht in der Lage, auch nur einen Ton von sich zu geben. Ihre Kehle war wie zugeschnürt.

Sie sah ihm direkt ins Gesicht, zu seinen Schläfen, aus denen die Adern hervortraten. Seine Augen funkelten sie hasserfüllt an. Warum war sie nicht zur Polizei gegangen? Stattdessen hatte sie einen Verbrecher gedeckt, als hätte er niemandem Unrecht getan. Jetzt war es zu spät. Er war gekommen, den Kreis zu schließen und die Gerechtigkeit wieder herzustellen.

Claudia Petersen konnte kaum noch atmen. Sie stand dem Mörder ihres Mannes gegenüber und war ihm hilflos ausgeliefert. Sie schloss die Augen, nur einen Wimpernschlag lang. Im nächsten Moment spürte sie einen heftigen Schlag, der sie wie aus dem Nichts ins Gesicht traf. Sie schrie auf, taumelte einen Schritt zurück und knallte mit dem Rücken gegen die Wand. Blut rann aus einer Platzwunde über ihrem linken Auge, dort, wo er sie mit dem Handrücken getroffen hatte.

Sie spürte den stechenden Schmerz, die Furcht, dass er nicht aufhören würde, sie zu quälen. Doch in diesem Moment dachte sie nicht an sich, nicht an ihr Leben und an das, was er ihr antun würde. Nein, all ihre Gedanken galten nur ihrer Tochter, die oben im Kinderzimmer schlief. Sie betete, dass Maria nicht aufwachen und hinunter ins Wohnzimmer kommen würde. Ihre Augen brannten wie Feuer. Sie wischte sich mit den Händen das Blut aus dem Gesicht, während ihr Kopf zu platzen drohte.

Als er erkannte, dass die Frau kaum noch in der Lage war, Widerstand zu leisten, steckte er die Makarow in die Jackentasche und drehte ihre Arme so ruckartig nach hinten, dass sie vor Schmerzen aufschrie. Dann zog er zwei lange, schwarze Kabelbinder hervor, legte sie um ihre Handgelenke und zog zu, so fest er konnte. Wieder schrie sie auf.

Als Nächstes nahm er das braune Paketklebeband aus der Tasche. Es war nicht mehr viel auf der Rolle, aber für seine Zwecke reichte es allemal. Er riss ein breites Stück ab und drückte es fest auf ihren Mund. Als ihm auffiel, dass er das Klebeband etwas zu weit nach unten gesetzt hatte, riss er ein weiteres Stück ab, etwas länger als das erste, fixierte es direkt unterhalb ihrer Nase und drückte es erneut fest auf ihren Mund. Erst jetzt war er zufrieden.

Es war dieser irre Blick in seinen Augen, der sie beinahe ohnmächtig werden ließ. Es lag etwas Endgültiges darin, als hätte er mit allem abgeschlossen und das bedeutete auch für sie den sicheren Tod. Sie versuchte ihre Lippen zu bewegen, in der Hoffnung, dass sich das Klebeband ein wenig lösen würde. Doch es gab keinen Millimeter nach. Was ihr blieb, war ein Wimmern, nicht so sehr wegen der Schmerzen an ihren Handgelenken, sondern vielmehr wegen der Ausweglosigkeit ihrer Lage.

Er trat einen Schritt näher an das Fenster und schaute hinaus. Diesen Moment der Unachtsamkeit versuchte Claudia Petersen zu nutzen, um sich loszureißen. Doch im nächsten Augenblick schlug er sie erneut mit dem Handrücken ins Gesicht. Ihr Kopf schleuderte zurück. Sie riss die Augen voller Schmerz auf. Wäre das Klebeband nicht fest um ihren Mund, hätte sie das Blut schmecken können, das aus ihrer gebrochenen Nase floss.

„Das war keine gute Idee", zischte er sie an, packte ihren Arm und zog sie an sich.

Sie stöhnte auf. Wieder schnitten sich die Kabelbinder ein Stück weiter in das Fleisch ihrer Handgelenke. Sie war der Ohnmacht nahe und versuchte verzweifelt, den Schmerz und die Hoffnungslosigkeit zu verdrängen. Doch der quälende Gedanke an ihr schlafendes Kind überlagerte alles.

Kapitel 27

Als sie das Reihenendhaus in der Nähe des Stader Bahnhofs erreichten, parkte Ilka ihren Fiat 500 neben den dicht aneinandergereihten Zypressen, die mehr als Dreiviertel des Grundstücks umgrenzten. Eine junge Polizistin stieg aus dem Streifenwagen, der fast zeitgleich auf der anderen Straßenseite hielt und kam direkt auf Cem zu. Er erkannte sie sofort wieder. Zum ersten Mal an diesem Tag huschte ein Lächeln über sein Gesicht.

„Hallo Lisa. Ist das jetzt nur Zufall oder doch Schicksal?"

„Vielleicht ist es aber einfach auch nur der Dienstplan", konterte sie. „Schön, dich zu sehen, Cem."

Bevor Cem antworten konnte, vernahm er Ilkas Stimme.

„Weiterhin alles ruhig?"

Lisa Reinhardts Lächeln erstarb schlagartig. „Ja. Bis jetzt haben wir nichts Auffälliges entdecken können. Wir sind jetzt ein paarmal hier vorbei gefahren, aber es hat sich nichts verändert."

„Dann werden wir jetzt noch einmal mit ihr reden." Ilka hatte bereits einen Fuß auf den Gehweg gestellt, als sie plötzlich innehielt. „Warte, Cem!", stieß sie hervor, während ihre Augen fest auf das Wohnzimmer gerichtet waren.

„Was ist, Ilka?"

„Ich weiß nicht", flüsterte sie. „Mir war so, als hätte ich einen zweiten Schatten hinter der Gardine gesehen."

„Vielleicht ist das Kind aufgewacht?"

Ilka schüttelte den Kopf. „Nein, dafür war der Schatten zu groß." Angestrengt beobachtete sie das Wohnzimmerfenster, aber es bewegte sich nichts. Entweder sie hatte sich getäuscht, oder es befand sich noch jemand im Haus. Und wenn es so war, konnte es sich nur um eine Person handeln.

* * *

Wolfgang Erdmann zog Claudia Petersen grob an sich und trat wieder ans Fenster. Er schob die Gardine ein Stück beiseite und nahm die Umrisse einer Gestalt wahr, die am Anfang des schmalen Steinweges stand, der in leichten Kurven zur Haustür führte. Er schüttelte leicht den Kopf.

„Diese Narren", zischte er leise. „Nur weil sie ab und zu mal eine Streife vorbeifahren lassen und an der Haustür klingeln, glauben sie, dass alles in Ordnung ist." Er lachte kurz auf und sah sie von der Seite an. „Ich habe sie gesehen und dich, als du ihnen die Tür geöffnet hast, aber Ihr habt mich nicht gesehen." Er wandte sein Gesicht wieder zum Fenster.

„Jetzt, wo sie da sind", sagte er mit einem kühlen Lächeln, „wird es Zeit, das Spiel zu beenden." Claudia Petersen riss die Augen weit auf. Doch er hatte keinen Blick für ihren Schmerz und die Angst in ihren Augen. In seinen Gedanken ließ er sich zurücktreiben zu der Zeit, in der Miriam in sein Leben getreten war. Damals hatte er die halbe Welt bereist, stets auf der Suche nach lukrativen Futtermittelbetrieben, die bereit waren, ihm ihre Erzeugnisse anzuvertrauen. Er hatte Kontakte zu Schiffsbetreibern geknüpft, die zu günstigen Konditionen die Waren zu den Kunden transportierten. Zu jener Zeit hätte er sich nicht vorstellen können, jemals damit aufzuhören.

Doch dann war Miriam in sein Leben getreten. Sie arbeitete als Hostess auf einer Messe in Hamburg und war für die Planung und Betreuung der Kunden zuständig. Nie hätte er es für möglich gehalten, dass er für eine Frau sein Leben auf den Kopf stellen würde. Doch Miriam hatte ihn von Anfang an in ihren Bann gezogen. Ihre Augen hatten die Farbe des Himmels gehabt, und ihr Lächeln war so umwerfend, dass er sogar vergaß, sie nach ihrem Namen zu fragen.

Das dumpfe Keuchen seiner Geisel riss ihn aus seinen Gedanken, und mit einem Mal waren die schrecklichen Erinnerungen wieder allgegenwärtig.

„Und jetzt gehen wir zusammen da raus“, sagte er in einem Ton, der jede Andeutung eines Einwands im Keim erstickte. Er zog sie zur Tür, öffnete sie und schob Claudia Petersen vor sich her. Er zwang sie mit einem heftigen Ruck, stehen zu bleiben.

„Ich weiß, dass Sie da sind!“, rief er und presste den Lauf der Makarow an die Schläfe seiner Geisel. Um sie herum wurde es plötzlich still, nur ihre Atemzüge waren zu hören, sonst nichts.

Ilka versuchte Ruhe auszustrahlen, klare Anweisungen zu geben, obwohl sie spürte, wie ihr Puls immer schneller schlug. Doch wenn sie selbst Anzeichen von Nervosität und Selbstzweifel zeigte, wäre das alles andere als professionell. Schließlich hatte sie nicht umsonst endlose Stunden auf Seminaren und Schulungen verbracht, um auf diesen Moment vorbereitet zu sein. Sie wies der jungen Polizistin an, den Notarztwagen zu verständigen.

„Danach bleiben Sie mit Ihrem Kollegen im Hintergrund und sichern uns ab. Und der Zugriff erfolgt nur auf mein Zeichen. Klar?“ Lisa nickte.

Ilka zog ihre Heckler & Koch aus dem Holster und entsicherte sie.

„Was hast du jetzt vor?“, flüsterte Cem.

„Ich muss versuchen, mit ihm zu reden, ihn in ein Gespräch zu verwickeln. Vielleicht haben wir dann eine Chance, ihn außer Gefecht zu setzen. Eine bessere Idee habe ich nicht."

Sie deutete mit knappen Kopfbewegungen nach links. „Du gehst in Deckung und sicherst mich ab." Dann trat sie zwei Schritte nach vorn. Sie spürte, wie ihr Körper unter der Anstrengung zu zittern begann. Es war etwas anderes, wenn sie auf dem Schießstand ihre vorgeschriebenen Treffer setzen musste, oder ob sie, wie in diesem Moment, einem psychisch gestörten Menschen gegenüberstand. Vielleicht war er sich noch nicht einmal der Ausweglosigkeit seiner Lage bewusst.

Sie sahen sich direkt an. Ilka versuchte zu ergründen, was in ihm vorging. Unter normalen Umständen musste ihm klar sein, dass er keine Chance hatte, diesen Ort als freier Mensch zu verlassen, doch diese Situation war alles andere als normal.

Ein dunkles Wolkenband hatte sich vor den Mond geschoben, der jetzt nur noch als schemenhafte Scheibe zu erkennen war. Ilka versuchte einzuschätzen, was ihr die Dunkelheit bringen würde. Sie verbuchte es als winzigen Vorteil, dass sich die Umrisse von Erdmann und seiner Geisel vor dem diffusen Licht der Wohnzimmerbeleuchtung abzeichneten.

„Ich wusste, dass Sie kommen", sagte er mit kratziger Stimme.

„Woher?", wollte Ilka wissen.

Er lachte heiser. „Ich habe versucht meine Tochter anzurufen, aber sie ging nicht an ihr Handy. Und das tut sie normalerweise immer."

„Sabrina hat nichts verraten", sage Ilka, um das Gespräch nicht abreißen zu lassen.

„Ich weiß, dass Sabrina mich niemals verraten würde. Aber Sie sind nicht dumm, Frau Oberkommissarin. Sie haben geahnt, dass nach Hauser und Petersen nur noch eine Person auf meiner Liste stehen kann. Und das ist sie hier."

Bei dem Wort ‚sie' zog er ruckartig an ihren Händen. Claudia Petersen wimmerte vor Schmerz, den die Kabelbinder ihren aufgescheuerten Handgelenken zufügten.

Ilka trat aus dem Schatten der Hecke auf den Gehweg und richtete ihre Heckler & Koch auf ihn.

„Was haben Sie jetzt vor, Frau Oberkommissarin? Wollen Sie mich erschießen? Dann stirbt sie auch. Wollen Sie das wirklich riskieren?"

„Ich will, dass niemand stirbt", sagte Ilka so ruhig wie möglich. „Weder Sie noch die Geisel."

„Das ist alles, was Ihnen dazu einfällt?" Ein zynisches Lächeln umspielte seine Mundwinkel. „Das ist wenig, sehr wenig." Claudia Petersen stand leicht versetzt vor ihm und rührte sich nicht.

Ilka fragte sich, was Claudia Petersen von sich gegeben hätte, wenn ihr Mund nicht durch ein breites Paketklebeband verschlossen wäre.

Sie erkannte in Wolfgang Erdmanns starrem Blick, dass er zu allem bereit war. Ihr blieb nichts anderes übrig, als ihn solange wie möglich in ein Gespräch zu verwickeln.

„Warum musste Nils Petersen sterben?", fragte Ilka.

„Das wissen Sie doch schon längst", kam es zurück. „Er hat mein Leben und das meiner Familie zerstört, und dafür hat er die gerechte Strafe bekommen. Und Hauser auch!"

„Selbstjustiz würde ich es eher nennen", korrigierte Ilka. „Warum sind Sie nicht zur Polizei gegangen? Haben Sie nie an Ihre Tochter gedacht, daran, dass sie neben ihrer Mutter auch noch ihren Vater verliert?"

„Ich denke jede Sekunde an sie, Frau Oberkommissarin. Jede verdammte Sekunde. Das können Sie mir glauben." Er drückte die Mündung der Waffe noch fester gegen die Schläfe von Claudia Petersen. Ihre blutverschmierten Nasenflügel bebten.

„Ich weiß, dass ich nur noch zwei Optionen habe", sagte er in einem ungewöhnlich ruhigen Ton. „Entweder ich werde sterben oder für den Rest meines Lebens ins Gefängnis gehen. Das macht es mir relativ einfach, hier vor Ihnen zu stehen. Ich brauche nur noch ein letztes Mal meinen Finger zu krümmen und den Abzug zu betätigen. Dann ist es vorbei, für immer!"

Ilka starrte auf seine Waffe, auf den Finger, der auf dem Abzug ruhte. Sie hatte keinen Zweifel daran, dass er bereit war, den finalen Schritt zu gehen. Er hatte seine zwei Optionen genannt. Welche waren ihre? Hatte sie überhaupt eine? Sie musste sich eingestehen, dass er Recht hatte. Wenn sie jetzt zum finalen Schuss ansetzen würde, wäre das Leben der Geisel in Gefahr. Cem stand zwar in einem günstigeren Winkel zu Erdmann, aber auch aus seiner Position wäre es ein unkalkulierbares Risiko.

„Herr Erdmann", sagte sie schließlich. „Lassen Sie die Frau gehen. Sie hat nichts davon gewusst."

Er schüttelte leicht den Kopf. „Sie hat es all die Jahre gewusst. Sie hat gewusst, dass die Schweine meine Frau auf dem Gewissen und meine Tochter in den Rollstuhl gebracht haben. Sie hat all die Jahre geschwiegen und nichts unternommen. Und damit trägt sie auch eine Schuld daran."

Ilka dachte kurz über ihre nächsten Worte nach.

„Florian Hauser wird es vermutlich nicht überleben", log sie. „Und Nils Petersen ist tot. Diejenigen, die Ihrer

Familie Leid zugefügt haben, sind nicht mehr am Leben. Es ist vorbei."

„Nein, ist es nicht!", sagte er mit fester Stimme. „Es ist erst vorbei, wenn das hier erledigt ist." Als wollte er seinen Worten Nachdruck verleihen, presste er den Stahl der Mündung noch fester an ihre Schläfe. Claudia Petersen riss die Augen weit auf. Ein leises Wimmern war zu hören, mehr ließ das breite Klebeband nicht zu. Wenn Ilka das Wort Todesangst definieren müsste, dann wäre es das, was sie in diesem Moment in den Augen der Frau sah.

Sie hatte ihre Waffe immer noch auf Erdmanns Kopf gerichtet, doch sie spürte bereits ein leichtes Zittern in ihren Armen. Sie wagte es nicht, mit Cem Blickkontakt aufzunehmen, aber sie wusste, dass er bereit war, zu reagieren, falls die Sache eskalieren würde.

Plötzlich schoss Ilka der Fall ‚Max Regner' wieder durch den Kopf. Sie musste daran denken, wie er sich mit seiner Tochter in einer Bauernkate auf Zingst verschanzt hatte, weil ihm seine Frau das Sorgerecht für ihre gemeinsame Tochter Aleksandra entziehen wollte. Sie hatte es geschafft, Regner davon zu überzeugen, die Sache friedlich zu beenden.

Manchmal, wenn die Erinnerungen an diesen Einsatz wieder hervortraten, sah sie das Mädchen vor sich, wie sie mit angezogenen Knien auf der Couch gesessen und ihr weißes Stoffhündchen in den Armen gehalten hatte. Damals war alles gut gegangen. Doch das hier hatte eine völlig neue Dimension erreicht. Zum ersten Mal, seit sie bei der Kripo war, hatte sie keine Idee, wie sie auf diese Situation reagieren sollte. Sie standen sich gegenüber wie zwei lauernde Tiere, die auf einen Fehler des anderen warteten.

Ilka versuchte, alles um sich herum auszublenden und sich nur auf Erdmann zu fokussieren. Er benutzte die Frau als menschliches Schutzschild, und jede falsche Bewegung oder jedes unbedachte Wort, das sie von sich gab, könnte den Tod der Geisel bedeuten. Für einen Moment dachte sie an eine Täuschung, eine Spiegelung des Mondlichts, doch dann erkannte sie hinter dem Rücken von Erdmann einen Schatten in der Haustür.

Plötzlich erschien ein kleines Mädchen im Nachthemd. Sie blieb auf dem Eingangspodest stehen und hielt ein weißes Stofftier in den Armen. Ilka stockte der Atem. Noch hatte Erdmann das Mädchen nicht bemerkt. Er starrte geradewegs zu Ilka, während das Mädchen im Hauseingang stehen blieb und ängstlich zu ihrer Mutter schaute.

„Mama", hörte Ilka sie plötzlich rufen. „Mama, ich habe Angst!"

Claudia Petersen zuckte augenblicklich zusammen, versuchte sich umzudrehen, doch es gelang ihr nicht. Im gleichen Atemzug fuhr Erdmann herum und starrte zu dem Mädchen. Für einen Moment hatte er die Kontrolle verloren. Der Lauf seiner Makarow hatte sich von der Schläfe der Frau gelöst. Es war die eine Chance, auf die sie gewartet hatte. Jetzt oder nie, schoss es ihr durch den Kopf, und sie drückte den Abzug durch.

Die Kugel traf Erdmann in den rechten Oberschenkel. Er schrie auf und stieß Claudia Petersen von sich. Sie sackte zusammen und blieb reglos liegen, während Wolfgang Erdmann nach hinten taumelte und stürzte. Die Waffe glitt ihm aus der Hand. Er starrte mit schmerzverzerrtem Gesicht zu Ilka, presste beide Hände um die blutende Wunde. Ilka trat einen Schritt vor, die Waffe immer noch auf Erdmann gerichtet. Aus dem Augenwinkel sah sie Cem, der aus dem Schutz des Baumes trat und schräg hinter ihr mit gezogener Waffe wartete.

„Geben Sie endlich auf, Herr Erdmann", rief sie ihm entgegen. „Es ist vorbei!" Erdmann antwortete nicht. Stattdessen vernahm sie wieder die ängstliche Stimme des Mädchens.

„Mama!", rief sie mit weinerlicher Stimme. Und dann rannte sie zu Ilkas Entsetzen los, direkt auf ihre Mutter zu, die immer noch bewegungslos auf dem Boden lag. Dann ging alles rasend schnell. Erdmann griff nach der Makarow, die nur einen halben Meter von ihm entfernt lag, riss sie mit letzter Kraft hoch und richtete sie direkt auf Ilka.

Fast gleichzeitig fielen drei Schüsse. Wolfgang Erdmann fiel mit einem dumpfen Schrei zur Seite, während Ilka lautlos zusammensackte. Cem bedeutete Lisa, sich um die Frau zu kümmern und winkte mit hektischen Armbewegungen den zweiten Polizisten zu sich.

„Bring das Mädchen ins Haus, schnell." Er hatte seine Waffe immer noch auf Erdmann gerichtet, doch das Spiel war vorbei. Blut quoll aus seinem Mund und aus den beiden Einschusslöchern nahe dem Herzen. Cem steckte die Waffe zurück in das Holster, lief zu Ilka und kniete sich neben sie.

„Wo ist der Notarzt, verdammt noch mal?", schrie Cem, als er ihr Blut auf seinen Händen bemerkte. „Los, macht schon!" Er ließ sich nieder, streckte seine Beine aus und legte ihren Kopf auf seinen Oberschenkel. Ilka sah ihn aus seltsam starren Augen an. Es schien so, als würde sie durch ihn hindurch sehen. Er zog ein Taschentuch aus seiner Sakkotasche und presste es auf die Wunde unterhalb der Schulter, um die Blutung zu stoppen. Er atmete tief durch, versuchte, seine Gefühle und vor allem sich selbst wieder in den Griff zu bekommen.

„Halte durch, Ilka", stammelte er. „Du schaffst das." Er spürte, wie seine Augen feucht wurden. Ihre Lippen zitterten, als wollte sie etwas erwidern, doch sie gab keinen Laut von sich, nicht mal ein Wimmern. Ihre Blicke trafen sich ein letztes Mal, dann fiel ihr Kopf leicht zur Seite.

„Wo bleibt der verdammte Arzt?", wollte Cem losbrüllen, doch seine Kehle war wie zugeschnürt. Er wartete gefühlt eine Ewigkeit, obwohl nur ein paar Sekunden vergingen, als ihn die Stimme des Notarztes aus der Lethargie holte.

„Kommissar Kayaoglu?"

Cem blickte zu ihm auf und nickte.

„Dr. Behrends." Er kniete sich neben Cem, während zwei Sanitäter mit einer Trage herbeieilten.

„Was ist passiert?"

„Ein Schusswechsel", sagte Cem. „Sie ist getroffen worden." Behrends nickte den beiden Sanitätern zu, woraufhin sie Ilka vorsichtig auf die Trage legten und sie zum Notarztwagen trugen.

„Sie haben alles richtig gemacht, Herr Kommissar", sagte er mit Blick auf das blutige Taschentuch in Cems Hand. „Wir bringen sie jetzt ins Krankenhaus." Wie durch einen milchigen Schleier sah er, wie sie Ilka mit eiligen Schritten zum Notarztwagen brachten. Wie in Trance folgte er ihnen und sah, wie sie an einen Tropf mit Kochsalzlösung angeschlossen wurde.

„Es gibt nur eine Eintrittswunde, was bedeutet, dass die Kugel noch steckt", hörte er den Arzt sagen. „Sie muss sofort operiert werden." Dann bat er Cem, ein Stück zurückzugehen und schloss die Türen.

* * *

Cem starrte unentwegt auf die Tür der Notaufnahme. Er konnte den Gedanken kaum ertragen, dass hinter dieser Tür Ilka um ihr Leben kämpfte. Kai setzte sich neben ihn auf die Bank und legte seinen Arm um Cems Schulter.

„Sie wird es schaffen", sagte er leise. „Ganz sicher."

Cem schaute kurz zu ihm, bevor er wieder seinen Blick auf die Tür richtete.

„Wenn ich nicht zu spät reagiert hätte, wäre sie jetzt nicht da drinnen." Er presste die Lippen zusammen, während die ersten Tränen über seine Wangen liefen.

Kai drückte ihn fest an sich.

„Lisa hat mir erzählt, was passiert ist. Dieses kleine Mädchen, das plötzlich aus dem Haus kam, und alles, was danach passiert ist … damit konnte niemand rechnen."

„Trotzdem hätte ich verhindern müssen, dass er nochmal zur Waffe greifen kann", stammelte Cem völlig aufgelöst.

In diesem Moment tauchte Antonio am anderen Ende des Flurs auf und näherte sich mit eiligen Schritten.

„Cem, was ist mit Ilka? Wo ist sie?"

„Sie wird noch operiert", sagte er, während sie sich umarmten.

„Wie ist das passiert?"

Cem löste sich von ihm und schaute wieder in Richtung Notaufnahme.

„Sie wurde bei einem Einsatz getroffen", antwortete Kai an Cems Stelle.

Antonio wischte sich mit beiden Händen über die Haare.

„Hat jemand Ilkas Mutter informiert?"

„Ja, das Schiff legte gerade an, als ich sie erreichte", sagte Kai. „Aber vor morgen früh wird sie nicht hier sein können."

Plötzlich öffnete sich die OP-Tür und Dr. Behrends kam zum Vorschein. Er zog seinen Mundschutz nach unten. „Sie hat großes Glück gehabt. Die Kugel ist nur Millimeter oberhalb der Lungen eingedrungen. Und so wie es im Moment aussieht, wurden keine Sehnen oder größere Blutgefäße verletzt."

„Kommt sie durch?" Antonio wagte es kaum auszusprechen.

„Sie hat sehr viel Blut verloren, aber wir konnten sie stabilisieren. Trotzdem ist ihr Zustand weiterhin kritisch. Wir müssen die nächsten Stunden abwarten. Gehen Sie jetzt bitte nach Hause. Sobald es etwas Neues gibt, melden wir uns."

Cem schüttelte den Kopf. „Ich kann jetzt nicht einfach nach Hause gehen, während Ilka ..."

„Herr Kayaoglu", unterbrach der Doktor. „Im Moment können Sie wirklich nichts für Ihre Kollegin tun. Versuchen Sie ein paar Stunden zu schlafen."

Cem stand da wie erstarrt. Erst als ihn Kai sanft aber bestimmt in Richtung Ausgang drängte, verließ er mit langsamen Schritten das Krankenhaus.

Kapitel 28

Samstag, 31. Oktober

Kaum war Ilka von der Intensivstation auf ein normales Krankenzimmer verlegt worden, war es mit der Ruhe vorbei. Antonio, Ilkas Mutter Elfie und Sina waren gleich nach dem Frühstück die ersten Besucher, dann folgten ein paar Kollegen von der Streife und Thomas Leitner von der Spurensicherung. Als vorerst letzte Besucher betraten Cem und Kai das Zimmer.

Ilka sah Cem sofort an, dass er sich nicht besonders wohl fühlte.

„Was ist los? Alles klar?“ Er sah sie an, als wüsste er nicht, ob sie es ernst meinte oder ihn einfach nur ärgern wollte.

„Du wärst fast gestorben“, sagte er fassungslos. „Und dann fragst du, ob alles klar ist?“

„Ich komme schon wieder auf die Beine“, versuchte sie ihn zu trösten, allerdings mit mäßigem Erfolg.

„Ilka, es tut mir leid.“ Die Worte kamen Cem nur stockend über die Lippen. „Es ist alles meine Schuld.“

Ilka verstand nicht, worauf er hinaus wollte. „Was ist deine Schuld?“

„Ich hätte es verhindern müssen. Für einen Moment habe ich ihn aus den Augen verloren.“

„Komm her!“, forderte sie ihn auf und wartete, bis er in Reichweite war. Dann ergriff sie seine Hand. „Cem, hör auf, dir Vorwürfe zu machen. Niemand konnte damit rechnen, dass die Kleine plötzlich aus dem Haus kommt. Nur dadurch ist die Sache eskaliert. Claudia Petersen lebt, ihre Tochter auch, und ich bin auch bald wieder die Alte.“

„Trotzdem hätte ich …“

„Jetzt hör auf mit dem Quatsch. Vielleicht war es nicht gerade eine Glanzleistung von uns, aber wir haben es geschafft. Wir können das tausend Mal im Training durchspielen, aber wenn wir in der realen Welt damit konfrontiert werden, ist das etwas völlig anderes." Sie drückte seine Hand noch ein bisschen fester. „Übrigens danke, dass du bei mir warst, bis der Notarzt kam."

„Du erinnerst dich daran?" Cem nahm einen Stuhl und setzte sich an Ilkas Seite.

Sie lächelte. „Ja, ich erinnere mich an alles, auch an das, was du gesagt hast."

Cem musste schlucken. „Ich weiß gar nicht mehr, was ich alles gesagt habe", gab er zu. „Ich hoffe, es war nichts Schlimmes."

„Nein, im Gegenteil. Es war schön, dass du bei mir geblieben bist."

„Gut, aber das nächste Mal machen wir es besser."

„Auf jeden Fall", versicherte Ilka. „Übrigens, dein Schuss war nicht schlecht."

„Naja, deiner war auch nicht übel", gab er das Kompliment zurück. Ilka wollte ihren Körper leicht zu ihm drehen, doch es blieb bei dem Versuch. Sie verzog das Gesicht, als ihre Wunde wieder zu schmerzen begann. Sie musste immer wieder an die Worte des Chefarztes denken, als sie aus der Narkose erwachte, wie er ihr sagte, dass die OP gut verlaufen sei und dass ihr Schutzengel ganze Arbeit geleistet habe. Die Kugel hatte nur um Millimeter ihre Lunge verfehlt. Trotzdem war sie dem Tod so nahe wie noch nie gewesen. Sie versuchte ein Lächeln hinzubekommen.

„Fragt jetzt nicht, ob es weh tut, okay?"

„Okay", antwortete Cem immer noch sichtlich mitgenommen.

„Gibt es was Neues von Florian Hauser?"

„Er ist auf dem Weg der Besserung", meldete sich Kai zum ersten Mal zu Wort. „Ich durfte sogar schon zu ihm."

„Und?"

„Er hat alles zugegeben!"

„Einfach so?", fragte Ilka verwundert.

Kai grinste sie frech an. „Ein bisschen nachhelfen musste ich schon."

„Was meinst du mit nachhelfen?", wollte Ilka wissen. „Du hast ihn doch nicht ..."

„Oh nein", unterbrach Kai hastig. „Ich habe ihn weder bedroht noch unzulässige Mittel angewendet. Ich schwöre. Ich habe ihm nur gesagt, dass der Täter noch auf freiem Fuß ist, wir aber leider den Kollegen vom Personenschutz vor seiner Tür abziehen müssen, weil wir ihn woanders dringender benötigen."

„Personenschutz?" Cem schaute ihn irritiert an. „Davon wusste ich ja gar nichts."

„Es gab ja auch keinen", klärte ihn Ilka mit einem Lächeln auf. Dann wandte sie sich wieder Kai zu. „Gute Arbeit, Kai, auch wenn das mit dem Personenschutz unter uns bleiben sollte. Also, was hat er gesagt?"

„Also, wie wir ja schon von Claudia Petersen wussten, saßen Florian und Nils in dem Wagen, der die Erdmanns von der Straße gedrängt hat. Er behauptet weiterhin, dass Nils am Steuer saß. Gut, das Gegenteil können wir ihm wohl nicht mehr beweisen. Aber er hat gestanden, dass er Nils erpresst hat, als dieser zur Polizei gehen wollte."

„Und zwar mit den Fotos, die wir im Safe der Agentur gefunden haben", ergänzte Cem.

„Ja, genau. Florian wusste, dass sein Kumpel Nils in seiner Kfz-Werkstatt geklaute Autos umspritzt. Er gibt zu, dass er heimlich Fotos von Nils' illegalem Geschäft gemacht und ihn damit erpresst hat. Nils blieb nichts anderes übrig, als zu schweigen, wenn er nicht alles verlieren wollte: die Frau, das Kind und seine ganze Existenz."

„Damit hätten wir den Unfall geklärt", schlussfolgerte Ilka. „Und was ist mit Barbara Schulte?"

„Nach dem Unfall hatte Barbara nicht aufgehört, nach den Fahrern zu suchen, die ihre beste Freundin in den Rollstuhl brachten. Hauser hat ausgesagt, dass sie zufällig ein Telefonat mitbekommen hatte, das er in seiner Werbeagentur mit Nils Petersen geführt hatte. In dieser Zeit jobbte sie ja für ihn als Model. In dem Gespräch beschwor er Petersen, ruhig zu bleiben, dass die Polizei nichts wüsste und es deshalb keinen Grund gäbe, sich zu stellen. Dadurch wusste Barbara endlich, wer die Todesfahrer waren. Sie hat die beiden zur Rede gestellt! Sie sollten sich selbst anzeigen oder sie würde zur Polizei gehen. Das konnten Hauser und Petersen nicht zulassen. Sie bestellten sie in die Werkstatt und versuchten Barbara zur Vernunft zu bringen. Sie boten ihr Geld, doch darauf ließ sie sich nicht ein. Dann kam es zu einem heftigen Streit, bei dem Barbara stürzte und mit dem Kopf auf die Werkbank fiel. Die beiden entschieden sich dafür, die Leiche im Wald verschwinden zu lassen."

„Dann hätten wir diese beiden Fälle gelöst." Cem stand auf und schob den Stuhl wieder unter den Tisch. „Ich muss jetzt los. Im Büro wartet noch eine Menge Schreibkram auf mich."

„Ja, ich auch", stimmte Kai zu.

„Ich hätte Euch ja gern geholfen, aber so?" Sie deutete mit der rechten Hand auf ihre Schulter. „No chance. Tut mir leid!"

„Kein Problem." Cem trat noch einmal an ihr Bett und strich ihr über den Arm. „Lass dir Zeit. Wir kriegen das auch eine Weile ohne dich hin."

Kaum waren die beiden verschwunden, klopfte es wieder. Als Patrick Dannenberg eintrat, war sein Kopf für ein paar Sekunden durch einen überdimensionalen bunten Blumenstrauß verdeckt. Er schaute sich ein wenig hilflos nach einem geeigneten Platz für die Blumen um und als ihm nichts Besseres einfiel, legte er den Strauß an das Fußende von Ilkas Bett. Ilka würde ein Monatsgehalt darauf verwetten, dass seine Frau diesen Strauß für ihren Mann besorgt hatte. Aber wunderschön war er trotzdem.

„Lieb von dir", sagte sie. „Aber auf die Idee mit den Blumen sind schon ein paar andere gekommen."

Er nahm sich einen Stuhl und setzte sich neben Ilka ans Bett.

„Tut es noch weh?"

„Wenn ich mich nicht bewege, geht's."

„Weißt du eigentlich, wie knapp das war?"

Ilka nickte nur. Sie wusste selbst nur zu gut, dass alles viel schlimmer hätte enden können.

„Werde erstmal gesund und dann reden wir." Er mühte sich zu einem Lächeln. Seine Worte klangen so beiläufig, und doch beschlich Ilka das seltsame Gefühl, dass etwas nicht stimmte.

„Worüber reden?"

„Du hättest das nicht allein durchziehen dürfen", sagte er, bemüht, sachlich zu klingen. „Für solche Einsätze haben wir die Kollegen vom SEK und das weißt du auch."

Ilkas Versuch, sich aufzurichten, scheiterte bereits im Ansatz. Sie stöhnte kurz auf.

„Was hätte ich denn tun sollen?", protestierte sie heftiger, als sie es vorhatte. „Als Erdmann mit der Geisel rauskam, war es schon zu spät."

Ilka wollte noch etwas hinzufügen, doch Patrick hob

die Hand. „Sei still und hör zu. Du hättest es tun müssen, bevor ihr losgefahren seid. Das wäre der richtige Zeitpunkt gewesen. Und du hättest mich über die nächsten Schritte informieren müssen. Ich mag diese Alleingänge nicht, und das weißt du auch. Ich hätte es niemals erlaubt, weil der Täter noch flüchtig war und weil diese Petersen noch obendrein die Frau eines der Opfer ist."

Er redete sich in Rage, und es schien so, als würde er zwischen den Sätzen kaum Luft holen. Ilka ließ die Wutrede über sich ergehen und dachte zurück an den Moment, als Erdmann mit der Geisel aus der Haustür getreten war. Als erfahrene Kripobeamtin hätte sie es in Betracht ziehen müssen, dass Erdmann Claudia Petersen aufsuchen würde. Natürlich konnte sie nicht jedes Mal in Begleitung eines SEK-Kommandos zu einer Befragung kommen. Aber in diesem Fall war der Mörder noch auf freiem Fuß, und er hatte offensichtlich noch nicht mit seinem Rachefeldzug abgeschlossen. Darauf hätte sie besser vorbereitet sein müssen. Mit viel Glück würde sie um ein Ermittlungsverfahren herum kommen. Aber das war es auch schon.

„Jetzt bist du dran", sagte er am Ende seines Vortrags über Vorsichtsmaßnahmen und Verhaltensweisen im Dienst. Sie sah zu ihm mit der Erkenntnis, dass alles, was sie jetzt von sich geben würde, wie eine banale Aneinanderreihung von Ausreden klingen würde. Unbewusst legte sich ihre rechte Hand auf die Schusswunde und sie presste die Lippen zusammen.

„Du hast Recht, Patrick", sagte sie schließlich. „Lass uns darüber reden, wenn ich wieder im Dienst bin."

OSTFRIESISCHE KÜSTE

FASZINATION
NORDSEE

Krimis aus dem Norden

im MCE-Verlag

Cäcilia Balandat
Tatort Altes Land

Im Obsthof entdecken Rolf Mathies und Kurt Dammann – Obstbauern im Alten Land – die Tochter von Kurt blutüberströmt. Marlin überlebt den Überfall, bei dem sie mit Messerstichen traktiert worden ist. Der Angriff auf Marlin Dammann ist der Beginn einer Reihe von Anschlägen, die alle der Familie Dammann gelten ...

Paperback, 294 S., ISBN: 978-3-938097-15-1

Wolfgang Röhl
Brand Marken

Deutschland 2020. Eine Terrororganisation, die für Tierrechte über Menschenleichen geht, hat die Republik in den Ausnahmezustand gebombt. Zufällig kommt der Redenschreiber Max Michelsen einer Gruppe auf die Spur. Sind es Gegner der umstrittenen Flussvertiefung oder Kader der mörderischen „Animal Liberation Front"?

Paperback, 185 S., ISBN: 978-3-938097-36-6

Wolfgang Röhl
Straßenkampf

Der Kampf gegen ein Autobahnprojekt endet tödlich. Der Kopf einer Bürgerinitiative gegen die Schnellstraße wird schwerverletzt am Straßenrand aufgefunden – offensichtlich angefahren. Bei den Ermittlungen kommt es zu allerlei Verwicklungen und am Ende zu dramatischen Verfolgungsjagd.

Paperback, 203 S., ISBN: 978-3-938097-23-6

MCE KRIMI

www.mce-verlag.de

Krimis aus dem Norden

im MCE-Verlag

Wolfgang Röhl
Im Norden stürmische Winde

Aufruhr in Söderfleth, einem Dorf in Norddeutschland: Eine skrupellose Windenergie-Firma plant einen Windpark. Das Dorf ist gespalten. Eine Bürgerinitiative macht gegen den Windpark mobil, und bald geschehen merkwürdige Dinge. Mithilfe des legendären Wachtelkönigs wollen die Protestler das Windparkprojekt kippen …

Paperback, 192 S., ISBN 978-3-938097-11-3

Wolfgang Röhl
Inselkoller

Auf der Nordseeinsel Diekerum ist Krieg um die Feriengäste ausgebrochen. Ein Investor will das Eiland auf modernen Stand bringen. Bernhard Hamm, bekannt aus Röhls Krimikomödie „Im Norden stürmische Winde", findet die Leiche eines Mannes am Strand. Hamm versucht, das Rätsel um die Leiche aufzudröseln.

Paperback, 220 S., ISBN: 978-3-938097-16-8

Anke Cibach
La Paloma für den Mörder

Der undurchsichtige Tod mehrerer Hamburger Hafenlotsen stellt Kriminalkommissar Bruno Bär vor ein Rätsel. Gibt es einen psychopathischen Serienmörder oder Verbindungen zwischen den getöteten Lotsen? Eine Antwort findet der Ermittler nach einer spektakulären Aktion in einem Kellergewölbe in der Speicherstadt.

Paperback, 222 S., ISBN: 978-3-938097-05-2

www.mce-verlag.de

MCE KRIMI